# ПИЗАНСКАЯ БАШНЯ

俄罗斯当代剧作选 • 普图什金娜篇

比萨斜塔

〔俄〕娜杰日达·普图什金娜 著

王丽丹 译

GUANGXI NORMAL UNIVERSITY PRESS

广西师范大学出版社

·桂林·

BISA XIE TA
ELUOSI DANGDAI JUZUOXUAN · PUTUSHIJINNA PIAN

著作权合同登记号桂图登字：20-2022-076 号

**图书在版编目（CIP）数据**

比萨斜塔：俄罗斯当代剧作选·普图什金娜篇 /
（俄罗斯）娜杰日达·普图什金娜著；王丽丹译. --
桂林：广西师范大学出版社，2022.7
　　ISBN 978-7-5598-5069-0

Ⅰ. ①比… Ⅱ. ①娜… ②王… Ⅲ. ①剧本－作品
综合集－俄罗斯－现代 Ⅳ. ①I512.35

中国版本图书馆 CIP 数据核字（2022）第 094290 号

广西师范大学出版社出版发行

（ 广西桂林市五里店路 9 号　邮政编码：541004 ）
　网址：http://www.bbtpress.com
出版人：黄轩庄
全国新华书店经销
唐山富达印务有限公司印刷
（唐山市芦台经济开发区农业总公司三社区　邮政编码：301501）
开本：880 mm × 1 240 mm　　1/32
印张：10.75　　字数：225 千字
2022 年 7 月第 1 版　　2022 年 7 月第 1 次印刷
定价：56.00 元

# 序

小时候，我个人的地球仪看起来与真正的不同。它上面有中国（那些年苏联人撰写了很多关于中国的文章，中国在每个人看来似乎都很亲切，容易理解和有趣），巴塔哥尼亚（《格兰特船长的儿女》[1]），墨西哥（那里有宽边草帽[2]），美洲（印第安人和黑人奴隶在潘帕斯草原和小屋中过着苦难的生活[3]），古巴（问候菲德尔·卡斯特罗[4]），意大利（蔬菜和水果会说话的地方，[5]而匹诺曹[6]总是撒谎），朝鲜（我们全家人一起读《朝鲜》

---

1 《格兰特船长的儿女》是法国作家儒勒·凡尔纳的长篇小说。小说的场景之一是南美洲的巴塔哥尼亚。

2 宽边草帽，所有的苏联儿童都知道这种帽子。也许苏联所有的儿童剧院都上演过谢尔盖·米哈尔科夫的杰出戏剧《宽边帽》。1959 年，根据该剧本拍摄了广受儿童喜爱的同名影片。

3 在 20 世纪 50 年代和 60 年代的苏联，费尼莫尔·库柏撰写的关于印第安人的长篇小说广受欢迎。哈丽雅特·比彻·斯托夫人的《汤姆叔叔的小屋》也深受喜爱。

4 菲德尔·卡斯特罗·鲁斯是古巴的革命家、政治家和党务活动家。由于在 20 世纪 50 年代和 60 年代的积极宣传，他受到所有苏联儿童的崇拜。但是后来飞上太空的尤里·加加林盖过了卡斯特罗的声望。

5 "蔬菜和水果一直在说话……"它们一直在说话并在意大利作家贾尼·罗大里的长篇小说《洋葱头历险记》中过着有趣的生活。贾尼·罗大里是苏联 20 世纪 50 年代、60 年代和 70 年代最受欢迎的外国作家，且至今仍是俄罗斯最受欢迎的儿童文学作家之一。

6 匹诺曹是意大利作家卡洛·科洛迪长篇小说的主人公。在苏联作家阿列克谢·托尔斯泰将该小说改写成俄文时，主人公被改名为布拉提诺。

杂志）。瞧，这就是我地球仪上的所有地点。或者说几乎所有的。

这是我关于中国的两段最初的回忆。我五岁（1954年）。1月5日。酷寒。过完节日[1] 我乘车回家。我手里有一纸袋圣诞老人送的糖果。红色的方形有轨电车。沿着车厢有两排面对面的木制长凳，抛过光的木头闪着光泽。透过玻璃窗看不见任何东西，其上冻着冰花。我穿着毡靴、灯笼裤，戴着羊羔皮镶边的风帽，穿着红色呢子小大衣。披着的披风也带有银色的羊羔皮镶边。不记得手套是什么样子的了，但是双手冻得疼痛难忍。我不得不把双手夹在膝盖之间或将其放在口袋里。我坐在冰冷的长凳上，双脚够不到地面，却感觉到电车地板上散发出寒气。我抱着礼物，因为手冻得无法握住它们。电车缓慢行驶，发出吱吱嘎嘎的轰鸣响声，犹如几千把刀子同时刮着上千块玻璃发

1　这里的节日指的是五到十五岁的儿童在文化宫、学校、剧院、音乐厅、一些机关及其他合适场所进行的节日表演。20世纪50年代，它们通常从12月29日持续到1月13日之后的第一个星期一。一定有圣诞老人、雪姑娘及其他俄罗斯童话中深受人们喜爱的人物参加这些表演。演出期间，圣诞老人和雪姑娘领着孩子们在休息室里围着装扮一新的高大的圣诞树跳圆圈舞。儿童免费观看演出。父母仅为孩子支付礼物费用。演出结束时，圣诞老人通常给孩子们分发礼物。礼物通常是：尺寸25厘米×15厘米的精美纸袋，袋上绘有圣诞树、圣诞老人，有时是新年男孩，但仅限于主题图案。袋子里装有三十种不同的糖果或其他零食，既有夹心糖，也有巧克力，还有三四个橘子（橘子当时在苏联是稀缺之物），一个金纸包裹的核桃，或者五六个花生（花生不知为什么在苏联被称为中国坚果），一小包饼干和一小包华夫饼（每包50克），包裹在金纸中的小小的圆形巧克力（9克）。巧克力包装纸上通常压印出克里姆林宫的图像或圣诞老人的图像。这种巧克力曾经被称为小奖章，如今名称依旧。礼物中还有包裹在一张亮晶晶的漂亮包装纸中的一小板巧克力（20—30克），有时还有一个小苹果，有时是很大的一块糖（20—25克）。似乎就这些东西。礼物通常是商店中无法买到的东西。因此，其中的所有东西对孩子而言都是惊喜。

出刺耳声响。不知我们何时能回到家。于是，我开始在玻璃窗的窗花上磨洞，手指头几乎冻在了玻璃窗上。我还来不及透过磨出来的洞孔看清什么，它又重新被冻得严严实实。

突然，从车站上来三个身穿黑色大衣却没戴帽子的年轻人。我简直不敢相信自己的眼睛。中国人！真正的中国人！我多次在杂志的照片上看见过他们，我们家有很多带图片的中国童话故事书。很多家庭那时还保留着中国暖水瓶，大的，鲜艳的，上面画满了花朵。手电筒、床罩、毛巾、真丝织物、球鞋、乒乓球拍和乒乓球、男士条纹真丝睡衣、友谊牌风衣和运动裤，证明中苏兄弟情谊的物证还有很多。这只是我记得的东西。我的保姆，她出生于农村，在集体农庄里长大，她还回忆起一些东西。中国的黄麻袋，它们可以承得住七十五公斤的重量。它们被用来装载联合收割机脱出的谷糠。

那是我第一次见到真正的中国人。我跳起来飞快地扑向他们。妈妈还没有明白怎么回事，我已经跳起来，抱住他们，高兴得不得了。中国人也笑着抱住我。妈妈走过来，他们更多是打着手势交谈起来。我们彼此感到非常高兴，站在那里足足有三分钟。我完全忘记了寒冷。我们马上到站了。我们跑回了家。在家里，我兴高采烈地高声告诉外祖母和姨妈，我刚刚拥抱了真正的中国人。我至今仍感到遗憾，没有请他们品尝我的糖果礼物。妈妈也没有提醒我。不然将会留下很棒的印象！中国人喜欢糖果，而且很擅长制作。我本人就非常喜欢中国糖果。

第二个印象深刻的回忆是关于《宝葫芦的秘密》一书的。

我记得封面，但记忆似乎和我玩弄了绝妙的把戏。我记得欧洲版的封面设计。封面的对角线上是一个儿童自行车的展柜。左下角是一个侧身站着的小男孩，他看着展柜。我在网上查找了一下这张封面，却找到了完全不同的其他封面。《宝葫芦的秘密》一书的两个俄译本众所周知。这两本书都是苏联画家为它们配的插图。而且这些插图都模仿了中国汉字和中国绘画风格。我没能找到记忆中的那个封面。这本小书几乎每页都配有插图，有彩色的，也有黑白的。在这一点上，我的记忆没有令人失望，该书的部分内容已逐页刊登于网上，当中的确是既有黑白图画，也有彩色图画。

当时复写纸很受孩子们喜爱。我把这位中国少先队员转印到厚厚的硬纸板上，剪下来。我在沙发上摆开了一台戏，他便是这出戏的主角。我为他杜撰出很多书中没有的冒险经历。因此，我脑海中的一切有些混乱：哪些细节是书中的，哪些细节是我自己想出来的？有人向我借去了这本小书，却没有还给我。这是我小时候最喜欢的一本书。可能这是我一生中读过的第一本富有哲理的书。当时，十岁的我第一次开始隐约意识到，仅仅非常想要一件东西是不够的，即便非常想要到最终得到了它。在努力实现自己的梦想之前，要明白这是个什么样的梦想，它是否正确。不然成真的梦想可能会与你作对。它可能会毁了某人的生活，有违法理、有悖公义地伤害你身边的人。而人与人之间最崇高的价值包括正义，以及对父母的爱。审慎和善意不可能与正义和仁爱发生冲突。当然，如果它们是真情实感。

看来，这本书不仅给我留下了深刻的印象，而且也给许许多多的苏联人以及今天的俄罗斯人留下了深刻的印象。至今网上仍有俄罗斯论坛在讨论这本书，就它展开辩论，分析它的思想。2007年，迪士尼与中国片方根据这本书合拍了影片。半个多世纪过去了！而这本书却依然打动美国人和作者的同胞们。

如今在中国，在我孩提时代憧憬的国家里——它曾处处是传统中式房子，有建有喷泉和凉亭的庭院、红色大门的寺庙、带有向上翘起屋檐的倾斜的黑色屋顶，而如今已经拥有摩天大楼和纳米技术——我自己的书将要出版了。其中将会有汉字。其中可能将会有插图。我常常想起这一切，感到很幸福。我相信我的剧本在中国的未来。

简单说两句编入剧作选的几部剧本。剧本《比萨斜塔》和《她弥留之际》已经在中国几家剧院上演。有多成功，我很难判断。因为我没有机会与中国观众一起观看这些演出，无法感受剧院的氛围。但中国正在根据剧本《她弥留之际》拍摄影片。也就是说，有人喜欢它。有人准备投资这个项目。有人相信演员想演这出戏。还有人相信，这部影片会使观众兴奋。

在中国的《戏剧》杂志中我已经对这些剧本做了更详细的介绍。

在俄罗斯这五部剧本都很受欢迎。所有这些剧本都拍过影片。每部剧本都改编成了广播剧。大体上而言，二十年间，这些戏剧在俄罗斯的舞台上上演过多次，在国外也上演过并正在上演。

作为作者，对我而言重要的是要理解为什么这些戏剧在欧洲和亚洲如此受欢迎。为什么穆斯林喜欢，路德教徒喜欢，天主教徒和东正教徒也喜欢。为什么孔子的故乡也对它们感兴趣。部分欧洲人重复说着拉迪亚德·吉卜林的著名诗句，视其为箴言一般，而且只重复巧妙的四行诗句的前半部分：

哦，东方是东方，西方是西方，它们永不交汇，
直到天地同现于上帝的末日审判席上。

世界变得复杂了。（可它什么时候简单过呢？整体而言，它简单过吗？也许简单过，也许没有。）人们已经生活了几十个世纪，基本上不曾考虑它是否简单。而如今，由于社交网络，每个人都意识到世界非常非常非常复杂、纷繁并充满了戏剧性。全球大世界。这让一些人欢欣鼓舞，让另一些人担惊受怕。还有一些人对此无动于衷。

我属于欢欣鼓舞之列。全球化和一体化。在各个领域吸取各种丰富的经验，生怕他人夺走般地追求自给自足。全新的世界秩序。新型的文化超空间。唾手可取——各个时代的文化，各民族文化。新的意义和象征。所有这一切都处于普遍数字化的冲击之下。所有这一切对全人类都意义重大。

当我在全球化范围内思考中国时，在这种古老文化的伟大与无限面前，我感到自己是一个软弱而茫然无措的女人。但与此同时，我却不知不觉置身于欧洲和深受儒家思想影响的亚洲

对话的中心（当然，我不是这一对话的主角，但仍然是它的参与者）。在我的创作中，撬动这种可能的杠杆和手段在哪里呢？两种伟大文化的价值观是如何相互关联的呢？

作为剧作家，我努力确保我的每部剧本在本质上都是对超国家价值观的讨论。以我的理解，儒家伦理的核心原则是社会与家庭中最高的关系原则——仁。和谐。人性，爱人，仁爱，仁慈。真理，正义。习俗，礼仪，仪式。常理，理智，智慧，审慎。善意和诚信。孝敬父母。忠实，忠诚。勇敢，英勇。所有这一切在《宝葫芦的秘密》一书中已经有所体现。

> 我们注定无法预测，
>
> 我们的语言将如何回应。
>
> 给予我们的同情，
>
> 犹如给予我们的恩典。[1]

是的，我们注定无法预测。但即使是回顾往事，我们也无法理解，是什么以及它如何构建了我们的灵魂。但毫无疑问，那本儿童读物是砌成我灵魂的一块"砖"。这本书是由一位中国作家写下的，其寓意与儒家价值观相互呼应也就不足为奇了。

这些正是我在创作自己的剧本时所努力依赖的价值观。在我看来，这些价值观是我进入中国戏剧空间的桥梁。

---

[1] 俄国诗人丘特切夫（1803—1873）的诗《我们注定无法预测》。

但既没有东方，也没有西方，既没有边界，也没有种族，
也没有出生的差异，

当来自世界两极的两个强者对峙，面对面站立。

19世纪末的吉卜林如此说道。

成为强者在今天意味着什么呢？谁可以被认为是强者呢？我认为，在现代世界中，强者就是能够进行对话和竞争的人。对话和竞争是我们改善世界的手段。但这也是最困难的事情。

我的很多剧本被搬上了舞台。但实际上几乎没有关于我的专门的戏剧资料。文艺理论家的硕博论文除外，但所有这一切都不在公共空间里，而在个别高校内。所有这一切都是面向为数不多的研究者的。我的话剧很少参加戏剧节。而且我几乎没有得过任何文学奖项。我既非作协成员，也非戏剧家协会会员。但与此同时，我只凭剧作家的工作谋生。而且我是俄罗斯联邦收入最高的剧作家。我正在撰写《反对观众的剧院》一书。它不仅与俄罗斯剧院有关，也关于欧洲剧院（英国、北欧的剧院和部分法国剧院除外；也不包括罗马尼亚、乌克兰和保加利亚的——这些国家的大部分剧院热爱并尊重观众）。

我想说的是，今天欧洲和俄罗斯的戏剧界常常高度评价自命不凡、令人费解、通过人为设计由不兼容成分构成的戏剧，相应地也高度评价那种剧本。剧本中政治、宣传、粗浅的高谈阔论越来越多。越来越少有剧作家试图讲述现代人的种种感受。关于他们在瞬息万变的世界中的自我感觉，关于他们对永恒价

值的渴望，关于他们对爱的渴望，关于对真理的探索，如果你写下所有这一切，那么你将赢得观众的爱。但你会牺牲评论家的喜爱。今天，这需要勇气。我花了很长时间培养了自己的这种勇气。现在我完全视自己为一个独立的剧作家。近三十年我在戏剧领域一直很成功。没有国家订单，没有关系，不走后门。我不受任何团体的保护。所有这些意味着可以独立。这也意味着，我有足够的能力与任何对手进行对话，并且在我的工作领域我有足够的竞争力。

出版社决定出版我的五部剧本。说实话，我对此感到震惊。现在全世界都有一种偏见——读者不喜欢读剧本。我不同意这种偏见。读者不喜欢读无聊的剧本，但是他们喜欢阅读有趣的剧本。就如同读者不喜欢读无聊的小说，却十分爱看令人着迷的小说。俄罗斯人习惯说："除了无聊的体裁外，所有的体裁都很好。"但对阅读剧本的偏见已经变得如此普遍，以至于它开始给剧院造成严重的损失。真正的观众必须阅读剧本。这有助于他们更好地了解戏剧，培养对戏剧的品位和批判性思维。然而，对于中国而言，我仍然是外来的作者。为了让中国人视我为剧作家，中国应该有人为我发声。

在20世纪70年代和80年代，俄罗斯有过一大批伟大的剧作家。其中包括一些天才。举世闻名、极受欢迎的喜剧作家佐林。亚历山大·万比洛夫。我认为戏剧文学中的万比洛夫如同音乐上的莫扎特。如此轻巧，如此透明，如此纯粹的声音。米哈伊尔·罗辛和埃米尔·布拉金斯基——他们似乎讲述了20世纪

60 年代至 80 年代我们国家发生的一切。极具诗意的亚历山大·沃洛金。当然，还有维克托·罗佐夫和阿列克谢·阿尔布佐夫——苏联戏剧的奠基人。还有至今尚在的天才——爱德华·拉津斯基。我认为这些就是天才。

还有许多高水平的作家：亚历山大·加林、阿拉·索科洛娃、弗拉基米尔·古尔金、尼古拉·科利亚达……还有一些卓越的剧本！所有刊登他们剧本的杂志，它们因刊登这些剧本而成为紧俏商品。20 世纪 70 年代和 80 年代，我当时是三个孩子的母亲，为了买到加林或者拉津斯基的新剧本，早上六点半走出家门。这是苏联的《戏剧》杂志。它是月刊，送到每个书报亭的数量不超过十本，每个月的 3 号至 6 号送来，早上六点左右。无论冬夏，这几天我都会走近书报亭询问杂志。他们回答我说："今天没有。明天来吧。"我便明天，后天，大后天一遍又一遍地去问。最后我终于拿到了梦寐以求的杂志，怀抱着它往家走。我飘飘然，幸福无比。当时不仅与戏剧行业有关的人读剧本，学者、科研人员、教师和医生等等都读剧本。还要列举吗？所有的知识分子都在读剧本。这样的时代可能重来吗？可能。如果重新出现有趣的剧本。这迟早都会不可避免地发生。

在重新架起通往现代中国戏剧的桥梁时，我不禁佩服中国令人难以置信的技术。根据戏剧作品——即剧本——创作话剧，在饱和的市场上推广它，对其做进一步开发管理，采用使观众参与其轨道的新型互动形式，今天，所有这些技术都在积极改进。在中国，这一过程精彩纷呈，西方剧院管理的最佳趋势在这里已被接受。专业平台系统地覆盖了巨大的观众空间，犹如伏天里形状完美的莲花覆盖整个湖面。

此类艺术公司与平台成功的原因远非复制已发现的解决方案，它们只不过借用了形式手段，而中国戏剧的内容成分绝对是自己的。要理解与观众的互信对话这种独特形式的本质，我们应该重返最初培育剧院的原始价值观。今天，休闲和娱乐领域的潜在观众可以选择大量分散其注意力的消遣活动。这对剧院来说是一个强大的竞争挑战。为了应对这一点，必须准确了解今天的观众究竟对剧院有何种期待。他是否渴望最终摆脱智能手机，梦想两个小时的数字排毒？他是否想真诚而深刻地感受和思考自己一生中最重要的事情？他是否期望这些思考会自然而然地产生，而无须多余的教训和道德教化？中国戏剧肯定地回答了所有这些问题。而这意味着，剧院面临着艰难的剧目选择。

普图什金娜

2020 年 10 月

# 目　录

# 比萨斜塔

（两幕闹剧）

# 剧中人

妻子

丈夫

幸福的家庭各不相同，不幸的家庭彼此相似。

　　——作者凭记忆援引列夫·托尔斯泰的名言，因此不敢保证其正确性

# 第一幕

[一居室住宅里住着丈夫、妻子和儿子。儿子临时缺席。住宅很普通。厨房也很普通。厨房里有台小电视。房间中央放着一个打开的行李箱。

[丈夫和妻子正在厨房里。他吃饭,她盛饭。她盛,他吃。

丈夫　瞧——不知为什么饿成了这样! 不知怎么了就特别想吃! 又是周末! 明天看样子是好天。带你去别墅。呼吸一下新鲜空气。顺便慢慢开始整理菜地。让我们种些土豆吧! 秋天就会有绿色食品了。满意吗? 再给我来点儿土豆! 再加块儿肉饼!

[妻子把盘子放到他面前,自己则坐到他膝盖上,凝视着他,并用手伤感地抚摸他的脸颊。

[丈夫由于坐姿不便,一动不动,没法把勺子送到嘴边。

丈夫　(过了一会儿)我在吃饭呢。

妻子　(异常激动)看见了。停一下。想告诉你一件重要的事。

丈夫　(根据他的经验,如果是重要的事,就一定不是好事)吃完了再说吧。准确地说,球赛结束后再说吧。准确地说……明天得早起……过后再说吧? 一切结束后再说吧! 有芥末吗? 或者酱汁什么的也行。

005

〔妻子从他的腿上站起来，表示抗议地把酱汁砰的一声放在他面前。

丈夫　你真没必要用奶渣代替面包屑来做肉饼，根本吃不饱！

妻子　（莫名其妙地）结束了，我的朋友，阿门！

　　　〔停顿。

丈夫　（小心地）怎么回事？你怎么啦？（耸了下肩）所有的东西都没有味道！你最近不是盐放少了，就是放多了……好像有点儿脱离正轨。有什么事不对劲儿吗？工作上的？

妻子　可能一切就该是这个样子。

丈夫　就是说，只是心情不好？

妻子　心情也不好！我要走了。

丈夫　这就对了！（不时地搓搓手）换一种感受。我这儿电视上马上决赛，不能错过。

妻子　终场了，我的朋友，阿门！我走了。

丈夫　可以走了，因为我已经饱了。我自己收拾。你别耽误了。

妻子　（笑）我走了。

丈夫　（不关心地）去很久吗？差一点儿错过了新闻！（打开电视，现在注意力只在那儿）啤酒还有吗？

妻子　啤酒？（笑）不知道。难道还能剩下点儿什么吗！

丈夫　（漫不经心地）太好了！总是轰炸，轰炸！[1]好了，吃亏了吧！顺便给你妈带个好。（无意识地）给你妈——是的……

---

1　电视里正播放新闻，这里指1994年车臣战争。（本书正文中的脚注均为译者注）

二十年间她哪怕问候过我一次！哪怕一次！

妻子　继续！

丈夫　如果我和你，谢天谢地，我们分开过日子，还有什么可
　　　继续的？！

妻子　转达问候。还有呢？

丈夫　什么还有？如果你什么都否认的话！

妻子　这要看是什么了。尽管这些都不重要了。

丈夫　总是否认一切。尽管我早就对一切无所谓了。

妻子　不对！不是一切也并非总是！

丈夫　我不想吵，但是总是一切！

妻子　具体是什么？

丈夫　你还要具体？你妈反对你嫁给我。

妻子　二十年前？！

丈夫　装作忘了？

妻子　记得很清楚。

丈夫　记得吧！但你想否认？

妻子　不否认。

丈夫　承认了吧？

妻子　承认。那又怎么样？满意了吧？

丈夫　安静！（盯着电视）真聪明！我早就知道这一点。（对妻子）
　　　我们说什么来着？

　　　　　［停顿。

丈夫　（猛地一惊）你是认真的吗？

妻子　对。那又怎么样？二十年前！

丈夫　就是说，我说的是对的？！我们的登记总是被推迟！一会儿外婆去世了，一会儿自己感觉不好，一会儿你又怀孕了！我觉得——一切都不是那么简单。

妻子　那又怎么样？

丈夫　有意思！否认了二十年！

妻子　今天承认了。满意了？

丈夫　特别满意。尽管我无所谓。

妻子　可我要走了。

丈夫　给你妈带好！去很久吗？

妻子　（拖长字音）我——要——走——了。

丈夫　（同样地）明——白——了。我是问——什么时候回来？

妻子　再——也——不——回——来——了！（走进房间，拎起箱子，用告别的目光久久环视房间）

丈夫　发什么脾气啊？瞧，只要我说对了，你就生气！打个电话！我会去车站接你。你拖那么大一个箱子啊？装的什么？脏衣服？（不很情愿地站起身来）我送你去车站吧。（叹气）我们这就出门！决赛我不能错过。

妻子　我自己走。

丈夫　（轻松地）好吧！给岳母带好！（快速重新坐下）我们还要轰炸他们多久？

妻子　再见！

丈夫　你要在那儿过夜的吧？早晨我直接去接你。去别墅正好顺路。

妻子　桌子上面有一封信。别给扔了！给儿子的。

丈夫　谁写的？

妻子　我写的。

丈夫　（漫不经心地）别担心。我会转交的。

妻子　（愤怒地）我要离开你！离婚申请晚些时候递交！

　　　　［停顿。

丈夫　（恼火地）真能选时间！球赛马上就要开始了！

妻子　对不起，不是故意的——只是巧合了。

丈夫　球赛过后我们再大吵一顿怎么样？（意味深长地）然后
　　　再和好。（机械地）和好……暂时你忙点儿别的。看看新闻！

妻子　这些新闻我已经看过了！昨天。前天和更早一些时候。
　　　可今天的新闻是不同的！我正式宣布——和你离婚。

丈夫　我听你说这个可不是第一次。

妻子　不过这是最后一次。

　　　　［停顿。

丈夫　（长叹一口气）昨天喝了三百克，顶多。而且正经就着
　　　饭菜喝的。没醉。你用不着那么看着我！别这样！！！我受
　　　不了这个！随便吧！非要这样——走吧！但我警告你——
　　　不会有好结果的……最终土豆将来不及种——这会让你后
　　　悔的。

妻子　我其实是想什么也不跟你说就离开。转念一想——无论
　　　如何二十年了！我也该跟你说一声"再见"！

［丈夫夺下了她的箱子，拿到房间里，仔细翻看里面的东西。

丈夫　就因为三百克伏特加！就算是半升吧！说真的，你有没有用你的鸡脑子想象一下男人们能喝多少？！每天喝！你哪怕认真地想过一次这事也好？！不说话了？要知道我总是做出让步！一周喝一次！不比这更频繁！两次，如果有重大理由的话。就算两次！准确点儿说……一周一次半。这你就不满意啦？不喜欢啦？你呢，我不强迫你喝！不喜欢——不喝！我不强迫你！你是成年人！不过如果你不喜欢喝的话，为什么我就不能喝？！女人的逻辑！我怎么，小孩子啊，还得听你的？你自己明不明白，你在抱怨什么？想让我一点儿也不喝？！痴人说梦！连听这种不懂人情的挑衅都是一种耻辱。得了！吵闹结束！球赛开始了！

妻子　我再也不生你的气了。再也不准备改造你了。直接走人。最后一次出走。

丈夫　够了，说来说去的！没有别的话题啦？嘿，逐一回忆……唉，我承认我多少……好了——好了——好了！球赛！瞧——多棒的队员！你以为他们不喝酒吗？才不是呢！喝！但他们的老婆不吭声。

妻子　我无所谓了。现在这只是你个人的问题了。

丈夫　已经道歉了！你总是没事找事！道歉了——你就别纠缠了！

妻子　好吧。算你道歉了。我原谅你了。

丈夫　那就赶快去你妈那儿吧！走吧！回头见！射——门！！！

嘿，芬兰人！嘿，太精彩了！第二分钟进球！射——门！！！

（抓住她，紧紧抱着，响亮地亲吻）

妻子　我们分手后还是朋友，好吗？无论如何我们有儿子。

丈夫　射——门！射——门！

妻子　做夫妻二十年，却没能成为朋友。让我们分手时成为朋友吧！我不打搅你了。再见！

丈夫　你搞什么名堂？（看着电视）你还有脸再回来？安静！快——快——快！！！见鬼！！！

妻子　仔细听好了。

丈夫　别烦我了！你等等！

妻子　我要永远离开你。

丈夫　（盯着电视）喂——喂——喂！快，蠢货，快，快！！！

妻子　永远不回来了！终场了，我的朋友，阿门！

丈夫　（盯着电视）喂——喂——喂！蠢到家了！！！

妻子　永远！你自己才是蠢货呢！

丈夫　（全部注意力都在电视上）说的就是——十足的蠢货！！

妻子　有没有脸我都不回来了！我怎么能跟这样的人过……

丈夫　（大叫）他妈的！！！喂——喂——喂！射——门！！！乌拉！！！真有你的！！！

妻子　（气得大喊）再见！！！（拎起箱子，跑向门口）

丈夫　（追上她，却总是回头看着电视）等等！我们把问题搞清楚！球赛马上就结束，我们把一切都搞清楚。马上休息了！你别发神经！唉，你忙点儿什么！

妻子　去买啤酒？

丈夫　如果不麻烦的话。（跑步奔向电视）喂——喂——喂……
　　　找死！！！

妻子　我跑一趟。

丈夫　太棒了！（回头看她）你怎么啦？

妻子　怎么啦？

丈夫　又去哪儿？

妻子　买啤酒啊。

丈夫　拖着箱子？

妻子　那又怎么啦？

丈夫　拖着箱子——买啤酒？

妻子　我就是不准备回来了！买不买啤酒都一样。

丈夫　你就是要这样，是吧？

妻子　只能这样！

丈夫　固执呗？

妻子　好像是。

丈夫　就是说，有原因呗。

妻子　有。

丈夫　喝了……但回来时很安静。没闹。没打你。

妻子　只是早晨一回来，坐到床上，开始抛钓鱼竿。然后大叫
　　　起来："我多笨啊！要知道6月的这些地方鱼根本不上钩！"

丈夫　想逗你开心。

妻子　这个做到了。况且现在不是 6 月，而是 5 月。

丈夫　就为这个你要走？我才不会相信呢！

妻子　并不完全为这个。

丈夫　那为什么？

　　　［妻子默默地看着他。

丈夫　快——快，说啊！休息结束了！

　　　［妻子不说话。

丈夫　或许，有人给你打电话还是怎么着了？

妻子　就算是吧。

丈夫　打我小报告了？

妻子　完全可能。

丈夫　你马上就信了？是不？

妻子　那怎么了？

丈夫　轻率地相信电话并照单全收了？

妻子　可能。

丈夫　你能不能问问我，哪些是真的，哪些是假的？我更清楚！
　　当然如果相对于诽谤你更喜欢真实情况的话。想听真话吗？

妻子　不想。

丈夫　我还是要说真话。尽管我很讨厌这样做。

妻子　我已经无所谓了。

丈夫　真实情况就是什么也没有过。

妻子　祝贺！

丈夫　为什么没有过？你没想过这个问题？

妻子　我？没有。

丈夫　可惜。要先了解前后经过。然后再吃醋。而不是相反。
　　　这才是正常女人的正常立场。

妻子　再见！

丈夫　没完没了！再见——再见！正好赶在决赛！好吧，昨天
　　　喝了。在布托沃，在我们正在装修的公寓里。萨尼亚过生
　　　日。该喝吧！怎么，我在那种时候应该离他而去？该清醒
　　　地回到你这里？你别搞得太荒唐！而且，他请了所有的人！
　　　全是男人。我发什么誓都行。不信啊？

妻子　我现在无所谓了。

丈夫　全是男的。还有柳德卡。这是自然的！柳德卡是我们组
　　　的一员。顺便说一句，她砖砌得很好。顺便一说，是个能手！
　　　接着，我们坐在那儿……男人们开始怂恿我，说，就我一
　　　人还没有跟柳德卡好过。大家开始猜疑我，做了各种伤自
　　　尊的推测。你高兴别人这么说你男人啊？我借着酒劲儿激
　　　动起来，把柳德卡拥到墙角里。也就是顺便，没太当真，
　　　半分钟左右……简而言之，反正什么也没搞成！我真的发
　　　誓——没搞成。如果成了的话，我会跟你说吗？

妻子　这证明了你的无辜，也安慰了我。

丈夫　这很正常！我是已婚的人。根本没必要扯那个。喝醉了
　　　酒什么事搞不出来？什么可笑的事都会有！大概有人向你
　　　打小报告了？！然后你就胡思乱想！说是有过！有过！没
　　　有！！！不信？

妻子　信。别分心了。错过球赛了。再见！

丈夫　那怎么——把柳德卡给你领来，让她亲自证实？根本什
　　　么都没发生！连开始都没有！想法是有过。是。但过程本
　　　身没有。男人什么不想？如果有想法就受惩罚，那么俄罗
　　　斯的所有男人都该在监狱里被折磨死。你干吗这副表情？
　　　你可能在想——你从来没想过背叛我！

妻子　想过。

丈夫　什么？

妻子　是。

丈夫　几次？

妻子　没数过。很多次。

丈夫　竟然是这样？

妻子　唉。

丈夫　明白了。

妻子　明白什么了？

丈夫　（神经质地在厨房里走来走去，忘了电视）荡妇！就是
　　　说你背叛了我！

妻子　精神上。

丈夫　更糟糕！

妻子　球赛结束了！你不看！

丈夫　耍笑我？啤酒还有吗？！

妻子　我不喝啤酒。

丈夫　对，你不喝！你更糟糕！喝白兰地吧……哪里好像还

有……我和桑卡上一次第二瓶没喝完……没错！第二瓶被你给我们拿走了！（找到白兰地，给自己倒上，跟屏幕碰杯）芬兰人已经三比零领先了！生活就这样过去了！你就这样错过了其中最好的部分！（喝一口）我连想都没想就相信了你。而你却背叛了我！

妻子　我想过，可不是背叛过！

丈夫　她想过！就应该杀了你这样的幻想者！为有这样的想法就该被立即杀头！你再没别的可想了？结了婚的女人！母亲！该想孙子啦！我个人只梦想有孙子！你却总想着男人！而且丈夫还活着还正常！傻瓜我是！跟你生活了二十年，还一次都没有背叛过！谁要是知道了这个，肯定会哈哈大笑的！

妻子　别伤心。现在你可以弥补了！

丈夫　弥补！我跟你生活了二十年，弥补的能力都失去了！

妻子　我同情得快要哭了。

丈夫　怪我，忽略了你。没看管好。相信了你。那你想过谁呢？

妻子　想过很多人。

丈夫　具体的呢？

妻子　具体想过很多人。

丈夫　嗯……详细的呢？

妻子　有时，想一些人。有时，想另一些人。

丈夫　就这样想——从头到尾？

妻子　正是这样。

丈夫　当着我的面，你好意思说出这种话?! 作为妻子、女人和母亲，你好意思吗?

妻子　好意思。

丈夫　我真是傻瓜!（直接对着瓶子喝）混蛋!（看着电视）芬兰队也丢球了! 球赛泡汤了! 曾经有过——看见一个女人。这里，这里，大腿，胸部——全都有! 看着她，那么仔细地、详细地看，自己却同时想到——我不该这样! 因为我有妻子! 因此从来没有过! 甚至连想法都没有过一次。良心是极其干净的。你向来是我的唯一。主要的。最重要的。第一位。爱信不信。却是千真万确的。

妻子　谢谢。晚了已经。再见。

丈夫　不相信? 相信别人，却不信我?

妻子　信或不信现在有什么区别? 再见!

丈夫　别人对你胡言乱语，你现在就来践踏我的人格。

妻子　我原谅了一切。我怀着对你的美好态度离开你。怀着对你的真诚美好态度抛弃你。

丈夫　我知道你说的是什么了! 知道了! 这一切都是闹着玩的! 过去多少年了! 如果我意识到你知道了这事，自己就会向你承认的。但你没说。如果你记在心里，那我也会记在心里，不会主动坦白。你早就知道了，是吗?

妻子　你说的是什么?

丈夫　你明白得很——说的是什么。

妻子　没有概念啊。也不想有。也不想问什么。

丈夫　你问啊!

妻子　有什么必要? 晚了。应该早点儿。

丈夫　我会诚实地回答。毫不隐瞒。什么也没有过! 全是胡说八道! 那一次什么也没有发生过!

妻子　哪一次没发生过?

丈夫　那一次出差。

妻子　而这一次呢?

丈夫　你指的是什么? 哪里? 什么时候?

妻子　你记得很清楚!

丈夫　你指的是萨拉托夫?

妻子　就算是吧。

丈夫　这还是在社会主义制度下的时候!

妻子　那么你在社会主义制度下的萨拉托夫发生了什么事?

丈夫　（对着瓶子喝了一口）这你可能会责怪。你有权利。你说我吧。我忍着。这是唯一的一次。

妻子　有什么必要在我们即将永远分手的这一刻责怪呢?（突然抱住他, 亲吻他的脸颊）责怪太晚了。再见!（准备离开）

丈夫　（拖住箱子）我个人不相信孩子是我的!

妻子　（吃惊地）什么? 你不相信孩子……（放下箱子, 狠狠地扇了他一个耳光）

丈夫　不许! 不许你相信孩子是我的! 不准你相信!

妻子　太荒唐了。说得太离谱了。

丈夫　为什么我该相信? 厂里派她来关照我。我不是被关照的第一人。傍晚她把我领到宾馆。她在房间里坐了很久。后来害怕一个人走夜路。就留下来了。然后，我们喝了酒。应该做点什么打发时间吧。不能读书吧！我根本什么也记不清了。而她一大早就兴高采烈的！啦——啦，啦——啦……可我头痛欲裂——就剩下这些印象了。后来电话已经打到这里了。你好，你好，我怀孕了。可萨拉托夫怀孕的人还少吗！怎么现在所有的人都不停地给我打电话？怎么——我是萨拉托夫市有史以来唯一的男人？一年后又打来了电话——来看看吧，你出差走后我生下了谁！她还能生下谁？难道是大象不成？怎么，我如今要跑遍所有出过差的城市，到处看一看——哪里生下了谁？不是我的孩子！

就算真有孩子的话！就是说，这个狗杂种也给你打电话了？

妻子　没给我打过。

丈夫　那你从哪里知道的？

妻子　从你这里。刚刚。

丈夫　为此应该狂饮。（喝一口酒）那为什么打我嘴巴？

妻子　我以为，你说的是我们的孩子。

丈夫　我们的怎么了？我们的孩子是我的孩子吧？

妻子　你怀疑？

丈夫　你跟我说了这一切以后……现在我怀疑一切。

妻子　我生活中没有过一个男人，除了你。

丈夫　不相信。

妻子　不信什么？

丈夫　不信你除我之外没有过也不会有别人。

妻子　我说了——没有过。这是事实。但我没说——不会有。
　　会有的。希望有。

丈夫　丈夫还活着时?!（略带哭腔）为什么? 我对她做了什么?
　　粗鲁的话从来没说过……

妻子　说了。

丈夫　什么时候?

　　　　［停顿。

丈夫　想不起来了。

妻子　我可以提醒你。不过有什么必要呢?

丈夫　当然，可能说过。人是活物! 不过只有在你自己找碴儿
　　的情况下!

妻子　没找碴。

丈夫　就是说，心情不好。反正记不住了。

妻子　提醒一下?

丈夫　谁记旧仇……谁身上都会发生的。家庭生活中，对于女
　　人来说主要的是忍耐。我自己脾气很大，但很快就会消气的。
　　大声吵了一顿，马上就忘了。像个孩子。不过，你要知道，
　　生活中从未对你动过手!

妻子　动过。

丈夫　就挥过手! 是! 承认。但没打过。一次也没打过。

妻子　打过。

丈夫　胡说!

妻子　提醒一下？

丈夫　你怎么老是提醒，提醒的？！没打过！

妻子　不对！

丈夫　夸张！

妻子　（终于含着泪）你没有良心！

丈夫　说啊，说吧！来吧！提醒吧！我们听着！比赛结束了！
　　　比分不清楚！谢谢！全都错过了！白兰地喝完了，别的也
　　　没有！说吧，来吧，糟践吧，侮辱吧！一切都来吧！

妻子　这是在廖利克满一周岁时。

丈夫　别把儿子拖进来。跟儿子没关系！

妻子　是的！你想打我，却打了他。

丈夫　胡说！我从来没打过孩子！

妻子　让我说完！我没打断过你说话！

丈夫　你要是打断我就好了！

妻子　廖利克满一周岁……

丈夫　十八年前？！

妻子　那又怎么样？！十八年前的生活是另一种情形，跟我们今
　　　天就没有关系了？我们怎么，一个小时前才开始生活的？

丈夫　说吧——说吧，糟践吧，你爱干这个。

妻子　给廖利克过一岁生日。你叫了很多人！

丈夫　怎么了？！独生子一周岁！对你来说不是节日。对我来说
　　　可是节日！对我来说儿子是神圣的。女人根本不懂得这一
　　　点，不懂得男人和他的儿子！

妻子　你那时喝醉了！给大家也灌醉了。

丈夫　十八年前喝醉了！真能记仇！

妻子　我自己犯傻买了两瓶酒。你又买了三瓶。客人们又带来了一些！给孩子带来的礼物总共加起来不到三卢布，伏特加酒他们却搞来了上百卢布！

丈夫　指责别人不好吧！

妻子　喝啊喝的，还嫌少！都深夜了！孩子睡不了觉！抱着一小时，两小时……我就盼着大家什么时候离开！大家刚要准备回家，你又跟我说，去邻居家借点儿钱——借点儿钱！"应该去趟火车站，补点儿酒——我们坐着挺带劲儿的，"你挥着手说，"差人去火车站，去饭店！"而我刚刚好不容易才把廖利克摇晃入睡。甚至都没地方放他躺下。你喝多了，把酒瓶都扔到小床上，以方便早晨退瓶子。我抱着廖利克低声跟你说，让你的这些蠢货赶快滚蛋，你自己也跟着他们滚。而你却抡起拳头！……你喝多了，使足了力气没有打中我，却打到了熟睡中的廖利克……（带着哭腔）他在这之后两年左右的时间都处于惊吓状态！

丈夫　看，这可是你自己说的——你自己也有错……挑起事端！你看——人家喝酒，高兴，你却大闹了一场！不过，说实话——什么也不记得了。

妻子　不记得了？你还真就不记得了！最可怕的是——真的不记得了。等等，我来说说我自己。我当时八岁。一位将军急需一个英语教师。然后把我妈妈直接请到他家别墅。夏天。还允许带我去。将军的孙女也在那里，她和我一般大。一头卷发，穿着镶有褶边的衣服，扎着蝴蝶结。她有一只小狗。是一只卷毛狗，扎着蝴蝶结。我当时是直接从乡下外婆家过去的，剃着光头。因为我在乡下生了虱子，可我妈没有时间照管我，没时间除掉它们。将军的孙女一头卷发，我却戴着褪了色的带斑点的头巾。而且脸晒得爆了皮。在外婆家晒得黝黑。将军的孙女嫌弃我，不肯走近我。她玩，我在远处看。她玩起了理发的游戏，并剃光了自己的小狗。吃午饭时传来一声尖叫——谁把小狗给毁了？！她坐在那儿乖得很，眨巴着眼睛，摇晃着卷发。大家都心疼她，却来质问我。我母亲揪着我的耳朵，使了那么大的劲儿，脸都涨红了。要知道所有的人都清楚——不是我剪的狗毛！而且还知道，他们的一切我都能理解！我瞧不起他们，还有我母亲。因为我们不会饿死的！有什么必要这么做——当着将军的面？！这一切过后，我一人去花园。我心情简直糟糕透了！可这只小狗向我跑来，摇着尾巴。我突然使足力气踹了它一脚！我永远都不会忘记的！永远不会！！！（痛哭）

丈夫　得了吧！（搂住她）那条狗已经死了！你哭有什么用！

妻子　死了！我永远都无法请求原谅了！也无法忘记！可你打了儿子却不记得了！发生了这样的事之后还怎么跟你过？

丈夫　十八年前打的！你现在却因为这个决定离开我？

妻子　可我带着孩子又能去哪儿呢？去我妈家？去住筒子楼？难道就只这一件事吗？！累积下来总共多少事啊！

丈夫　那为什么偏偏在今天决定走了？

妻子　量变发展到质变。

丈夫　胡扯！你看桑卡的女人数量在增加，可质量却越来越差。我自己都不明白自己在说什么。真是头蠢猪！谁没有这样的事！我相信你。认可你。对不起。我们和好吧。

妻子　晚了。积怨太多。我再也无力承受了。

丈夫　还有什么？

妻子　你自己哪怕能想起点儿什么，我哪怕还有点儿希望！

丈夫　怎么我是电脑啊，还得记住一切？！你说吧！我听着。

妻子　谁剥夺了我喜爱的工作？

丈夫　谁？！

妻子　你。

丈夫　哪份儿工作？

妻子　喜爱的。专业工作。

丈夫　是在图书馆那个吗？你就感觉幸福吧，我把你从这个养老院里拉了出来！远离了老姑娘，远离了无聊乏味的退休佬，远离了纠缠不休的小学生！

妻子　可我不幸福！而且我有权利！我毕业于文化学院。图书馆学系。还是以优异成绩毕业的。

丈夫　我知道，你聪明，我总是向大家夸你。

妻子　我为什么去读这所学校？

丈夫　适合聪明又谦虚的姑娘呗。

妻子　因为我一生都梦想能成为图书管理员！

丈夫　真能找梦想！我还梦想当试飞员呢。

妻子　却当了工地主任！可我梦想成为图书管理员，梦想成真
　　　了！我热爱书！与老姑娘、无聊乏味的退休佬及纠缠不休
　　　的中学生在一起感觉很好。我酷爱这一切，却被你不问青
　　　红皂白地剥夺了。我们的儿子在图书馆里长大。他从学校
　　　直接去那里与老姑娘们一起喝茶。无聊乏味的退休佬们帮
　　　他做功课。而且他的初恋就发生在图书馆里。爱上了一个
　　　纠缠不休的中学生。就是说，你把我从养老院里拉出来的
　　　吧？又塞到哪儿去了呢？我都懒得叫它们的名字！我跟你
　　　的那些俄罗斯新贵甚至没什么可说的。

丈夫　不过却学会了电脑！

妻子　学会什么了？！填写支付单据？发往诺里尔斯克的水泥？
　　　发往车臣的水泥？！一到周五我就完全变傻了。想在周末读
　　　读书都不可能。单词明白，含义却理解不了。

丈夫　就是在自己的图书馆里待久了，已经不习惯真正的工
　　　作了。

妻子　真正的工作——就是你痛恨你做的一切？是你做的一切
　　　会使你变傻？是你为自己感到丢人？

丈夫　怎么对工作感到丢人？

妻子　我还没学会把这种事情叫作工作！我暂时还不好意思加
　　　入其中。国有工厂生产水泥。而我们的资本主义公司却过
　　　着寄生生活。非常便宜地买下大家都需要的水泥，高价出售。
　　　因为厂长是舅舅，而我们公司的董事长是外甥。舅舅和外

甥瓜分数十亿的利润，而工人却半年开不出工资！

丈夫　别忘了，你本人在公司里钱没少拿。

妻子　但不足以让我的良心彻底沉默。而且我和你也没过穷日子啊！你凭什么要践踏我的理想、我的自尊、我平静的生活？

丈夫　我们开始建别墅了！我的考虑是正常的。钱越多越好。我怎么知道你的想法？我有特异功能还是怎么？你自己为什么不说啊？可主要的是——我是给你建的！让你能同孙子们待在一起，休息。给他们读各种各样的书！是我需要别墅吗？我这是为什么？！

妻子　可你问我是否想待在别墅里了吗？生活中你哪怕问过我一次——我想要什么？！

丈夫　你想要什么？我问你！

妻子　旅游！

丈夫　太有意思啦这需求！

妻子　去普希金、莱蒙托夫去过的地方……

丈夫　这些人好像没出过国……你怎么不早说啊！不然早就跑遍了！花销不大！不喜欢在公司里做——那就去他们的！返回图书馆工作没问题！

妻子　我喜欢吃什么糖？

丈夫　这是说什么呢？

妻子　我喜欢的糖果？

丈夫　你暗示什么？我怎么知道？我自己根本不吃糖！

妻子　我喜欢什么香水？

丈夫　这个我不在行！

妻子　什么颜色适合我的肤色？

丈夫　你——什么都适合！只要穿着不短就行！听着，我没问你，我喜欢喝什么牌子的伏特加吧？我喜欢什么牌子就买什么牌子！从来没生过你气！

妻子　那我们是怎么认识的？在哪儿？什么时候？你对我说了什么？我说了什么？

丈夫　那些东西我根本记不住。我们认识时，我都没打算结婚。因此，什么也没记住。

妻子　结婚是什么时候？几号？哪一年？

丈夫　有结婚证……好，我回答。廖利克十九岁。还是十八岁？你都怀孕好长时间了才嫁给我的吧？还是刚怀孕？那么，假如减去十九……等等，还是减去二十？你穿着白婚纱……就是说，是夏天……

妻子　晴和的初秋。十月。

丈夫　我还记得，天气暖和。你脸上还罩着网纱。婚礼上那么可爱，只是不停地哭。

妻子　大概是因为幸福。

丈夫　你知道吗，对于你们女人来说，这一切都很重要……可对我们男人来说……

妻子　对于一个有爱的人来说很重要。其余的人至少应该记得。出于礼貌。

丈夫　好。我会记住的。

妻子　不是记住，而是想起。这如今已经是我们的过去了。因为我要离开你！

丈夫　胡说！你去哪儿？你自己明白——无处可去！谈也谈了——我都记下来了。我们重新开始。

妻子　从哪儿开始？知道吗？我不。我可以开始新生活，但不带你。

丈夫　那我怎么办？我对以前的生活习以为常了。有点儿渐渐上瘾了，渐渐习惯了。我喜欢我的生活。

妻子　可我要逃离我的生活！

丈夫　你要把一切一笔勾销！出现了摩擦。甚至令人不快。我现在才明白过来。可光明的时刻要多得多。

妻子　你想象一下。假如说，请你去吃饭。餐具漂亮，菜肴丰盛。奏响了音乐，周围的人都微笑着。然后突然端上来了粪便。还得吃下去。或者离席。总的来说，酒宴都很好。而且这粪便只需吃一点点，只是偶尔。你建议怎么办？继续参加酒宴还是离席？继续还是离开？

丈夫　明白了你的暗示。

妻子　那我们就此打住。就停在这一乐观的音符上。

丈夫　我们家酒精放在哪儿？

妻子　你要干吗？

丈夫　擦洗一下！（找到酒精给自己倒上）

妻子　稀释一下。

丈夫　你还要教我喝酒呗！（一口喝下，大口哈气）

妻子　吃东西啊！（塞给他黄瓜）

丈夫　我说了，你别教我。

妻子　快吃一口！

丈夫　（推开她）别管我！虚情假意！跟我睡了二十年！给我
　　　做饭，收拾家，洗衣服，自己却琢磨怎么背叛我！竟想得
　　　出要扔下我！那为什么还跟我过？！如果不爱我，看不起我，
　　　不尊重我的话？

妻子　尊重你什么？！尊重你一周喝醉一次半？

丈夫　对我来说这不是主要的！

妻子　看得起你什么？！或许，你道德高尚？或者很崇高？或者
　　　你风度翩翩？

丈夫　我很普通！我是大多数！一个正常的人！

妻子　我们的标准不同。

丈夫　是不同！比如说，我没想背叛你！

妻子　你——直接就背叛了！

丈夫　根本没有过一次！如果说真格的！不过都是些扯淡，鸡
　　　毛蒜皮的事。

妻子　你认为，什么是背叛？

丈夫　动了感情。可我只爱你一个。

妻子　你对自己的感情完全能把握住？决定爱就爱？改变主意
　　　了，就不爱了？

丈夫　你怎么——犯傻啊？哪有这样的！既然有了感情，那感

情就是独立的，不受我们的控制。

妻子　那你有什么优点？凭什么自我感觉良好？凭什么责怪我？你爱我一人并不是因为你是一个正派人。你也只能这样了。

丈夫　没明白。你什么意思？

妻子　我的意思是，爱是一种天赋。我们唯一可做的，是做它的保护人和守卫者。可你甚至都不想为爱情拒绝诱惑。

丈夫　我可以拒绝，没问题！拒绝很多人了。根本就不想。

妻子　你不想。这一点我自己也发现了。你恩准我去的这家公司请来了一位心理医生。他问我各种各样的问题，其中包括，我是否有固定的性伙伴。我回答说没有。甚至都没有想起你，你能想到吗？把你忽视了。你是什么性伙伴？你是丈夫。

丈夫　你自己也有一百年没有向我提出要求了。我根本也看不到你的爱。

妻子　为什么应该由我提出来？我根本挤不进你的酒与电视、钓鱼与工作，还有鬼才知道的什么事情之间。你的性只用五分钟。就这五分钟还一年只勉强挤出两次时间！

丈夫　爱不只是性生活。

妻子　那爱你什么呢？我们共同生活的这些年里，你给我送过几次花？我的生日礼物你都是在我们家楼下的商店里买的。顺路！附近。就便。食品店时——送一盒糖果。改建成玩具店了——你看，就这些小熊小狐狸什么的，就等着落灰了。后来成了服饰用品店了——就送连裤袜。离开你不是时候！

汽车配件商场马上就要开业了。你会在我过生日时送方向盘，送轮胎。二十年间会组装成一辆汽车。

丈夫　都说完了？

妻子　都？！你夸自己呢！

丈夫　可以闭嘴了。我再也不需要你的说教了！我明白了，是谁搞出的这些名堂。

妻子　谁？

丈夫　你自己知道！

妻子　猜不出来！

丈夫　唉——呀——呀！

妻子　你敢用这样的语调说我妈！况且这事与她无关！

丈夫　遇到了一位多么顽强的岳母啊！二十年过去了，她还是达到了自己的目的！

妻子　可耻！而你得溃疡躺在床上的时候呢？！是谁每天……隔一天去看你？给你做清汤和果汁饮料？为减轻你病痛陪你一起下棋？

丈夫　她是专门来看我如何死掉。就盼着她女儿早点儿独身，开始独居的新生活！

妻子　卑鄙！

丈夫　我再也不相信蛊惑之词了！我成熟了！还向你认错，真是傻瓜！我没什么可爱的？我只吹一声口哨试试！可你有什么可爱的？！你照照镜子看看！你头上是什么？我也就不说你头上有什么了！从来不涂口红！总是戴着一副古怪的眼镜！总是找碴儿，生气，无聊。一副哭腔！受苦受难之人！总之我都记不得，你最后一次笑是什么时候！

妻子　没有笑的理由。

丈夫　如果有理由的话，任何一个傻瓜都会哈哈大笑的。可你没有理由笑一下看看！通常是——你笑着，笑着——再一看，理由出现了。

　　　〔妻子突然哈哈大笑起来。

丈夫　你干吗？疯了？

　　　〔妻子哈哈大笑。

丈夫　你怎么啦？感觉不好？停！（摇着她的肩膀）马上停！

　　　〔她笑得更厉害了。

丈夫　你怎么啦？能说话不？哪怕点一下头！叫救护车？你这是神经性的！喝点儿水吧？点头啊！

　　　〔她继续笑，摇着头。像是歇斯底里。丈夫快速倒了一杯什么递给她。她喝了一口，喘不上气来。瞪大了眼睛，用力挥动着双手。

丈夫　你这是怎么啦？得了！叫"救护"！

妻子　（声音嘶哑地）你给我倒了什么？

丈夫　（闻了一下杯子，哈哈大笑起来）酒精！快吃点儿东西！（塞给她黄瓜）快——快！

　　　〔妻子把杯子里剩下的酒精泼到他脸上。

妻子　你是对的。如果长时间地笑，就会找到理由。我的上帝！我的上帝！我是多么幸福啊，马上就要离开这个蠢货了！

丈夫　去你妈那儿?

妻子　去我妈那儿。

丈夫　然后去南方?

妻子　打算是。

丈夫　马上找个未婚夫?

妻子　说对了。

丈夫　建议你别挑来选去的。遇到什么样的人你都同意吧。

妻子　竟然这样?

丈夫　谁要你啊?

妻子　好像刚刚才说过,你要啊。

丈夫　那是我心肠好。对你习惯了,熟悉了。知道吗——就是
　　　一双旧拖鞋。不管用了。当着外人穿觉得丢脸。却穿着!
　　　习惯了。不舍得扔。

妻子　旧拖鞋——是我?

丈夫　形象的说法。

妻子　地球上有多少单身男人啊!难道我没机会引起哪怕其中
　　　一个人的兴趣?

丈夫　不过挺好奇的——你拿什么来引起男人的兴趣?

妻子　我好看、迷人、活跃、开朗、心怀善意……我知性、有文化、
　　　优雅、热爱运动……我有无穷的魅力!

丈夫　与精神病医生谈一次话对你来说显然是不够的。

妻子　这一切都是我的潜力。为了能实现这些,我需要一个男人。
　　　一个能崇拜我的男人!赞叹我的人!还得一贯教养良好,

做人友善。还得细心、温柔、慷慨……

丈夫　一个陌生的男人何苦想起崇拜你呢？从何说起呢？

妻子　我会找到这样的人。

丈夫　（又喝了点酒精）所有的都说完了？

妻子　远不是所有！

丈夫　我听够了。现在你闭嘴！摘下眼镜，站得舒服一点儿！
　　　我要揍你！我给你装修一下！让你有得回忆！荡妇！！！我
　　　让你失去最后的卖相。

妻子　劝你别这样做！（抓起风衣穿上）

丈夫　再也不需要你的这些低能的劝告了！你要离开我？已经
　　　穿上风衣了？

妻子　离开！这次是真的走了！

丈夫　不，亲爱的！是我现在要把你扔出门去！你醒过来后，
　　　还会爬着回来！让你今天再跟你妈商量！（朝她走过来）
　　　你是谁啊？还指挥我？（轻轻打了一下她的脸，不痛，却
　　　是侮辱性的）喂，道歉吧！为你刚才所说的一切！快点儿！
　　　说谁呢？（抖出箱子里所有的东西，用脚往满屋子乱踢）
　　　她准备走人！我要教会你怎么跟我说话！

妻子　十足的小人！

丈夫　够了！！！你激起了我身上动物的本性！自作自受！算你倒
　　　霉！受着吧！

　　　　〔用力挥起手来，但落下的动作却比挥起的动作轻得
　　　多，因为妻子从风衣口袋里掏出喷雾罐，朝他脸上喷去。

丈夫　见鬼……你干吗……疯了……（沉重地，仿佛死了一样
　　　瘫坐在地上）

妻子　（拨电话号码）妈？我耽误了一会儿。没有，一切正常。
　　　谈了。反应？正常反应。我们的关系结束了。这很明显。他？
　　　在这儿。打起了瞌睡。什么时候？你认为，他是故意打瞌睡？
　　　他无意中打起了瞌睡。他怎么看？很矛盾。妈，我这里还
　　　要收拾一些东西。来得及！别担心！再见！（挂上电话）

　　　　〔走进房间，看着镜子里的自己。

妻子　再见了！也必须和自己说再见了。啊，请给我，请给我
　　　一点爱，请谁给我一点爱吧！

　　　　〔第一幕幕落。

# 第二幕

　　[房间里。

　　[镜子上方的壁灯亮着。

　　[箱子已经重新装好。

　　[丈夫仍在厨房里。躺在地上。不过脑袋下塞进了一个枕头，身上盖着被子。

　　[寂静中听得见流水声。妻子在洗淋浴。

丈夫　（呻吟着动了动）他妈的……他妈的……见鬼……

　　[长途电话。

丈夫　（爬进房间里接电话）他妈的……他妈的……（凭感觉咕咚一声抓起话筒）喂？夜里打个什么没完没了的？！什么？好好说！你不是俄罗斯人还是怎么？喂？谁？噢，有。去哪儿了？怎么，混蛋，你骂人呢？！看我现在怎么收拾你一顿！什么？什么？杂种！（扔下话筒）

　　[妻子走进来。围着浴巾，坐到镜子前。

　　[接着她用吹风机吹头发，化妆。

丈夫　祝贺！刚才有一高加索人打来电话，问你是否已经出发去了……

妻子　（冷漠地）去哪儿？

丈夫　去那儿！一个正经女人不会去的地方！有意思，你觉得我应该怎么来看这件事？

妻子　我建议你少喝几瓶，也少喝几回。

丈夫　一切好像都不对劲儿。我这到底是怎么了？脑袋痛得要裂开了，嘴里说不出啥滋味。而且我怎么会睡在厨房里，没脱衣服？

妻子　我来解释一下。我用喷雾罐把你喷晕了。为了自卫。

　　　〔停顿。

丈夫　嘿，你真行啊！马上就可以踏着滑雪板青云直上了。

妻子　你打我。我防身自卫。我觉得这很正常。你再靠近，还会够你受的。

丈夫　你扔了这玩意儿！你从哪里搞到的喷雾罐？

妻子　公司赠的。三八节那天。赠所有的女员工。你看，派上用场了吧。谢谢亲爱的公司。图书馆任何时候也想不出这一招。

丈夫　十足的傻瓜。你现在有勇气了。那，你去你妈的筒子楼。你和她在一个房间里能住很长时间吗？还有她的新一任丈夫？比她小二十岁的那个！她照顾得体贴周到的那个！到那时你拖着个大箱子去哪儿？

妻子　不用为我担心！我不准备在我妈那儿住。只是顺路过去待一两个小时。

丈夫　哦！女士变得独立了。已经靠自己厌倦的工作挣了足够多的钱，可以在外面租房子了？

妻子　昨天从公司辞职了。

丈夫　越来越有意思了！在图书馆里找到了挣得同样多的职位了？

妻子　我要离开莫斯科。

丈夫　很久吗？

妻子　也许永远。

丈夫　那么去哪儿呢？

妻子　比萨。

丈夫　草率。这不适合你。

妻子　四个小时后我的飞机会飞抵罗马。然后从罗马坐车去比萨。

丈夫　去哪儿，哪儿？

妻子　罗马。

丈夫　罗马知道了。从那里坐车去哪儿？

妻子　你真是无知。比萨——不是你最初想的那个地方。正好相反。是意大利的一个城市。不很大的城市。只有十万人口。我累了，想清静清静。（活跃起来）那里有著名的比萨斜塔！就是一直倾斜的那个。

丈夫　关于那个塔知道了。你看它时要小心了！我奉劝你。别突然倒到你身上了。会压死人的！

妻子　12 世纪起就开始倾斜了！也许 20 世纪也在倾斜。21 世纪仍要倾斜。

丈夫　那你去你的这个不稳定的比萨要待多长时间呢？

妻子　说了——希望到永远。

丈夫　工作找好了在……比萨？

妻子　没有。

丈夫　那找到什么了？

妻子　丈夫。

　　　〔停顿。

丈夫　脑袋痛。什么也搞不懂。

妻子　我来解释一下。我找到了未婚夫。

丈夫　给谁？

妻子　不是给你！给我自己！

丈夫　在比萨？

妻子　你本人对比萨有什么意见吗？

丈夫　我对这个偏僻的地方，这个意大利的闭塞之地，这些罗
　　　马的移民新村没有任何意见。

妻子　比萨位于意大利中心。

丈夫　你的斜塔要是倒了——谁也不会去比萨多管闲事的。你
　　　在那里会精神失常的。周围全是同样的面孔，令人恶心地
　　　面熟……你却跟谁也说不上一句话。

妻子　我要学会意大利语。比萨不仅有斜塔。还有大学。

丈夫　你读大学年龄有点儿大了。

妻子　学习任何时候都不晚。我对学习有热情。比萨不会成为
　　　闭塞之地。顺便说一句，那里有国际机场。

丈夫　想飞来舞去地沿街乞讨了？那你怎么挣钱来进行这些勾

当呢?

妻子　新任丈夫会为我提供保障!你没注意到——我要嫁给一个意大利人。

丈夫　怎么可能没注意到呢?!意大利人有钱!个个有钱。有钱只因为是意大利人。你会坐在一个像我们这样的一居室的房间里,不过那里有通心粉!哈——哈!顺便说一句,你最受不了它们!通心粉和一居室豪华套房——意大利标准的奢华!别墅你那里是不会有了。普希金—莱蒙托夫之地,你的新任丈夫是不会领你去的。他花不起这钱——从那里到这里。

妻子　没关系!我去看但丁—果戈理的住处。如果说到住房,他连一居室的都没有。

丈夫　难道住在筒子楼里不成?总之,整个意大利,全是一色的筒子楼。

妻子　他住在城堡里。自己的城堡。

丈夫　可怜的人!他会强迫你去干苦力活的!我知道这些城堡!它们就是在吞钱。又得修理,又得供暖,又得用煤油,又得用火柴……他们意大利什么都得付钱!贪婪的国家!

妻子　游客付费。他在自己城堡里搞旅游。

丈夫　向左看——身披盔甲的傻瓜骑士!12 世纪。向右看——20 世纪。我的俄罗斯傻瓜妻子!一丝不挂躺在床上!你是在哪儿贴上了这位意大利佬?

妻子　在征婚启事上物色到的。

丈夫　原来我这道德高尚、喜欢幻想的图书管理员竟在进行有
　　　计划的搜寻！

妻子　是的，选择过。

丈夫　那他以什么迷住了你？别是比萨的城堡吧？

妻子　一个住在自己城堡里的男人，无疑是迷人的。

丈夫　一个胖乎乎、身材矮小、寒毛很重的罗圈腿老头。

妻子　中等身材，庄重迷人，比你的旧拖鞋小四岁。

丈夫　哪双拖鞋？

妻子　你的旧得不成样子的拖鞋——就是我。忘了？

丈夫　就是说，交换了照片？他给你寄来了某位意大利演员的
　　　照片。你给他寄去了十六岁时的照片。在罗马机场你们二
　　　人就期待着超级不爽的惊喜吧。

妻子　他来过莫斯科了。为我而来。

丈夫　（勃然大怒）你去宾馆找过他？妓女！

妻子　卫生部[1]警告。喷雾罐很危险的。

丈夫　你从哪儿学到的方法——向人喷雾！你是特种兵吗？

妻子　你有拳头，我有喷雾。重要的是平等。我现在回答你。
　　　宾馆我没去。我们去了博物馆。我领他去了保证碰不到你
　　　的地方。

丈夫　去饭店了吗？

妻子　暂时还没。来日方长。

丈夫　也就是说，你的这个意大利佬是个守财奴！想结婚，却

_____

1　喷雾罐属于卫生部管理。

舍不得去饭店。

妻子　你想诋毁他是办不到的！他为我付钱办了外国护照并买了抵达罗马的机票。而饭店我一辈子只去过一次。

丈夫　那是什么时候？

妻子　（怀旧地）而且是白天。我们集体庆祝图书馆成立一百周年。每人凑了五卢布，那么舒服地坐在大都会里享受了一番！太豪华了！我希望，我的新任丈夫会时不时地领我去饭店！

丈夫　他那么年轻、慷慨，还是城堡的主人，怎么在自己的意大利找不到别人了？怎么会登启事择偶呢？

妻子　他从小就热爱俄罗斯。一直就想娶个俄罗斯人。

丈夫　这个理解！女仆是免费的。你给他做饭、洗衣服、收拾家……

妻子　就像我这一辈子！只不过换成了意大利。不过感受还是不一样的！

丈夫　你知道开始流行新几内亚妇女了吗？他可别把你换成了巴布亚女人！万一他永远追求时髦呢？

妻子　他最看重的是神秘的斯拉夫女性的灵魂。我一个人够他解密到老的。我就是全新感受的宝库。取之不尽。

丈夫　他不是性无能吧？你没关心一下？

妻子　为什么？在诸多优势的条件下，这个小缺陷我甚至都没发现。在这件事上，你自己是知道的，我没有被宠坏。早就习以为常了。我这儿有喷雾。现在你转过身去！我该换衣服了。

丈夫　彻底傻了！理解——如果是脱衣服嘛！可你是准备穿衣服。那我转身干吗？

妻子　替你担心。我正是在穿衣服时才看起来特别性感。不想惊动谁。

丈夫　你光着身子还是穿着衣服——我根本无所谓！对我来说没有区别。

妻子　可怜。可我还没有失去男女差别感。因此，既然你已经无所谓，那么就请转过身吧！

　　　　〔丈夫转过身去。

丈夫　我不相信你说的话。

妻子　我会从比萨给儿子打电话的。

丈夫　护照和机票给我看看！

妻子　在我妈那儿。顺路去拿，直接去机场。

丈夫　就是说，这一切都是你妈安排的？

妻子　我自己是个大女孩啦。你可以转过身来看看。

　　　　〔丈夫转过身来，看见一位有品位又优雅的女性。

妻子　怎么样？

丈夫　什么？

妻子　你把我想象成一场足球赛。你不会在欧洲面前为我感到丢脸吧？别动手！已经不是你的了！从精神上欣赏吧。怎么样？

丈夫　是的！

妻子　怎么样啊？

丈夫　这可真是的。你从来没为我这样努力过。

妻子　套装是他送的礼物。你甚至从来都没有试着送我类似的衣服。不过现在我确实该走了。

丈夫　等等！你这一切都是真的？

妻子　你没有多少时间可怀疑了。晚上从比萨给你打电话。

丈夫　为什么？

妻子　什么为什么？

丈夫　为什么你要扔下我？我不明白。我似乎觉得，这不是发生在我身上。不是发生在我们身上。应该发生在其他的那些不太聪明的人身上！我还是那个我，可你好像疯了。

妻子　我们坐下来祝我路上平安吧！一辈子过去了。刚开始我还幻想爱情。然后我只想要关心和体贴。后来哪怕有礼貌我就很高兴了。

丈夫　那我怎么不爱你了？

妻子　爱——就是你能整夜守着我，兴奋得屏息看着我入睡。爱——就是我的声音对你来说比任何音乐都更性感，比雪花还温柔。爱——就是你看着我，我的面颊会泛起红晕，我的嘴唇会燥热……爱——就是小别如久别，即使每时每刻都在期待相见，真正见面的一瞬也会喜出望外。爱——就是无刻不在的担心和睡梦里的相拥。

丈夫　那么，这一切你准备在比萨找到？

妻子　这一切我再也不会有了。我不再奢望你的爱了。

丈夫　那为什么走啊？

妻子　想从零开始。

丈夫　你为什么坚信，你比萨的这个零会特别呵护你呢？

妻子　那里的教育就是这样的。从小就培养对母亲、姐妹、岳母——即每一个女性的尊重。哪怕是对妻子！哪怕是对自己的妻子！最后一点你理解起来一定有困难。我想得到尊重，有保证的尊重。至于孤独、不关心、不爱，我已经习惯了。我有什么好失去的？有什么好回忆的？只有希望和逝去的幻想。

丈夫　这就是你在图书馆里工作的后果！生活在书堆里会使女人精神失常！

妻子　革命的思想！

丈夫　生活不像书里的故事。

妻子　图书有各种各样的。你会觉得很吃惊，但是，我和你的生活确实与一些图书很相像。

丈夫　说我不爱你，这我不同意。

妻子　你爱我吗？

丈夫　并不能说是爱……但也不能说不爱。

妻子　关于旧拖鞋我是记住了。到时候了！再见！可怜的人，你都没什么可回忆的！

丈夫　（兴奋而天真地）回忆起来了！回忆起我结婚那天的事！我当时去户籍登记处有点儿晚了。因为睡过了头。前一天夜里躺下得太晚。一大早这事那事，喝点儿醒酒的酒……

洗淋浴，穿衬衫……桑卡跑去买酸奶，好长时间没回来……

〔电话铃响。

**妻子** 找我的！（抓起话筒）妈？是！马上出门！我在门口呢。不，不会迟到的。为什么一定要在值机开始时？临结束时也完全可以。好，现在就下楼。好，你在楼下等我，在楼梯口。（挂上电话）你到登记处晚了一个多小时。

**丈夫** 那些细节已经不记得了。但我清楚地记得，你妈对我大发脾气。她从牙缝里挤出祝贺的话，然后整个婚礼都绷着脸。

**妻子** 你不难理解她吧？你甚至没有为自己的迟到而道歉。我在亲戚们面前脸往哪儿搁？我挺着个肚子，可你迟迟不来。突然你从出租车里跳下来，却手拉着一个姑娘，还哈哈大笑。

**丈夫** 与那姑娘无关。不过是一起从宿舍过来的。前一天她被男朋友给甩了。桑卡收留了她，强行拖来参加告别单身派对，免得她一人伤心。桑卡看上了她。他随处都带着她，结果她与自己的男朋友和好了。这与我无关。

**妻子** 可能，桑卡喜欢她。但她喜欢你！她甚至在酒桌上与你调情！我坐在你这边，她坐在你那边！

**丈夫** 我连她叫什么都不记得了！你怎么还记起了这么个傻瓜？

**妻子** 连叫什么都不记得，还带她来！她搅了我的婚礼！我当时有身孕，脸上有蝴蝶斑，可她既苗条又无耻。跟你跳舞，贴得很紧。你用色眯眯的眼睛看着她。而且还喝多了。大家都嘲笑我，有人同情我。我是多么不幸，多么屈辱！这就是婚礼！一生中最重要的一天！她想试戴一下头纱，你连问都没问，就从我头上摘下来给她戴上。她戴着我的头纱，拉着你的手，在大家面前矫揉造作地问："我们看起来怎么样？"并装出她也有肚子的模样。"我们给宝宝取个什么名字呢？"惹得大家哈哈大笑！可你竟然还奇怪，我母亲为什么不喜欢你！（大哭）

丈夫　（冷酷地）那你们站起来走人啊！别理我，走呗！我会爬着去找你的。或许不会爬去。如果你都不爱、不尊重你自己，那你想让我怎么样？怎么没在你的书里学会自尊呢？有房子住！你妈在附近！受过高等教育！怎么，带不大孩子吗？还是没有丈夫生下孩子有失体面？那爬上没有发誓爱你的男朋友的床就体面了？他也没有强求你跟他睡啊！只不过是喝多了！所以就相识程度来说动作有些过于亲热。你以为，我愿意娶你啊？只不过是因为你怀孕了！我还没有正儿八经地爱上谁呢！身边多少女孩啊！目不暇接！却突然无缘无故地结婚了！你妈还暗示说，我结婚是由于住房的原因。可我当时只差两年工龄就可以分得住房了！当时是想上吊，而不是结婚！我当时是尽力不去想这些不愉快的事。我最好在婚礼上伤心和不幸，对吧？我为什么要和你结婚？我是感觉你行为有些反常。你可能会对自己做出什么傻事来。然后我会受良心的谴责。我应该像个正派的男人那样结婚。结婚是应该的，不过爱你却没办法！我为什么要记住这场婚礼？相反，我的身体正试图忘记它。不幸的一天！

妻子　你从来没跟我说过。

丈夫　现在说这些也无济于事。不该跟女人说这种事。白费力气！别往脑子里去！尽管现在已经……算了，我帮你把箱子拎到出租车上！（拎箱子）现在你肯定会恨我了。

妻子　不，我可怜你。我更幸运些。我至少是爱过。尽管是单恋。多少年来我一直希望，你能发现我，爱上我。这却毁了你的生活。你就这样无爱地度过了一生。

丈夫　不知为什么，没发现你爱我。该走了，不然去零那里可要迟到了！她爱过我！听起来很可笑！走吧！

妻子　可笑？等等！我爱过！！！我应该告诉你这一点！

丈夫　告别时间太长了！该走了！现在你去愚弄你那比萨的零吧！

妻子　不讲完我哪儿也不去！

丈夫　（坚决并示威性地坐下）说吧！我觉得我会被震惊！一起生活了二十年，现在才知道，我被热烈地爱过——这可是一件大事。我听着。这个值得。

　　　　〔停顿。

妻子　（低声地）记得我们第一次见面吗？

丈夫　隐隐约约。如果有意义，提醒一下。

妻子　我在你们宿舍的图书馆里实习。有一次，你走进来，要借一本关于保加利亚的书。因此我马上就注意到你了。这可不同寻常。一个向往旅游的小伙子。

丈夫　我跟你说过旅游的事？

妻子　没有，我自己猜想的，因为我也憧憬着遥远的国家。

丈夫　保加利亚我需要个鬼啊？啊……我正打算把一个性感的保加利亚女孩搞到手！

妻子　我们聊了起来。原来，我们两个人都酷爱《电影旅游俱乐部》[1]。这么说，你让我产生了错觉？

丈夫　所有男人都只做让女人产生错觉的事。我为什么应该向你和盘托出保加利亚女孩的事？

妻子　你有什么可冒险的？诚实会更好些。而且你的一生，可能完全是另一番风景。

丈夫　我当时常和女孩约会——这是那个年龄常有的事。而且很高兴在自己的宿舍里遇到一个至少不算傻瓜的女孩子。你当时很可笑。眼镜总是滑下来。只有当眼镜掉下来时，你才突然想起来。一把抓住。我想，真有意思，她的眼镜多长时间打碎一次？

妻子　我问遍了自己所有的熟人，跑了无数个图书馆，给你搜集到大量的关于保加利亚方面的书籍。亲自找到你的房间，给你送书。

丈夫　记得，记得……我都惊呆了！

妻子　你却没在！……我让你的室友把书转交给你。过了一周，一个月，你甚至都没来谢我。

丈夫　我已经跟这个保加利亚女孩去了索契。书，好像最后都

---

1　苏联中央电视台的旅游节目，由著名的旅行家和纪录片导演弗拉基米尔·施奈德罗夫（1900—1973）于1960年创办。

还给你了。

妻子　我自己去取的。我当时不知道你还有保加利亚女孩。

丈夫　我跟她已经分手了。索契之后马上分手了。

妻子　是吗？你对她失望了？

丈夫　失望？没有……我喜欢她。阳光，漂亮。

妻子　她离开了你？

丈夫　好像是，但确切怎么回事不记得了。二十年前的事了。

妻子　她为什么离开你了？

丈夫　她想和我结婚。

妻子　你呢？

丈夫　自然不想了。

妻子　你不想跟她结婚？

丈夫　问题不在于她！我当时根本就不想结婚。那时我怎么能
　　　当好丈夫呢？

妻子　就是说，我去你那里取书时，你已经跟保加利亚女孩分
　　　手了？

丈夫　可能……还是晚些时候？不记得了……有什么区别？

妻子　你至少还记得，我本来是去一分钟，却留下来……直到
　　　早晨？

丈夫　一下子就？第一次？

妻子　是。

丈夫　那可能就是说，保加利亚女孩已经不在了。然后你就消
　　　失不见。很长时间！

妻子　七个月。

丈夫　你去哪儿了？

妻子　你有我的电话号码。

丈夫　所有的电话号码我都弄丢了。

妻子　我生病了，盼你的电话。开始神经错乱。好像也是因为怀孕的缘故。体重急剧下降。总是哭。

丈夫　难道我们说好了，我要给你打电话吗？

妻子　没有，这事我们没有说定。我只是给了你电话号码。但你没说不给我打电话啊！

丈夫　谁会跟女孩子说这事？你根本不清楚——你是否会有心情打电话。

妻子　你当时没有心情？

丈夫　只不过是一下子丢了号码。如果没丢的话，也许会打。

妻子　我最初那么幸福！毫不怀疑，你会打电话来。盼啊盼……后来明白了，你骗了我。

丈夫　太荒唐了！骗了你！刚才说清楚了已经——什么也没答应过！

妻子　但是……发生了这一切之后……你是我的第一个……

丈夫　应该提前说一声！我就不会答应了。结果，是你骗了我！七个月后，你妈来了，从牙缝里挤出话来，告诉我说，我很快就会有孩子了。

妻子　我求她别去找你。

丈夫　求得不好呗！为什么不流掉？

妻子 （震惊地）你问我为什么没有杀死我们的廖利克？

丈夫 那时谁知道，这会是我们的廖利克？！

妻子 我知道啊！

丈夫 所以我直到现在也不明白——为什么会娶你？你妈我是一开始就不喜欢。孩子根本不会让我激动。为什么结婚？

妻子 大概是因为我爱你？

丈夫 你称这为爱？不，这没有给我留下很深的印象。爱是一种天赋！不次于歌唱和绘画的天赋。这种天赋远非每个人都有。你别生气啊，但你没有。

妻子 你怎么知道？我爱过你，不过你从来就没有爱过任何人！

丈夫 爱过。

妻子 在我们结婚之前？

丈夫 别说这事了。你要迟到了！有什么必要提起？一切早就归于平静了。

妻子 只说一点！是在我们结婚之前爱过吗？

丈夫 不想说。

妻子 你哪怕一生中能说一次真话？现在有什么可怕的？我马上就离开你，马上就走！不会留下的！别紧张！

丈夫 只不过不想让你生气。

妻子 醒悟了！你只说一点！是在我们结婚之前吗？求你了！在婚前？

丈夫 不是。

　　　〔电话铃响。

丈夫 （对着话筒）喂？（把话筒递给妻子）找你的！

妻子 喂！妈妈？我们在谢列梅捷沃机场见吧！在值机柜台处。
对不起！是的，谢谢。是的！这就出门！我说了，妈妈！
马上出门。（挂上电话）就是说，是在我们结婚之后？！

丈夫 你迟到了。不想再一次毁了你的生活！

妻子 我很感动。别替我担心！在我们结婚之后？

丈夫 上帝啊！是的！

妻子 什么时候？

丈夫 让我想一下……廖利克两岁……

妻子 那个夏天！你打发我和廖利克去了别墅……可你自
己……我说为什么很少来看我们……可我还一直盼啊盼
的！常去等火车。给自己编了花楸果的项链，特别适合
我……

丈夫 这跟夏天没关系。这发生在夏天、春天、冬天，还有秋
天——五年。

妻子 五年过着双重生活？！五年一直有情人？！（突然挥着拳
头向他扑去）还跟我睡！从图书馆接我和廖利克回家？！领
我们去南方！你这个卑鄙的家伙！我和你在那里的舞场旋
转！争吵！和好！可你一直有个情人！

丈夫 住手！没有过情人！跟她什么也没有发生！

妻子 （突然低声地）她不爱你？

丈夫 你为什么非要把我拉进这个话题？再也不想从心底提起
什么了。

妻子　你只说一点——她不爱你？我在你身边，你却无望地爱
　　　着另一个女人？

丈夫　无望地！相互地！问题不在这儿！爱过了！爱本身会颠
　　　三倒四。

妻子　就是说，她还是不爱你？

丈夫　爱。

妻子　爱？！……那你为什么没去找她？

丈夫　没去。

妻子　她结婚了？

丈夫　没有。

妻子　那为什么？

丈夫　现在这个已经不重要了！

妻子　既然开始了就得说完！哪怕有一次说完自己的想法！为
　　　什么没有离开我？

丈夫　请原谅这一点！

妻子　为什么，为什么，见你的鬼去吧，为什么你这个坏蛋没
　　　有扔下我？！

丈夫　（大叫）往哪儿扔？！去哪里？晚了！……已经有了你和
　　　儿子！离开太晚了！晚了！！！

妻子　可怜我……

丈夫　是可怜。你，还有儿子。现在为此道歉！

妻子　我不需要你的怜悯，不需要！最好是扔下了！也许那样，
　　　我现在就会幸福地和某个人在一起！

丈夫　你当时可不是这么想的。

　　　　[停顿。

妻子　她比我年轻？

丈夫　她甚至比我还大。

妻子　大很多？

丈夫　有什么区别？

妻子　她现在已经五十多岁了，对吧？

丈夫　那又怎么样？

妻子　漂亮吗？

丈夫　我不在意这一点！

妻子　丑八怪？

丈夫　普普通通的。她激动时，眼睛开始斜视。

妻子　岁数大，不漂亮，斜眼。未婚。被丈夫抛弃了？

丈夫　没问过。好像根本就没有丈夫。只有个儿子。

妻子　你这样温馨地回忆，显然，不可能没爱上她。大概，她
　　　很受男人欢迎！

丈夫　什么欢迎？什么男人？你胡说些什么？当然，也有向她
　　　献殷勤的，不过她善于保护自己。

妻子　就是说，只有你一人爱上了她。可为什么——是你呢？！

丈夫　不知道。结果就是这样。我不是故意的。只不过有一次
　　　我意识到，我早已爱上她了。

妻子　然后这爱接下来呢？

丈夫　没什么特别的。只是依恋她。尽可能长时间地待在她身边。

痛恨周末。两天看不见她。这两天常常感觉特别可怕，好像再也看不见她了。假如她突然离开了呢……而且世界如此巨大、混乱、令人费解……什么也不取决于我。不过每个周一我又能看见她，这简直就是奇迹。我们之间闪耀着一种光芒，但这光很脆弱。

妻子　想起来了！你当时发烧快四十度了，耳朵剧痛。你整个人都肿起来了，却仍要去上班……为了她？

丈夫　是。

妻子　你们之间从来没发生任何事？一次也没有？

丈夫　有过一次。

妻子　一次？一？（笑）不信。

丈夫　当时帮她送包裹。她感觉不太好，住在梅季希。我提出帮她。到了地方。她请我进屋。她住在一个四居室木制楼房的二楼。我特别喜欢她那里。点上炉子。喝茶。帮她儿子做数学题。很长时间没能解出一道很简单的题。她笑话我们。她和儿子经常彼此捉弄……我们开心大笑！笑什么——记不得了。不过我在生活中再也没有这样笑过。

妻子　那笑过之后呢？

丈夫　回家。不过没有马上。刚开始我在城里逛了很久，想了很多。最后想通了——如果再看见她一次，就永远跟她在一起。第二天，我辞职了。甚至都没去告别。不想冒险。

妻子　怪了。真有不像这类故事主人公的人！再也没见过她？从来没有？

丈夫　见过一次。

妻子　你什么都是一次！什么时候？

丈夫　不久前。

妻子　真的？不久前？

丈夫　偶遇。在地铁里。

妻子　说话了？

丈夫　没有，不能算是说话，不过……

妻子　她看起来怎么样？

丈夫　有什么区别？！

妻子　怎么？你的心颤抖了一下？

丈夫　颤抖倒是没颤抖！你该走了！不然会错过比萨的零！现
　　　如今斯拉夫神秘的灵魂成群涌出俄罗斯。

妻子　至少打招呼了吧？

丈夫　可以这样说。

妻子　或者说声谢谢，因为至少彼此还想起了对方？彼此没什
　　　么可说的吗？幻想恐怕瞬间破灭了吧？被你这一幻想车轮
　　　碾碎了的还有我和你的故事。

丈夫　我看见她时，车门已经关上了。她看着我。当眼神相遇时，
　　　她大喊起来，并企图推开车门。我扑过去，也开始推车门。
　　　来不及了。列车将她带走了。她哭得很伤心！

　　　［停顿。

妻子　哪里？她哪里比我好？（停顿）我走后，你会跟她结婚吗？

丈夫　晚了。回不到以前了。我做出了选择。也许错了。但命

运从不给我们第二次尝试的机会。

妻子　我该走了。想对你说声——谢谢。谢谢你那时没有扔下我。……可怜我……不然我会活不下去的。我不知道，我是否会爱，但从未想过没有你我会怎么样。我经常溜走！闹着玩的。去图书馆。记得不？我们那儿的偏房里甚至还放着一张小床，为的是能让廖利克有个地方躺一会儿。正是这无数好书的生物场保护了我，抵御了你的不爱。晚上你来接我们，我明白了，你对我来说是多么重要。

丈夫　家庭生活——就像那座比萨斜塔。倾斜，倾斜，但好像永远都不会倒下。谁知道呢？你的意外怀孕，我的结婚义务，我们的争吵和麻烦，我的背叛和醉酒，你的希望和失望、委屈和容忍——所有这一切都是命运，她把男女神秘地连接起来……家庭要么销蚀并承受许多事情……要么毁灭。没有你我会很难过。我现在就感到前所未有的糟糕。

　　　　〔电话铃响。

妻子　（拿起话筒）是！还在这里。是，来不及了。对不起，妈妈，请原谅，别难过。这又不是去罗马的最后一班飞机！我坐下一班！对不起，对不起……（挂上电话）看见了吧，迟到了……坐下一班走？

丈夫　下一班什么时候？

妻子　不知道。

　　　　〔终场。

# 她弥留之际

（三幕轻松喜剧）

# 剧中人

索菲娅·伊万诺夫娜——年迈的女士

塔季扬娜——她的女儿（剧本中使用其小名塔尼娅）

伊戈尔——他们的新相识

金娜——塔季扬娜和伊戈尔的"女儿"

# 第一幕

[一居室的房间里，两个女人正在老去。

[一切都很老式且舒适。岁月流逝，一切却很稳定。衣橱、玻璃橱柜、摆满了订阅刊物的书架、打着花结的窗帘、铺在圆桌上的带流苏的桌布。笨重的椅子、高大的扶手椅、灯罩。现在，这一切在半明半暗之间看上去意味深长，诗意而又忧伤。房间里燃着三支蜡烛。清晰可见，房间里有一位上了年纪的女人（索菲娅），她膝盖上蒙着方格毛毯，和一位年轻一点儿的女性（塔尼娅），她坐在老人脚边的矮凳上，膝盖上放着一本书。

塔尼娅 （朗读）……他们牵着手走进餐厅，并肩坐下来。自世界存在以来，还未曾有过这样的午餐。这里有一位高龄的银行办事员，是蒂姆·林金沃特的朋友，蒂姆·林金沃特的妹妹那么细心周到地照顾拉克利维小姐，而蒂姆·林金沃特本人又那么活泼，小小的拉克利维小姐那么有趣，他们自己就可以组成最快乐的搭档。[1]

[索菲娅长长地叹了口气。

---

1　塔尼娅朗读的内容出自狄更斯的小说《尼古拉斯·尼克尔贝》。

塔尼娅　（抬起头，看着母亲）妈妈，你疼吗？

索菲娅　不疼，塔涅奇卡[1]，别担心。

塔尼娅　（等了一会儿，继续读）后来尼克尔贝小姐来到这里，她是那样神气而又自负。玛德琳和凯特的脸色是那样红润，非常可爱。尼古拉斯和弗兰克是那样忠诚而高傲，他们四人满怀忐忑不安的幸福。这里还来过纽曼，他是那样的沉静，同时高兴得忘乎所以，还有一对孪生兄弟来过这里，他们赞叹不已，交流愉悦的眼神，致使站在主人椅子后面的老仆人呆住了，环顾桌子，感到泪水模糊了自己的双眼。

　　［索菲娅又一次伤心地长叹了一口气。

塔尼娅　还要读下去吗？

索菲娅　这是个很难回答的问题。

塔尼娅　你听累了吧？

索菲娅　（叹气）我要，我要和你谈谈，塔涅奇卡，我要谈谈。

塔尼娅　（合上书）162 页。（把书放到书架上）我们吃晚饭吗？

索菲娅　告诉我实话，塔尼娅，只说实话。

塔尼娅　是的，妈妈。

索菲娅　我死了，你会感到轻松吗？

塔尼娅　（跪在扶手椅前，将面颊紧贴在母亲的双手上）我非常爱你，妈妈！

索菲娅　我们很多老人在离开这个世界的时候感到安慰，他们

---

1　塔尼娅的爱称。

希望自己的离去会减轻亲人的生活负担。我没有这种安慰。我死了，我担心你的生活会变得更加凄凉。

塔尼娅　你感觉自己不太好？

索菲娅　我的女儿，你别害怕也别惊慌。我知道——我今天或者明天就会死去。牵挂，牵挂压在心头。

塔尼娅　你在自我暗示。我请医生来。

索菲娅　是时候，该走了……我不怕死。我只是挂念你，塔涅奇卡。我走了，扔下你一个人，没有丈夫，没有孩子，没有亲人。你是最好的女儿。哪里有公正？为什么你该孤独地走完自己的路？为什么？为什么？！

塔尼娅　妈妈，满世界都是老姑娘！

索菲娅　别说这个！你长得好看！身材也好，受过高等教育！你正派、会持家，知性，没有不良习惯……

塔尼娅　老姑娘的经典写照！你想吃大力士燕麦片还是大米粥？

索菲娅　塔涅奇卡！我是认真的。

塔尼娅　我也是认真的。奶渣还是奶渣馅饼？

索菲娅　我从来没问过你。

塔尼娅　我们好久没有吃煎乳蛋饼了！没有必要问！

索菲娅　简直猜不透你！

塔尼娅　（诱惑母亲）煎乳蛋饼怎么样啊？稍微煎一下，放点儿硬干酪和芹菜？

索菲娅　我可不可以哪怕在临终之前问一下？这对我特别特别重要。

塔尼娅　当然，妈妈！随便问！不过首先回答——你想喝茶还是咖啡饮料？

索菲娅　你曾经爱过吗？

塔尼娅　当然了。我极其多情！四五十年前有过。（把扶手椅推到桌子前）这份儿胡萝卜拌苹果的沙拉你必须吃完。今天不想用通便剂了。

索菲娅　你们有过……关系吗？

塔尼娅　关系？你指什么？

索菲娅　就是说，比如说……只是你别生气啊……比如说，与男人发生关系？

塔尼娅　我怕是有过。正是与男人发生的。只是你别激动，妈妈！这都过去了！

索菲娅　你还有过过去？多吗？

塔尼娅　什么多吗？

索菲娅　哦，这些……关系？

塔尼娅　好像……两次……酸奶油够了吧？

索菲娅　两次？！这是什么时候的事？

塔尼娅　别激动，妈妈！一辈子只两次。

索菲娅　两次？！太可怕了！只有两次！

塔尼娅　（自豪地）我不追求数量。

索菲娅　只有两次……很久以前？

塔尼娅　（笑）很久了。

索菲娅　那你为什么不想嫁给这两次呢？

塔尼娅　他们不想!

索菲娅　白痴! 那他们现在怎么样啊?

塔尼娅　两个都结婚了, 据我所知。

索菲娅　你还与他们保持联系?

塔尼娅　自从他们结了婚, 就不联系了。

索菲娅　这太没有远见了, 塔尼娅! 他们可能离婚, 丧妻。我相信, 他们还记得你。他们为自己的错误痛苦地懊悔。

塔尼娅　我不这么想。好吃吗?

索菲娅　你没有试着打听他们的情况?

塔尼娅　从来没有。妈妈, 你今天没有好好吃饭。

索菲娅　你如果结婚了, 我会很幸福地死去。都是我的错。由于我的自私, 留下你孤零零一个人!

塔尼娅　你夸张了, 妈妈! 再吃一小勺吧!

索菲娅　心上压着这样一块石头死去, 会很沉重的。

塔尼娅　我还是叫医生吧!

索菲娅　医生也安慰不了我。只有一件事, 只有一件事才能让我在想起与你分别时好过一些——那就是假如你能结婚。

　　　[巨大的敲门声。

索菲娅　有人敲门! 这太奇怪了!

塔尼娅　没什么奇怪的! 大概是女邻居。

索菲娅　奇怪的是敲门, 而没有按门铃。

塔尼娅　电被掐断了, 妈妈。(拿起蜡烛, 去开门)

索菲娅　反正挺奇怪的。问问是谁!

塔尼娅　（站在门口）谁啊?

伊戈尔　（在门的另一面，顽皮地）咕——咕! 塔纽什金[1]!
　　　咕——咕!

塔尼娅　（打开门，嘲弄地）咕——咕!

伊戈尔　（快速地塞给她玫瑰和香槟酒）你好! （明白搞错了，
　　　不知所措）……致敬，老妈妈! 请叫一下塔季扬娜!

塔尼娅　我就是塔季扬娜。

索菲娅　（从房间里）塔涅奇卡，谁啊?

塔尼娅　马上，这就来，妈妈!

伊戈尔　您想说，您就是塔季扬娜?

塔尼娅　您有什么不满的吗?

伊戈尔　您是这里唯一的塔季扬娜?

塔尼娅　唯一的。

伊戈尔　我们查对一下! 第四汽车站大街 30 号，3 号楼，31 室。

塔尼娅　3 号 B。

伊戈尔　怎么?

塔尼娅　楼号是 3 号 B。

伊戈尔　有 3 号 A 的吗?

塔尼娅　当然了。还有 3 号 C，3 号 D，3 号 E……

伊戈尔　我怎么，现在还要把整个字母表都过一遍吗? 每一次
　　　都要征服一遍五楼? 你们赫鲁晓夫楼[2]也不装电梯!

---

1　塔尼娅的爱称。
2　苏联赫鲁晓夫当政期间建造的一种五层的小户型简易住宅楼。

塔尼娅　真对不起！

伊戈尔　好吧，老妈妈！没关系！谢谢指导！劳驾！（拿走了她怀里的玫瑰和香槟）我要开始徒步下楼了！不过，你们这里又黑又臭！你们怎么还活得下去？

塔尼娅　拿着蜡烛！（跟在他后面）

伊戈尔　谢谢，老妈妈！我有打火机。（打火）见鬼！只够上楼用的。完了！

塔尼娅　举着蜡烛！小心点儿！这里有时脚下会踩到滑溜的东西。

伊戈尔　我手举着蜡烛蹒跚于街头，仿佛是宗教游行！

塔尼娅　太黑。没有电。我担心，街灯也不会很亮的。

伊戈尔　您说服我了，老妈妈！谢谢！再见！

塔尼娅　保重！（转身想回房间，滑了一下，跌倒了）哎呀……

伊戈尔　怎么了，老妈妈？

塔尼娅　（含着泪）没什么。没关系！

伊戈尔　要帮忙吗？

塔尼娅　不用，不用……（艰难起身，抽泣着）哎呀……

伊戈尔　（返回来）您怎么了？

塔尼娅　滑了一下。邻居家的孩子总是吃完香蕉就把皮扔到地上。

伊戈尔　什么也没跌坏吧，不然，您这个岁数怕引起不良后果。

塔尼娅　（愤怒地）我不需要您的帮忙！走开！

伊戈尔　听您的吩咐！跌得厉害吧？我来送您回家吧？

塔尼娅　一切都过去了！（号啕大哭起来）

伊戈尔　您哭什么呀？

塔尼娅　我愿意我就哭！对不起！别在意。我妈妈快要死了。

伊戈尔　（沉默了一会儿）很同情您。不过我也没办法。这种事，
　　　　钱帮不上忙。尽管……您拿着！（递过钱来）

塔尼娅　您疯了？

伊戈尔　诚心地，尽管是物质上的。我们每个人都曾有过妈妈！

塔尼娅　我没向您祈求施舍！

伊戈尔　我自己想到的！这个数目对我来说不算什么！拿着吧，
　　　　别担心！

塔尼娅　您怎么可以这样随便侮辱我？

索菲娅　（从房间里喊）塔涅奇卡！发生了什么事儿？我着
　　　　急啊！

塔尼娅　（大喊）来了，来了，妈妈！

伊戈尔　我本来想帮忙。您却毫无理由地冲着我来了！再见！

塔尼娅　对不起！

伊戈尔　改变主意了？这样最好了！只要有人给——您就拿着。
　　　　这是我的观点。

塔尼娅　哦，不要钱！您还是最好把我送回家！

伊戈尔　请吧。抓住我胳膊。

塔尼娅　玫瑰和香槟我来拿。蜡烛您举着。

　　　　［伊戈尔陪塔尼娅走进房间。

塔尼娅　小心，地毯。别碰着了，这是房门。

[就这样塔尼娅和伊戈尔手拉着手站在索菲娅面前。

塔尼娅抱着玫瑰和香槟。伊戈尔拿着蜡烛。

索菲娅　您好！

伊戈尔　（极其悲伤地）您好！

塔尼娅　妈妈，请允许我介绍一下，这位……这位是……

伊戈尔　（终于反应过来）伊戈尔。很高兴认识您。

塔尼娅　这位是，这位是，这位……

索菲娅　你今天把所有人的名字都给忘了，塔涅奇卡？

塔尼娅　索菲娅·伊万诺夫娜。我妈妈。

伊戈尔　这就是那位……

塔尼娅　是的，是的，我给您讲了很多关于她的事。

索菲娅　（问伊戈尔）您早就认识塔尼娅？

伊戈尔　（看着手表）是的，大约已经三四十年了……

塔尼娅　（打断）四十！整整四十！年！时间过得可真快啊！
　　　　是吧，伊戈尔？

伊戈尔　让我说的话，是出奇地快。

索菲娅　特别、特别高兴！坐下吧，伊戈尔！可以这样称呼您
　　　　吗？虽然您也不年轻了，但我还是比您大很多。塔涅奇卡，
　　　　你怎么也不事先说一声，家里有客人来吃晚饭？真斯文——
　　　　还带着鲜花和香槟！马上准备点儿吃的吧！不能用大力士
　　　　燕麦片作香槟的下酒菜吧！请把玫瑰给我！真香啊！我都
　　　　感觉自己年轻幸福了！我们家好久没有玫瑰了！塔涅奇卡，
　　　　拿走伊戈尔的大衣！然后去厨房吧！我要在这里跟伊戈尔

谈一谈。

塔尼娅　（对伊戈尔）您的大衣！

伊戈尔　说实话，我该走了！（看着玫瑰和香槟，决定留下玫瑰，带走香槟）

索菲娅　把香槟打开！竟然有这样文雅的人！带着玫瑰和香槟来，刚坐一分钟，就急着走。这甚至有些老式。不，我不放您走！先请脱下大衣！

　　　　〔伊戈尔脱下大衣，递给塔尼娅。

索菲娅　我不明白，你站在那儿干什么，塔涅奇卡？去准备点儿什么呀！我暂时跟伊戈尔聊一聊。

塔尼娅　（对伊戈尔）别怕！我马上回来！（走出房间）

索菲娅　（对伊戈尔）塔涅奇卡给我讲了很多关于您的事情。

伊戈尔　讲了我的事？

索菲娅　当然。她也没有其他人可讲的。

伊戈尔　您把我同谁搞混了！

索菲娅　我的双脚哪里也去不了了——这是真的。但是，脑袋，您自己也看见了，谢天谢地——还正常！

伊戈尔　对不起，不想惹您生气。塔尼娅能讲我什么呢？

索菲娅　别吃惊，不过，全是好的。您甚至无须怀疑，塔尼娅对您有多好！

伊戈尔　确实是，不怀疑！

索菲娅　我发现，您对自己好像没信心。没有必要！是的，犯了很多错！但这都过去了！并非一切都失去了！也不要为自己的年龄伤心！对您来说，幸福是非常非常有可能的！

伊戈尔　什么幸福？

索菲娅　自然是家庭幸福了。其他的幸福世上也没有。

伊戈尔　我比较喜欢个人幸福。

塔尼娅　（走进来）伊戈尔总是开玩笑。开了四十年的玩笑。

　　　这里有橙子，我们所有的其他食品也都是素的！（对伊戈

　　　尔）给您来点儿什么？含维生素的沙拉？大力士燕麦片？

　　　奶渣？

伊戈尔　谢谢。给我来点儿橙子吧。

索菲娅　男人任何时候都不该只吃橙子！您太拘谨了！总之，

　　　令人感动！塔涅奇卡，多给伊戈尔盛些粥！

塔尼娅　（对伊戈尔）香槟还开不开？

伊戈尔　（站起身来）我走了，你们接着吃。很高兴相识！（快

　　　速离开房间）

塔尼娅　（抓起蜡烛，跑去追他）等一等！

伊戈尔　（已经在走廊里）你们这偏僻的地方哪里可以买得到

　　　鲜花和香槟？

塔尼娅　我马上把钱给您！

伊戈尔　我不要钱！

塔尼娅　那么就再坐十五分钟吧！求您了！然后我送您去商

　　　店！看在妈妈的分上！她就快要死了！

伊戈尔　我既不是医生也不是神父！

塔尼娅　我会把一切都解释清楚的。十五分钟！

伊戈尔　好。只是我得打个电话。

塔尼娅　请吧，请，打多少都行。这不成问题。这是电话。（把
　　　蜡烛留给伊戈尔，有礼貌地进了房间）

　　　　　　〔伊戈尔拨号。

　　　　　　〔在房间里。

索菲娅　（神秘兮兮地问塔尼娅）这是那两个中的一个？

塔尼娅　（故作高深地）就算是……

索菲娅　其中的哪一个呢？

塔尼娅　之后再说，妈妈！（回到伊戈尔身边）您这样不方便。

　　　　我来给您照着吧！（拿起蜡烛，高高地举起）

伊戈尔　（电话通了）塔纽奇克[1]！小兔子！我迟到了！猫咪，
　　　　半个小时后到。我？在开会！正因为如此才突然这样，我
　　　　自己也不高兴！别生气，我的小老鼠！不，我的小鸟，这
　　　　不会很长时间的！狂吻你！我带刺的小刺猬！咕——咕！
　　　　（挂上电话）

塔尼娅　最好问问小鸟，她的巢筑在哪一栋楼里？

　　　　　　〔电话响了。

塔尼娅　（对着话筒）喂，请说！不是，是住宅。谁住在这儿？
　　　　我住啊！您找谁？什么？什么？（放下话筒，对伊戈尔）
　　　　开口骂人了。看来，是打给您的。看来，是您的杂种打来的。

伊戈尔　谁？见鬼！她的电话能显示来电！她说什么了？

---

1　塔尼娅的爱称。

塔尼娅　她说，如果我是金发女郎，那也是染过的。她根本不
　　　　在意我的大腿，哪怕它们是从头上长出来的。我性感的样
　　　　子她完全……怎么说呢，无所谓。

伊戈尔　好在不管怎么说她没有骂您！

塔尼娅　没骂？您认为？您错了。

伊戈尔　骂了？

塔尼娅　当然了！

伊戈尔　怎么骂的？

塔尼娅　惯常的那种！

　　　　　［停顿。

伊戈尔　真的吗？

塔尼娅　唉。

伊戈尔　对不起！

塔尼娅　这跟您有什么关系？

伊戈尔　她就那脾气。她只有二十岁！

塔尼娅　二十？！您能跟她说些什么？

伊戈尔　我们实际上不说话！

塔尼娅　二十！她还嫉妒我！

伊戈尔　她？嫉妒您？！只是您的感觉罢了！

塔尼娅　知道吗，跟她谈话要比跟您谈话愉快得多了！

伊戈尔　她从未见过您呢！

　　　　　［电话响起来。

伊戈尔　（对塔尼娅）别拿话筒！这是找我的！

塔尼娅　有时我也会接到电话！（拿起话筒）啊，小兔子！请说。马上，小老鼠，我叫他！这就把话筒给他，猫咪！再见，小刺猬！（把话筒递给伊戈尔）

伊戈尔　（对着话筒）塔恩[1]……塔恩……谁是好色之徒？谁的腿？她根本没有腿！！！

塔尼娅　为什么要这么说？有腿！像模像样的腿！十分令人满意呢！

伊戈尔　谁是金发女郎？她至少有六十岁！我发誓！

塔尼娅　您发誓也没有用。我五十……九。

伊戈尔　唉，塔恩……（显然——那一端已经挂电话了）看吧。（对塔尼娅）您都做了什么？！您哪怕能想象一下——我追了她多长时间？！两周！至少！够了！（抓起大衣）

塔尼娅　别走！我跟妈妈说什么？

伊戈尔　哪怕是出于仁爱之心，我也不可能住到你们这里！

　　　　〔电话响起来。

伊戈尔　这准是找我的！

塔尼娅　别在我家里抢话筒！这会使我名誉扫地！

伊戈尔　使您怎么着？

塔尼娅　您根本无法理解！（冲着话筒）是的，是我，无腿且六十多岁。是的，想从您那里抢走伊戈尔。

伊戈尔　您在胡说八道什么呀？把话筒给我！

---

1　塔尼娅的爱称。

塔尼娅　电话是打给我的！给我的！您最好举着蜡烛！（把蜡烛塞给伊戈尔）您是这样看伊戈尔的？而我是另一种观点！他善良，大度！他高尚，他举止得体！总之，他帅气！！！我是谁？谢谢！我还是谁？那，这太过分了，您这是奉承我了！我长得什么样？谢谢。我开始自信了！竟然这样？！感谢您，猫咪，我不再感觉自己很老！把话筒给伊戈尔？不用了？！噢，您就是给我打的电话？！我太感动了！常来电话！好，我很高兴把这一切转告给伊戈尔！再见！与您交谈很愉快！（放下话筒，对伊戈尔）她让我转告您，不用担心了。小老鼠已经有人一起度过今宵了。

伊戈尔　待在你们这里简直太危险！（把蜡烛塞回给她）拿着！（拨号）见鬼！不接电话！您怎么能够这样做？以您的年龄？！

塔尼娅　我的年龄怎么让您不满了？您自己多大了？

伊戈尔　我是男人。

塔尼娅　怎么——男人一岁顶两岁？！

伊戈尔　那，我看起来有多大，有多大？

塔尼娅　五十岁左右……

伊戈尔　（得意地）是吗？

塔尼娅　因为这里昏暗！

伊戈尔　我阴差阳错地敲了您家的门。您滑了一跤。我表现得像位绅士……

塔尼娅　不过，不能只做五分钟的绅士！最好当初根本就别开始！

  ［伊戈尔突然哎呀一声，捂住肚子。

塔尼娅 怎么了？！心脏病发作了？

伊戈尔 胃炎！

塔尼娅 哪怕吃点儿什么！赶快！大力士燕麦片——它才会让您站起来！

伊戈尔 好，把您的燕麦端来！

塔尼娅 （拉着他的手，领进房间）快点儿！疼得厉害？

伊戈尔 可以忍受！

塔尼娅 坐下。粥在您面前！吃吧！

索菲娅 塔涅奇卡，你忘了玫瑰！把它们插到花瓶里！

塔尼娅 （对伊戈尔）吃吧！我马上就来！（拿着玫瑰走出去）

索菲娅 （对伊戈尔）别吃了！先打开香槟！

  ［伊戈尔深感遗憾地放下勺子，开始开香槟。

塔尼娅 （拿着放到花瓶里的玫瑰走进来，对伊戈尔）您做什么呢？吃饭吧！您非急着喝香槟不可吗！（放下花瓶，从伊戈尔那里夺走瓶子）

索菲娅 塔涅奇卡，我坚持的——开香槟，是男人的事。

伊戈尔 （试图夺下塔尼娅手中的瓶子）请让我来开！

塔尼娅 您怎么老抓住这个瓶子不放？吃饭吧！我自己对付得了！

  ［瓶塞砰的一声飞出。酒喷到了伊戈尔的上衣上。

塔尼娅 哎呀，对不起！大概，西装很贵吧？

伊戈尔　是的，第一次穿。（用手绢擦西装）

索菲娅　塔尼娅从不沾酒！对如何与酒打交道根本没有概念！

　　　　我们一家都不饮酒，甚至不好意思承认这一点。

塔尼娅　（对伊戈尔）对不起！

伊戈尔　不谈这个了！要是有酒杯的话就正好了。

　　　　　［塔尼娅急忙递过来三只酒杯。伊戈尔准备往酒杯里

　　　倒酒。

塔尼娅　（急忙抽走了一只酒杯）妈妈不能喝！（拿走了第二只）

　　　　您也不能喝！（推了一下第三只酒杯）往这里倒吧！我喝。

索菲娅　塔涅奇卡，让伊戈尔也稍喝一点儿吧！他不像嗜酒之人。

塔尼娅　香槟就着大力士燕麦片！（对伊戈尔）我再给您盛点

　　　　儿粥！妈妈，给你一杯凉茶，然后往茶里倒一滴香槟。来，

　　　　让我们干杯！就是说，我们一起碰杯，我一个人喝。

索菲娅　塔涅奇卡，就让伊戈尔喝吧！

伊戈尔　别担心，我不喝。

索菲娅　您不喝？但为什么呢？！有什么原因吧！

伊戈尔　我开车。

索菲娅　哦，您是司机！太完美的职业了！

伊戈尔　我是会计。

索菲娅　司机加会计？

伊戈尔　只是会计。

索菲娅　那为什么开车呢？会计开车？这挺奇怪的！

伊戈尔　我有车。

索菲娅　自己的?

伊戈尔　自己的。您为什么对此感到奇怪呢?

索菲娅　您的车哪来的?

伊戈尔　什么意思?

索菲娅　您的车从哪里搞来的?

塔尼娅　妈妈,别提不礼貌的问题!

索菲娅　买彩票赢的?

伊戈尔　不是。

索菲娅　继承遗产?

伊戈尔　就是自己买的。

索菲娅　买的?汽车?大概,不那么简单吧!攒了一辈子的钱!
　　　非常节俭!

伊戈尔　有过非常节俭的日子。但令人惊奇的是——那种方式
　　　更攒不下钱来!我只不过现在挣得相当可观。

索菲娅　大概,在多处工作吧?您这个年龄不该过度劳累!

塔尼娅　我提议喝一杯酒。准确点儿说,我提议大家碰杯,我
　　　一人喝。

索菲娅　(举起杯)为您,伊戈尔,也为塔涅奇卡干杯!祝你
　　　们这一次一切顺利。

伊戈尔　已经比我想象的顺利多了。

索菲娅　说得太好了!为您干杯!

塔尼娅　(一口气喝干,笑着)上头了。

索菲娅　不常喝酒造成的。伊戈尔不喝酒,却吃燕麦片,这看

起来相当不高明。

伊戈尔　有五十年没吃大力士燕麦片了！童年时，妈妈逼着我吃。而且说："吃大力士燕麦片，加里克[1]，你会长成大力士的！"真不该不听话。你看，没长成大力士！特别好吃。我会补上的。（对塔尼娅）再来一点儿！

索菲娅　（对伊戈尔）您是位令人愉快的客人和有感恩之心的食客。

伊戈尔　我喜欢吃家里做的东西！您向所有熟人介绍我时都可以这么说。

索菲娅　塔涅奇卡，我很喜欢你的伊戈尔，很喜欢！您是怎么找到塔尼娅的？过了多少年？

伊戈尔　可能就是幸运吧。

索菲娅　说得真好。像个男人！您也没指望过吧？

伊戈尔　也无法想象！

索菲娅　我也没有料到，在我风烛残年之际，生活却馈赠给我一份我如此期盼的礼物！什么都不可预知，什么都不可！

伊戈尔　您说得完全正确！就在一小时前，如果有人告诉我说，我今天晚饭会在两个人的陪伴下吃大力士燕麦片，我自己一定会笑的……多么可爱的女士们啊。

索菲娅　太美的祝酒词了！举杯！塔涅奇卡，你今天一人替三个人喝！

---

1　伊戈尔的爱称。

　　　　　　　［大家举杯。塔尼娅喝下，开始笑。

索菲娅　我们的塔涅奇卡今天是那么幸福！这是因为您，伊戈
　　　尔。你们四十年没见了！您怎么认为，塔涅奇卡变了吗？

伊戈尔　变得更好了。

　　　　　　　［塔尼娅又往杯里倒酒，一口气喝干。

索菲娅　别太贪杯，塔涅奇卡，快乐和痛苦都要有分寸。

伊戈尔　您认为，塔尼娅今天喝多了？才不是呢！我想起来了，
　　　四十年前她能喝多少！把所有的人都给喝醉了！

索菲娅　你还有允许自己喝多的时候，塔涅奇卡？那又怎么样，
　　　大家都有过。

塔尼娅　（对伊戈尔）您瞎说什么呀？

伊戈尔　事情都过去了！现在有什么好隐瞒的？（对索菲娅）
　　　索菲娅·伊万诺夫娜，我永远也忘不了，塔尼娅在桌子上
　　　跳得多起劲儿！有多少家酒馆为她鼓掌！

索菲娅　（对塔尼娅）你穿梭于酒馆之间？

伊戈尔　男人们为她神魂颠倒！我嫉妒得快要发疯了！

索菲娅　母亲总是最后得知关于女儿的真相，真对！现在我明
　　　白了，为什么您那时候没有娶她！但现在她完全变了！

伊戈尔　哎呀，不知道……哎呀，不相信！

塔尼娅　伊戈尔也变了。变得勇敢了！就在今天，妈妈，他，终于，
　　　敢于向我求婚了！

索菲娅　塔涅奇卡，你要结婚了吗？嫁给伊戈尔吗？！太幸福了！

塔尼娅　我得想一想，妈妈！

索菲娅　想一想？想什么？！

伊戈尔　索菲娅·伊万诺夫娜，不要给塔尼娅压力。我可以等。

塔尼娅　谢谢，伊戈尔！我们度过了一个美妙的夜晚！我知道，
　　　　您急着走。我们让伊戈尔走吧，妈妈！

伊戈尔　不用让我走！我反正也无处可去！瞧，我这奶渣还没
　　　　有吃呢！四十年往事的回忆涌上心头。

塔尼娅　对不起，伊戈尔！妈妈需要安静！

索菲娅　正是因为伊戈尔，我才在这漫长的岁月里第一次感到
　　　　安静！

塔尼娅　我们不能太自私，妈妈！谢谢，伊戈尔，请原谅，如
　　　　果哪里做得不对。

索菲娅　哪里做得不对？一切完美无缺！你们一定会成为理想
　　　　的一对儿！您很快就退休了吗，伊戈尔？

伊戈尔　我不渴望退休。比较喜欢工作。退休干什么呀？

索菲娅　退休干什么？！这是人生最美好的时光！您退休了！塔
　　　　涅奇卡退休了！多浪漫啊！买一个园子！我们建房子！您
　　　　有存款！塔尼娅会侍弄菜园。难道您反对在大自然中建立
　　　　自己的家园吗？

伊戈尔　不反对！我有房子！

索菲娅　您也有别墅？在哪儿？

伊戈尔　在加那利。

索菲娅　在加那利？那块儿地有多大？哪怕有地方转身吧？

伊戈尔　是的，有地方转身。

索菲娅　房子本身呢？不太小？

伊戈尔　不太小。

索菲娅　那森林？小河？都在附近？

伊戈尔　它们全部都很远。

索菲娅　为什么选了那么个地方？！没有森林！没有小河！地上
　　　　哪怕长点儿什么？

伊戈尔　长着东西呢。

索菲娅　谁侍弄这一切呢？

伊戈尔　没人。自己长。

索菲娅　听男人说话就是可笑！自己长！您这个自己长的东西
　　　　是什么？荨麻？

伊戈尔　橙子，好像。我很少去那里。没时间！

索菲娅　橙子？！您怎么说的？加那……威？好像听说过，但却
　　　　怎么也想不起来。这是往哪个方向？

塔尼娅　这是在西班牙，妈妈！

索菲娅　在西班牙的一块儿地？那么远！为什么呀？这多不方
　　　　便！还贵！

伊戈尔　相反，那里便宜！

索菲娅　你明白他在说什么吗，塔尼娅？

塔尼娅　有些明白。足够了。

索菲娅　那你给我解释一下！

塔尼娅　我给你解释！

索菲娅　天哪，我多落后于生活啊！我们当年谁也没在西班牙

买过一块儿地！或许，这也不错！我觉得，生活变得有些美好起来了！

伊戈尔　我确实该走了！很高兴认识你们。谢谢愉快的夜晚！

索菲娅　不，伊戈尔，我不能就这样放你走！塔涅奇卡，帮我撤去毯子！您领洗过吗，伊戈尔？

　　　［伊戈尔感到莫名其妙。

塔尼娅　就是说，妈妈给您施洗过吗？

伊戈尔　很早的事了。童年时候。

索菲娅　这已经足够了！到我这儿来！站到这里！塔涅奇卡，摘下圣像，递给我！

　　　［塔尼娅从墙上摘下"圣像"，递给索菲娅。

索菲娅　你自己站到伊戈尔身边！

塔尼娅　你这是想起哪一出了，妈妈？

索菲娅　我不能浪费时间。我感觉我快要死了。明天。最多一周后。孩子们！上帝祝福你们！长寿和睦地生活！彼此珍惜，幸福快乐！我祝福你们！

塔尼娅　妈妈！

索菲娅　别打断我！这是女人一生中最美好的时刻！我现在想起来，人们如何祝福我和你父亲的，塔涅奇卡！我们被当场捉住……不过，现在这已经不重要了……你父亲送给我一个订婚戒指。（抬起自己的手）现在它已经摘不下来了。把我和这个戒指一起葬了吧。然后我们举行了婚礼。塔涅奇卡，把圣像放回去吧！您对婚礼怎么看，伊戈尔？

伊戈尔　对一般意义上的婚礼吗？太美了。

索菲娅　塔涅奇卡，答应我，伊戈尔和你将举行婚礼！

塔尼娅　什么事都不应该匆忙决定，妈妈！

索菲娅　塔涅奇卡自尊心很强，伊戈尔！她从来不扑向男人的怀抱！从不！她曾有个女性朋友，您知道她做出什么事吗？

塔尼娅　伊戈尔对我的女性朋友不感兴趣，妈妈！

伊戈尔　错了！我对这里的一切都感兴趣！

索菲娅　你看，塔涅奇卡，你错了。伊戈尔真的爱你。他对你的一切都感兴趣。哦，那个女性朋友，通常是，当发现有男人走近，她便立刻做出滑倒的样子。趁机抓住这个男人，让他送她回家，说，自己走不到家。就这样，她嫁了八次，而我的塔尼娅一次也没有！（对塔尼娅）要警告自己的男人，其他女人擅长耍什么样的花招！（对伊戈尔）但塔尼娅不会！不，不会是塔尼娅！什么时候举行婚礼？要知道我们得举办婚礼吧？可以简朴一些，但必须得有婚礼！什么时候？

塔尼娅　不想急急忙忙的！

索菲娅　不必着急，不过拖延也没必要！一周后怎么样？

伊戈尔　我们会计正在做年度收支结算报表。我不想把一切都混为一团——报表、婚礼……

索菲娅　当然，混为一团不好。您什么时候上交报表？

伊戈尔　3 月 1 日之前。之后又马上有季度报表。4 月 15 日之前交。然后……

索菲娅　我活不到那时候。我有一种预感，伊戈尔，我该走了。
　　　　还剩一两周就结束了。当然，我努力。

伊戈尔　只是别因为我们改变自己的计划！

塔尼娅　伊戈尔！

索菲娅　唉，如果我死了，你们不会因为丧事将婚礼推迟一年
　　　　多吧？

伊戈尔　怎么会呢？！今天谁还会戴孝服丧啊？还得整整一年！

塔尼娅　伊戈尔！

索菲娅　明天早一点儿来！我们讨论一下所有的事，并做出最
　　　　终的决定。

塔尼娅　不行。明天伊戈尔出差。

伊戈尔　我？出差？！

索菲娅　去几天？

塔尼娅　半年。

索菲娅　那收支报表呢？

塔尼娅　出差时写，然后寄回来。

索菲娅　如果不是因为我，塔尼娅还可以陪您去，伊戈尔。我
　　　　向来，向来是她个人生活的障碍。

塔尼娅　我陪伊戈尔一起去——这不可能！你哪怕想象一下，
　　　　你想让我去哪儿？

索菲娅　我想让你去哪儿？

塔尼娅　冻土带！多年冻土带！坐狗爬犁。吃鱼！活鱼！！！不得
　　　　不坐在煤油灯光下的帐篷里，伊戈尔则埋头整理报表。

索菲娅　别干这份工作了，伊戈尔！

伊戈尔　需要有人来做这份工作。

塔尼娅　伊戈尔会经常给我打电话的。

索菲娅　从帐篷里？

塔尼娅　20世纪末了，妈妈！

索菲娅　最好写信！我到现在还保留着塔尼娅父亲的来信。而如果战壕里有电话，我今天还能剩下什么？

　　　　〔突然来电了。

伊戈尔　你们这里只在夜间供电？（吻索菲娅的手）谢谢迷人的夜晚，索菲娅·伊万诺夫娜！

索菲娅　为我们保重！（把他拉到自己近前，吻他的脸颊）我像依恋儿子一样依恋您了。

伊戈尔　您也要保重！

　　　　〔伊戈尔和塔尼娅走出房间。

伊戈尔　（穿上大衣）我如果再待一会儿，您就会眼睛不眨地把我打发去另一个银河系。

塔尼娅　特别生气吧？

伊戈尔　没关系！只是……

塔尼娅　只是什么？

伊戈尔　略感不安，我在圣像前答应了要娶您。

塔尼娅　没关系！忘了吧！

伊戈尔　不想与上帝有什么不和。我不记得他有幽默感。

塔尼娅　这也算问题？！您给了我承诺！我把您的承诺奉还

给您。

伊戈尔 　一个极其轻浮的女人！信守自己的承诺不超过半小时。现在我开始猜想，您为什么没有嫁出去了。

塔尼娅 　您真的以为我们在圣像前发的誓？

伊戈尔 　喝了酒的，顺便说一句，只有您一个人。请注意，我没喝一口。

塔尼娅 　您哪怕看一眼，您对着什么发誓了？圣像！我从墙上摘下来递给妈妈的是狄更斯的画像。而狄更斯，顺便说一句，他的幽默感很正常。

　　　　[伊戈尔跑进房间，看着画像，跑出来，定睛看着塔尼娅。

塔尼娅 　怎么样？

伊戈尔 　八次出嫁的女性朋友都比您天真可爱。

塔尼娅 　同样，祝福您与您的长腿刺猬、您的金发猫咪、您的性感小兔子和全体小动物！

伊戈尔 　谢谢。再见！

塔尼娅 　再见！

伊戈尔 　明天我顺便来看看您母亲的身体状况如何。

塔尼娅 　别难为自己！

伊戈尔 　没关系。反正就在附近。顺便说一句，还是没问到她住的楼号。

塔尼娅 　打听一下并与您年轻的小老鼠待在那里吧。

伊戈尔 　我惹您生气了吗？

塔尼娅　没有，您很称职。

伊戈尔　我甚至还成功地表现为一名绅士了吧？您的意见呢？

塔尼娅　高度评价！

伊戈尔　但不能只做一个晚上的绅士！那样的话都不值得开始！

塔尼娅　猫咪会因您的世界观而欢呼雀跃。

伊戈尔　猫咪更看重的是我的其他素质。

塔尼娅　转达我对猫咪的问候！

伊戈尔　如果我不再出现，您怎么摆脱窘境？让我死于车祸？
　　　　把我推到匪徒的刀口下？让我意外死亡？

塔尼娅　我不是个嗜血成性的人。活着吧！漫长的冬夜里，我
　　　　将细细回忆起我们的……我们之间关系的故事。然后讲给
　　　　妈妈听。您甚至无法想象，我是多么善于幻想！

伊戈尔　我已经能想象出一点儿了。想听听接下来呢。

塔尼娅　您自己真的什么也记不得了？

伊戈尔　记得什么？

塔尼娅　您是对的。很难记起从来没有过的四十年前的事。

伊戈尔　可以补救。我准备记住您想记住的一切。

塔尼娅　我会给妈妈读您的来信。

伊戈尔　来信？啊——啊！来自冻土带！要低调一些！关系暧
　　　　昧之处不要读出声来！我很高兴，我们的偶然相识会有这
　　　　样的前景。

塔尼娅　我明白，我们的生活对您来说是微不足道的。可以轻
　　　　松猜出，它是如何度过的。商店显而易见，我在那里通常

买些很随意的东西。简单地收拾家务、做饭、洗涮。很少响起的电话铃声。谁会给我们打电话呢？半年一封来自亲人的长信。朗读故事。鲜有事件发生的单调乏味的生活。谁也不会对一个上了年纪的女人及其女儿——一位老姑娘感兴趣。

伊戈尔　您看起来很美！在任何灯光下！

塔尼娅　谢谢。但对我和妈妈来说，我们的生活和我们本身看起来完全是另一回事。我们彼此相爱。哪里有爱，哪里就会有很多事件、风暴、欢乐、不安。我不只是简单地购物、做饭、收拾家务。我努力是为了妈妈，为了延长她的日子。反正终有一天我会孤身一人。我把我的温柔和爱释放到哪里去呢？如何应对每一小时的担心和忧虑呢？谁会饶有兴趣并善解人意地听我诉说呢？我又去听谁说呢？世上没人会关心我！

伊戈尔　重新联系以前的熟人。多交流！

塔尼娅　用徒劳代替爱？孤独和痛苦更值得。妈妈害怕留下我独自一人。我会骗她。让她离开这个世界时相信，我不会孤单。她幻想我能嫁出去。我就让她相信，梦想会成真。

伊戈尔　那您为什么不找一个现实的人，免得孤单？

塔尼娅　我在二十岁时，就不赞同没有爱情的婚姻，而在六十岁时更是如此。请原谅，浪费了您一个晚上的时间和我们在一起。

伊戈尔　完全相反。美妙的夜晚！我还会来看你们的。一定！

这不难，我肯定就在附近。

塔尼娅　谢谢。不过，千万别来了！

伊戈尔　您如此不喜欢我？

塔尼娅　怕是您给我留下了太深刻的印象！

伊戈尔　很高兴听到这话。

塔尼娅　也许，是这一切的作用：蜡烛，玫瑰，因为不常喝酒，

　　　　香槟让我上头了……唉，有什么可隐瞒的——您很有魅力！

　　　　（笑）我失态了。我很兴奋。我有些慌张。我尽说废话。（笑）

　　　　啊，不过，有什么差别！这一切自然也不会引起任何结果！

伊戈尔　我，真的，也喜欢上你们这里了。还喜欢上您妈妈了。

　　　　我还想看见她。

塔尼娅　不。您不要再来了。

伊戈尔　我记下您的电话号码。什么时候顺便给您打个电话。

塔尼娅　也是多此一举。

伊戈尔　但是也许……

塔尼娅　不值得。

伊戈尔　我只是想……

塔尼娅　谢谢！再见！

伊戈尔　再见！（返回来）但是，就这样中断了一切太愚蠢

　　　　了……

塔尼娅　再见！

伊戈尔　您坚信这样做是对的？

塔尼娅　绝对！

伊戈尔　不过我感觉……

塔尼娅　坚决不行！

伊戈尔　而假如……

塔尼娅　唉，您怎么这样呢？晚了！您该走了。我该去妈妈那
　　　里了。再见！

伊戈尔　再见！很高兴认识！

塔尼娅　我也很高兴。

伊戈尔　怎么——我现在就这样离开？

塔尼娅　一切顺利！（在他身后关上了门，返回了房间）妈妈！
　　　你怎么样？

索菲娅　这一切太可怕了，塔尼娅，太可怕了！

　　　　［停顿。

塔尼娅　你还是猜到了，妈妈。对不起！

索菲娅　当然，猜到了。立刻！我不聋也不瞎，还没有年老昏聩。

塔尼娅　请原谅，原谅我，妈妈！我想让你更好！

索菲娅　为什么要原谅你呢？为你迟暮的幸福？！

塔尼娅　你这说的是什么，妈妈？

索菲娅　别隐瞒我，也无须不好意思。得了！我一切都看得出
　　　来——你有多爱他！这一次你走运了——他爱你！这我一
　　　眼就看出来了！你们会幸福的！

塔尼娅　是吗？谢谢，妈妈！

索菲娅　我不再自私了。我为你的幸福感到高兴。

塔尼娅　但是你哭了，妈妈！

索菲娅　因为我还是有点儿自私！我已经习惯了你结婚的这个想法。但对我来说，这还不够！！！我心里还有一块石头！

塔尼娅　而现在这块石头是什么呢，妈妈？

索菲娅　你和伊戈尔已经不会有孩子了！是我的错！我和你在一起感觉真好。我心里总是害怕你会结婚！我受到了严厉的惩罚。我想要一个孙女，而我却永远不会有。上帝啊，我多想有个孙女！想让她爱我！当然也爱你！想让我们大家都幸福！我现在期待的不是死亡，而是重孙子！被娇惯溺爱的、让家里充满欢笑的重孙子！随之而来的还有那么多的麻烦事、伤心事、意想不到的事。而因我的过错，代替这一切的，是你整天坐在一个乏味的老太婆身边！

塔尼娅　我爱你，妈妈！而且我和你在一起感觉很好！

索菲娅　但是，如果我们有一个和睦的大家庭，我们会感觉更好的！女婿、孙子、重孙子……太晚了……毫无希望了，我们明白这一点时，已经无可救药地晚了！

塔尼娅　妈妈，你不能这么激动！喝点儿缬草酊吧！

索菲娅　缬草酊——这就是在我生命结束时女儿可以给我的一切！而伊戈尔是那么有趣的男人！而你依然美丽！你们本来会有个很棒的女儿！她可能已经有四十岁了！（哭起来）塔尼娅，对不起！我是一个不可救药的利己主义者！毕竟听我的话让你很痛苦！你为什么这么听话呢？！

塔尼娅　（搂住她）请原谅，妈妈！

索菲娅　那么有爱心的女儿！为什么？

塔尼娅　对不起，妈妈，对不起！

索菲娅　不管怎样，我很高兴你要结婚了。（哭）

塔尼娅　我谁也不需要，妈妈！

索菲娅　（不带哭腔，清楚明了地）你疯了？！

塔尼娅　（糊涂了）妈妈？

索菲娅　我幸福！而你呢？

塔尼娅　我也是。

索菲娅　（突然抽噎起来）为什么我们这么不幸呢？

塔尼娅　（安慰她）一切都会好的。

索菲娅　（用另一种语气）我祝贺你。

塔尼娅　谢谢。

索菲娅　我祝福你。

塔尼娅　妈妈！

索菲娅　你幸福吗？

塔尼娅　（号啕大哭）特别幸福，妈妈！

　　　　〔第一幕幕落。

# 第二幕

    〔还是那间房子。只是现在房间里不是点着蜡烛，而是开着落地灯。桌子中央摆放着玫瑰。舞台设计与第一幕相同。

塔尼娅　（朗读）后来尼克尔贝小姐来到这里，她是那样神气而又自负。马德琳和凯特的脸色是那样红润，非常可爱。尼古拉斯和弗兰克是那样忠诚而高傲，他们四人满怀忐忑不安的幸福。这里还来过纽曼，他是那样的沉静，同时高兴得忘乎所以，还有一对孪生兄弟来过这里，他们赞叹不已，交流愉悦的眼神，致使站在主人椅子后面的老仆人呆住了，环顾桌子，感到泪水模糊了自己的双眼。

    〔索菲娅长长地叹了一口气。

塔尼娅　怎么了，妈妈？你今天没有心情听狄更斯？

索菲娅　是的，塔尼娅，别读了！我的心思不在这儿！多么神奇的玫瑰！让它们离我近一些！

塔尼娅　162 页。（合上书，放回书架，搬动玫瑰）

索菲娅　我们吃晚饭吗？

塔尼娅　你已经想吃饭了？

索菲娅　我们等人吗？

塔尼娅　谁能来我们家！

索菲娅　如今看着你就感觉愉快！别上了一个粉红色的花结！太姥姥的这个花结不止一个世纪了！它适合你的脸色，塔尼娅，使你看起来精神饱满，显得年轻！今天似乎是一个特别的日子！

塔尼娅　特别的？为什么？（有些神经质地笑着）难道是因为花结？！

索菲娅　也是因为花结！某种神秘的成分飘散在我们家的气氛中。你突然迷上了厨艺。准备了一天！会是什么在等着我们呢？！

塔尼娅　饺子、拌凉菜、蛋糕……忙活了很久，却没有什么特别的事情发生。

索菲娅　伊戈尔走了吗？

塔尼娅　我想，他现在已经在路上了，离莫斯科远着呢。

索菲娅　真不明白。

　　　　〔门铃声。

索菲娅　你还是请人了？

塔尼娅　惊喜！

索菲娅　伊戈尔？

塔尼娅　不——不！

索菲娅　那是谁啊？

塔尼娅　稍等一下！（去开门）

　　　　〔门外站着手拿一束玫瑰的伊戈尔。

伊戈尔　敬礼！（递上玫瑰）给您的！

塔尼娅　（没接玫瑰）您已经出差了！忘了？

伊戈尔　难道您没听见？狗拖着爬犁已经在楼下的大门旁叫上了。一刻钟后我会直扑雪橇，向冻土带进发。爬上来只是为了跟未婚妻道个别。

塔尼娅　一路平安！下楼成功！

伊戈尔　我得站一会儿。下楼前得鼓足劲儿。知道吗，真是上了年纪！您母亲感觉还好吧？顺便说一下，把玫瑰转交给她！（递给塔尼娅玫瑰）

塔尼娅　（没接）谢谢。她昨天的那些还没凋谢呢。

伊戈尔　让它更多一些吧。（硬是想把玫瑰塞出去）

塔尼娅　最好还是用这些玫瑰让小兔子高兴一下吧。

索菲娅　（大声地）塔尼娅！谁在那里啊？

塔尼娅　没人，妈妈，没人！

伊戈尔　（特别大声地）只有我，索菲娅·伊万诺夫娜！

索菲娅　您干吗不进来呀，伊戈尔？！

塔尼娅　他急着走，妈妈！

伊戈尔　急着看您呢，索菲娅·伊万诺夫娜！

索菲娅　那怎么啦？在哪儿呀？过来啊！

伊戈尔　来了！赶来了！

塔尼娅　（让出路）请别耽误了！

　　　　〔伊戈尔穿着大衣直接走到索菲娅跟前，吻她的手。

伊戈尔　这是给您的！（递上玫瑰）

索菲娅　您来真让人高兴。塔尼娅没有预先告诉我。但我猜到了！塔尼娅特别特别盼着您。买了那么多东西！一整天都在做饭，收拾整理。您不来，她就不开饭。

伊戈尔　（吻塔尼娅的手）很高兴听到您是如此期盼我，塔涅奇卡！

塔尼娅　我等的不是您。

索菲娅　不是伊戈尔？！那是谁啊，塔尼娅？

塔尼娅　（对伊戈尔）我以为您走了。我很惊讶。

伊戈尔　惊喜？

塔尼娅　只是惊讶。

索菲娅　伊戈尔，脱下你的深红色大衣！别太拘束。塔尼娅，把玫瑰插到瓶里！

塔尼娅　我们家只有一只花瓶。

伊戈尔　明白了。明天再带来一只。

塔尼娅　那今天您的玫瑰怎么办？

伊戈尔　扔了吧！

索菲娅　恋爱中的人，别吵架！塔涅奇卡，你放好玫瑰！

　　　　〔塔尼娅接下索菲娅手中的玫瑰，走出去。

索菲娅　出差延期了？

伊戈尔　彻底取消了。

索菲娅　梦应验了。我梦见了一条路，路上有那么一大坨……（打住了话头）。对不起！这预示着喜事。

伊戈尔　而现在请您想象一下——我也梦见了同样的一条路，

上面也是有那么一大坨……

索菲娅　　（特别活跃起来，热情高涨）我想象得出！！！

　　　　　〔塔尼娅拿着装在香槟酒瓶里的玫瑰返回。

索菲娅　　你能想象吗，塔尼娅，我和伊戈尔做了同样的梦？！

塔尼娅　　什么样的梦？

索菲娅　　（非常兴奋地）我们梦见了……（突然停住）忘了！
　　　　可一见到伊戈尔，立刻就想起来了！

塔尼娅　　那么你们同时梦见了什么呢？

伊戈尔　　这是我和索菲亚·伊万诺夫娜之间的小秘密。您今天
　　　　感觉怎么样啊，索菲娅·伊万诺夫娜？

索菲娅　　好极了！还做了好梦，还应验了——您来了！该吃晚
　　　　饭了，塔涅奇卡！全到齐了！

塔尼娅　　遗憾的是，伊戈尔得赶火车。

索菲娅　　向她坦白吧，伊戈尔！她还没有料到，有什么喜事在
　　　　等着她。

伊戈尔　　您看，塔尼娅，出差彻底取消了！

索菲娅　　新年我们可以一起过了！

伊戈尔　　塔涅奇卡还没有邀请我。

塔尼娅　　新年还早呢！

索菲娅　　只有一周了！快一点儿邀请伊戈尔吧！尽管，干吗还
　　　　得邀请他呢？

塔尼娅　　是啊，确实，干吗请他？

索菲娅　　可不是嘛！伊戈尔是我们自己人！

塔尼娅　遗憾的是，妈妈，新年伊戈尔不能和我们一起过。

索菲娅　为什么？

塔尼娅　伊戈尔向来是和集体一起过新年。和同事们一起。这是传统。伊戈尔会打电话祝贺我们的。

索菲娅　你认为这正常吗？

塔尼娅　世道变了，妈妈！别墅买在西班牙，而新年在饭店与集体一起度过。招惹各种小兔子、小刺猬。这都正常，妈妈。

索菲娅　（对伊戈尔）这和小兔子有什么关系？您在动物园工作？

伊戈尔　今天被开除了。

索菲娅　那收支报表怎么办？

伊戈尔　动物园的是一份临时工作。可以说，主要工作没有中断。

索菲娅　感觉得出，伊戈尔，您的生活很不容易。您需要尽快结婚。

塔尼娅　伊戈尔，我不得不提醒您——您该走了！

索菲娅　但是出差取消了，塔涅奇卡！

塔尼娅　那还有收支报表呢。去吧，伊戈尔，不带报表就别出现！

　　　　〔伊戈尔哎呀一声，捂住肚子。

索菲娅　您怎么啦，伊戈廖科[1]？

伊戈尔　（痛苦地）塔尼娅知道。

塔尼娅　胃炎？

---

1　伊戈尔的爱称。

101

伊戈尔　哪怕给一块儿面包皮！得马上吃点儿东西！痛得受不了了！

索菲娅　你站在那儿干什么，塔涅奇卡？快点儿采取措施！摆桌开饭啊！

　　　　［塔尼娅去了厨房。

索菲娅　而您，伊戈尔，快坐下来！

　　　　［伊戈尔在桌子旁边坐下来。

伊戈尔　现在对我来说主要的是——不能动。坐下来，一直坐着。不少于五小时。

索菲娅　那就坐着吧！我们很高兴！我不明白——我们的塔涅奇卡今天怎么了？

伊戈尔　怎么了？我没发现什么啊。

索菲娅　对您盼了又盼……而当您终于来了，好像又伤心了。她在那里磨蹭什么？也许，您试着去厨房看看？

伊戈尔　我试试。（去厨房）

　　　　［在厨房。

塔尼娅　（热菜，往锅里加东西）好在您过来了！坐下吧！我在这里给您盛饭吃，非常快。

伊戈尔　我不急，别担心！花结很适合您的脸色。不能不赞扬您的品位。

塔尼娅　（把盘子放到他面前）别转移话题！祝您好胃口！拌凉菜。饺子。再给您一块儿蛋糕。面包。黄油。奶酪。

伊戈尔　为什么把所有的东西都放到一个盘子里？不可以这样

对我。

塔尼娅　盘子够大的。所有的东西都盛得好好的。

伊戈尔　为什么您让我在厨房里吃？这让我的自尊很受伤！

塔尼娅　快点儿吃吧！

伊戈尔　您为什么老是催我呢？我让您搞得神经兮兮！

塔尼娅　我随时在担心您的胃炎。

伊戈尔　我的个性并非仅限于胃炎。顺便说一句，好吃。很久
　　　　没吃过这么好吃的了。

塔尼娅　再盛一点儿？

伊戈尔　谢谢！暂时克制一下。不然在这里吃饱了，然后在那儿，
　　　　在房间里，只能像傻瓜一样看着你们吃！

塔尼娅　您想让我怎么样？

伊戈尔　说实话？

塔尼娅　绝对的。

伊戈尔　啊，如果要说绝对的实话，我自己也不知道。

　　　　〔电话响起来。

伊戈尔　就说我不在。

塔尼娅　怎么——已经往这里打电话找您了？

伊戈尔　怎么会，我只不过这么一说，以防万一。

塔尼娅　（对着话筒）请说。听出您了。根据叫声。伊戈尔？
　　　　当然在这里。他还能在哪儿？（对伊戈尔）您的猫咪。

伊戈尔　您的性格太糟糕了。

塔尼娅　老姑娘一向如此。

伊戈尔　（对着话筒）喂——喂？咕——咕！

塔尼娅　猫咪咕咕叫！生态完全被破坏了。

伊戈尔　今天？难说。可能……我尽量，不过……不，不，不要因我取消什么。你忙你的吧。我找时间给你打电话。再见！亲我的小刺猬！

塔尼娅　我提醒一下——这里不是电话亭，也不是热线。一句话——有人要给我来电话！

伊戈尔　再见，小兔子！不知道今天能不能打电话。猫咪，明白吗，这里得排队……我是在公用自动电话间打的。

塔尼娅　（给伊戈尔披上大衣）快去小老鼠那里吧！她一直等着您呢！而我这里有人要来。

伊戈尔　小刺猬，回头我再给你打。再见！（挂上电话）这是谁要来您这里？新丈夫候选人？不过您妈妈已经对我恋恋不舍了！不能让她的精神受刺激！而且很想知道——我哪一点儿不合适？比如说，您妈妈那里对我没有异议。而这一点是最主要的！

塔尼娅　您想让我怎么样？马上有人来我这里！您在这里多余。您想怎么样？

伊戈尔　没什么特别的！我只是喜欢灯罩下的灯光，坐在桌前吃饭的感觉。您知道吗，厌倦了饭店、饭店……已经很久没谁像您妈妈这样让我开心了。您能想象吗，生活中我还从未做过女婿呢？！

塔尼娅　那您娶您的小刺猬啊！

伊戈尔　对她来说我太年轻了。

塔尼娅　您？对她？年轻？

伊戈尔　当然！我还能活二十多年。而她幻想的不是嫁出去，
　　　　而是成为寡妇。

塔尼娅　那您为什么还需要她，如果您知道她是这样的话？

伊戈尔　什么为什么？我毕竟还是男人吧！

塔尼娅　明白了！

伊戈尔　您刚才误会我了。您想象一下，我们在上班的时候。
　　　　一个人说："我昨天在自己的吉普车里为一个女孩安排了
　　　　那样的采访……"另一个人说："我昨天搞上了一个，并
　　　　且我和她……"

塔尼娅　我明白了实质。

伊戈尔　对不起！而我怎么能总是坐在那里沉默不语呢？

塔尼娅　谁妨碍您说了呢？您想到什么就都说出来呗。

伊戈尔　是吗？要知道这可是一个办法！

塔尼娅　如果您的同事谈论战争，这并不意味着他们亲自参加
　　　　了作战。

伊戈尔　谢谢建议！

塔尼娅　而现在您走吧！

伊戈尔　这种情况下，我为什么要去别处呢？我最好在这里坐
　　　　一会儿！

塔尼娅　您以为，私生活只有您一个人有吗？

伊戈尔　我呢，正好没有私生活。

塔尼娅　可我有啊！

伊戈尔　说吧，您想到什么就都说出来吧。

索菲娅　塔涅奇卡！我们吃晚饭吗？

塔尼娅　马上，马上，妈妈！

伊戈尔　我们这就把东西端过来，索菲娅·伊万诺夫娜！（问
　　　　塔尼娅）端过去？（端起了一盘凉菜）

　　　　　　［响起了门铃声。

塔尼娅　您快走吧！

伊戈尔　直接带着凉菜走？说什么呢？我是一个正派的人！

塔尼娅　把凉菜端进房间里。您自己别从房间里出来！

伊戈尔　是！

塔尼娅　您怎么还站在这儿？

伊戈尔　只不过好奇——谁来您这儿。

　　　　　　［门铃声。

伊戈尔　您怎么不开门啊？不好意思让人家看见？顺便问一句，
　　　　我应该如何自我介绍？您的未婚夫？假未婚夫？前未婚
　　　　夫？我语无伦次了！我们商定一下！

　　　　　　［门铃声。

伊戈尔　真执着！下定了决心要娶您。

塔尼娅　这是有事找我。来自社保局。

伊戈尔　也许，我该调去社保局工作？我看，他们为自己的到
　　　　访做足了准备！

　　　　　　［塔尼娅打开门。金娜仿佛脱了缰一般飞奔进房间里，

尖声叫道:"好妈妈,亲爱的!是我,金娜,你的亲女儿,你的亲骨肉!我想死你了!"

伊戈尔　我死去的母亲常对我说:"你过于挑三拣四了,加里克!最终你会摊上一个有孩子的女人!"

索菲娅　塔尼娅!发生了什么事?什么喊声?

　　　　〔金娜几乎撞倒了伊戈尔,又冲进房间,扑向索菲娅,搂住她的脖子。

金娜　姥姥,亲爱的!终于见面了!

索菲娅　塔尼娅!快来救命啊!

塔尼娅　(拉开金娜)别立刻这样!慢慢来!

金娜　(挣脱塔尼娅,重新搂住索菲娅的脖子)姥姥!你感觉不出自己的亲骨肉?!

伊戈尔　(向塔尼娅问金娜的事)把这个亲骨肉从这里赶走?

塔尼娅　(又一次拉开金娜)这是我女儿!你的外孙女,妈妈!

金娜　(扑向塔尼娅,搂住脖子)好妈妈!亲爱的!(搂住索菲娅的脖子)姥姥!心爱的!

塔尼娅　(大叫)别嚷了!别再挂在任何人的脖子上了!

索菲娅　(大叫)别冲着孩子喊!她是谁?我不明白!上帝啊,心跳得厉害。塔尼娅,别折磨我了。她是谁?

塔尼娅　你的亲外孙女!请原谅,我隐瞒了。

金娜　隐瞒了四十年。害怕你,姥姥。害怕你会斥责。

索菲娅　你把她藏在哪里了,塔尼娅?

金娜　她把我扔在了产院。别人收养了我。可他们自己还有七

个孩子！而且他们自己还酗酒！我的生活状况就是这样！孤儿般的生活！母亲和姥姥还都活着。（哭）

[停顿。

索菲娅　你能抛弃你的孩子吗，塔尼娅？

金娜　我本人不允许我妈妈被谴责！

索菲娅　塔尼娅，难道这一切都是真的？

金娜　千真万确。（猛地搂住索菲娅）姥姥！对你看也看不够！你是我一首唱不完的歌！我亲爱的！

索菲娅　这是我的错。请原谅我，塔尼娅！（对金娜）也请你原谅我！

金娜　得了，好姥姥，没关系的，忘了吧。

索菲娅　可怜的女孩子们！你那么怕我吗，塔尼娅？难道我曾是那样一个怪物？对不起，我的孩子们！

塔尼娅　妈妈，请冷静点儿，一切并非如此。现在我就告诉你真相。

金娜　没必要！真相太痛苦！而且我已经长大了！现在弄清谁之过和应该怎么办又能怎么样？！我们追究一百年了，[1] 而一切还在原地踏步。

索菲娅　让我看看你！你叫什么名字？

金娜　金娜。

---

1　《谁之罪？》《怎么办？》《谁在俄罗斯能过好日子》是俄罗斯 19 世纪的三部经典文学作品。这三部作品的名字成为俄罗斯人关心国家命运的经典之问。

索菲娅　眼睛像塔尼娅的。而下巴像我的。对吧，塔尼娅？我的下巴！而眉毛像我死去的丈夫的！没活到今天，可怜的人！下巴像我的，而眉毛像他的。还是像我的？不，就像他的眉毛吧。

金娜　当然像他的！还能像谁的？外貌通常是隔辈遗传。

索菲娅　眼睛像塔尼娅的。额头也像塔尼娅的。额头上的神情。伊戈尔，看这额头！

伊戈尔　我很兴奋看到额头。

索菲娅　可鼻子像谁呢？

伊戈尔　（对塔尼娅）哪怕暗示一下鼻子！究竟像谁啊？

金娜　（向塔尼娅问伊戈尔的事）这位是谁？您事先没有跟我说！

伊戈尔　有什么必要？在这场生命的庆典上，我是一个偶然而多余的人。

索菲娅　伊戈尔，难道您因私生子要责怪塔尼娅吗？时间那么久了？！

伊戈尔　我又是谁啊，怎么会责怪塔尼娅什么呢？

索菲娅　怎么是谁啊？你们就快要结婚了！

伊戈尔　是的，我几乎准备娶一位向我保证她是老姑娘的女人。老姑娘——既感人而又浪漫，既严厉而又无助。事实却突然表明，她四十年来过着双重生活。小兔子和小刺猬倒更体面一些。她们至少一切都清清楚楚的。

金娜　他是谁？

塔尼娅　这位……这位……就是……

伊戈尔　我还是去出差吧。（对塔尼娅）从冻土带给你们打电话。

　　　　直接从雪堆里打。

金娜　他是谁?!

塔尼娅　你父亲。

金娜　（迅速扑向伊戈尔，搂住他的脖子）爸爸!（欣然吻他）

　　　　爸爸!!!亲爱的!瞧，我和你找到了彼此!我根本就没料到

　　　　我有父亲!我太高兴了!我多么需要你啊!

伊戈尔　不，不，别和我来这一套!我不同意收养您!

索菲娅　您拒绝亲生女儿?我开始对您失望了，伊戈尔!

伊戈尔　我没有孩子。从未有过!无论是女儿，还是儿子。

索菲娅　我的塔尼娅不会撒谎。您应该知道这一点。

伊戈尔　是的，我注意到这一点了。（问金娜）您多大了?

金娜　不要问这个，爸爸!（抽噎起来）

伊戈尔　（大叫）多大了?!

索菲娅　别冲孩子喊!你多大了，孩子?回答爸爸。别怕。

金娜　四十。怎么了?

伊戈尔　没什么!只是与我没有关系。四十年前我在服兵役，

　　　　在沃尔库塔郊区。离这里很远。

索菲娅　而你呢，塔涅奇卡，四十年前……

塔尼娅　在叶列茨工作。被分配去的。读完图书馆学院之后。

索菲娅　（问伊戈尔）去过叶列茨吗?

伊戈尔　从未去过。

塔尼娅　我从叶列茨去过沃尔库塔。

110

索菲娅　你？从叶列茨去沃尔库塔？为什么？

塔尼娅　去旅游。

　　　　［停顿。

索菲娅　伊戈尔，鼻子一定像您了。您仔细看看！

伊戈尔　（问塔尼娅）您真的坚持认为，她是我的女儿？

金娜　有什么好担心的呢，爸爸？！您会有什么损失呢？付抚养
　　费已经晚了！住房我有！对您来说只有好处！老年为期不
　　远了！亲生女儿却突然出现在您面前。有人可以给您端杯
　　水啦。

索菲娅　完全把孩子给搞晕了！坐到我跟前来，金诺奇卡[1]！给
　　姥姥讲一讲自己！没有我们你是怎么生活的？

金娜　难道这是生活吗？！父亲和母亲因酗酒无度被剥夺了父母
　　的权利。

索菲娅　哪个父亲和母亲？

金娜　就是我碰到的那两个人。我根本不把他们当作父母。

塔尼娅　为什么这样？到底还抚养了你呢！

金娜　谁抚养了？我在孤儿院里游荡大了！然后在集体宿舍
　　里住！

伊戈尔　我什么也不信！

索菲娅　你知道，塔尼娅，你的女儿在遭罪，你却沉默？

金娜　她怎么会知道。我们在产院之后就立刻失去联系了。

---

1　金娜的爱称。

111

伊戈尔　那怎么找到的？

索菲娅　我的天啊！确实，怎么找到的？

金娜　实在是偶然。就在昨天。

伊戈尔　令人震惊！你们怎么认出彼此的呢？血脉的召唤？

金娜　（从自己的包里抖出婴儿服和连脚裤）看这个！

伊戈尔　这是什么东西？

金娜　我的嫁妆！我的婴儿服、连脚裤……（抽噎着）妈妈留
　　　给我的东西！

伊戈尔　我不相信这种墨西哥影片[1]！不相信！

金娜　请吧，专门给您看的。这里的边角上有妈妈做的标记。
　　　看了这个您还不信？这太奇怪了！同意吧，姥姥，不相信
　　　真是奇怪！

索菲娅　给我看看！（仔细看）是塔尼娅的笔迹。

伊戈尔　您是聪明的女人，索菲娅·伊万诺夫娜！

索菲娅　但这确实是塔尼娅的笔迹。尽管是绣出来的，难以辨认。

伊戈尔　（问塔尼娅）您抛弃孩子，还在褴褓上做标记？

塔尼娅　自然了。

伊戈尔　您简直就是一只杜鹃[2]啊！不过，我不相信任何人。

金娜　那么，我就不知道了！怎么可以不相信！而且请不要和
　　　妈妈这样讲话！是的！！！血脉的召唤！我本人早就注意到

---

1　指 20 世纪八九十年代以家庭、婚姻、爱情为主题的拉美电影，这些影片多采
　　用情节剧的叙事方式。
2　杜鹃有寄生产卵的习性。

妈妈了。知性的女人，面孔忧郁。她常来我们蔬菜店买菜。有一次，我短了公家的钱。我在辅助用房里痛哭，而蔬菜店的门开着。我急需钱！而我们大家谁也没有！妈妈站在柜台前等着。我满面泪痕走出来，把所有的东西都扔到秤盘上面。而她低声对我说："您需要多少？只是别哭了，看在上帝的分上！"然后给了我钱，甚至连我的证件都没有看一眼。

伊戈尔　什么我都不信！

金娜　您有什么权利？！她给了我钱，我以性命发誓——给了！

索菲娅　可怜的孩子。受苦受难的人！总是一个人。

金娜　一个人。但我现在找到了妈妈和你，姥姥。

索菲娅　真诚！漂亮！为什么你没结婚呢？

金娜　婚，你们知道我结过几次吗！仅正式的就有五次。整个公民证都被搞脏了。

索菲娅　也有孩子了？

金娜　这个真的没有。

索菲娅　我们要搬到一起住。我们应该在一起。失去了多少时间！

金娜　我倒是很高兴，但我实在没什么东西可以搬来和你们一起的。你们这里简直就是豪宅，而我在筒子楼里有个狗窝。

索菲娅　我们有个一居室，你有一个房间。我们可以申请两居室。不要再和别人合住了！我们要在一起！塔纽莎[1]，把首饰盒

---

1　塔尼娅的爱称。

递给我!

    [塔尼娅把一个相当大的首饰盒递给母亲。

索菲娅　（当着金娜的面打开首饰盒）看,外孙女!

金娜　（拍着手）这可是真正的博物馆! 特列季亚科夫画廊[1]!

    不比它差!

伊戈尔　（看着）好家伙! 您这是从哪里搞到的?

索菲娅　（展示）镶有大小不同的珍珠的冠状头饰。钻石项链。

    而这个是孔雀石项链。这是石榴石项链和手链。蓝宝石戒指。

    全部都是赤金的。

金娜　宝藏!!!抢劫了博物馆,还是怎么?

索菲娅　祖传的珠宝。只传给女的。

金娜　所有这些都是您妈妈传给您的?

索菲娅　我的妈妈,你的太姥姥,是位学者。她甚至还得过斯

    大林奖。不过珠宝当然不是她的。用斯大林奖是买不到这

    样的东西的!

金娜　就是说,珠宝是这位学者的妈妈传给她的?

索菲娅　她的妈妈,我的姥姥,你的老太姥姥,是革命者,是

    民意党的重要成员。

金娜　用党的钱添置了这些珠宝! 老太姥姥好样的! 没错过

    机会!

索菲娅　你说什么呢? 党哪里会有那么多的资金?

---

1　俄罗斯的艺术博物馆,位于莫斯科。

金娜　那么是谁的珠宝呢？谁搞到的呢？

索菲娅　我的太姥姥是个特别时髦的人。非常喜欢珠宝，买了一辈子。

金娜　您的太姥姥是谁？大概是沙皇时期的贵族吧？

索菲娅　差不多。太姥姥是位女奴。

金娜　女奴？！……就是说，您的姥姥为您的太姥姥的自由而战？

索菲娅　似乎是。太姥姥是女奴，而她的女儿，我的姥姥是女革命家。

金娜　而您的姥姥问过您的太姥姥——她是否需要这样的自由吗？

伊戈尔　非常好问而机敏的孩子。

金娜　那么这些珠宝现在是您的了？

索菲娅　不。这些珠宝现在是你的了。拿去并保存好！你，外孙女，就是我的快乐，我的快乐！对塔涅奇卡来说也是无比的快乐，无比的快乐！谢天谢地，我们的珠宝有人可传了！多亏了你，我会幸福地死去。

金娜　姥姥，你快别说这个！要活着！

塔尼娅　把首饰盒给我，妈妈！我把它放回去。让它放着。金娜将会知道，这些珠宝都是她的。她会来我们这里看它们。

索菲娅　为什么要那么麻烦？让她拿走！让一切都在她那儿放着。万一她突然想戴点儿什么呢？把它们拿走，金诺奇卡！你是我最贵重的珠宝。

金娜　姥姥，你怎么——准备把这一切都送给我？

115

索菲娅　已经送给你了。不给你还能给谁？

金娜　这可是皇家的珠宝啊！这是非常多的钱啊，这能买几台
　　　汽车呢！

索菲娅　可我们送的又不是初次见面的人，而是唯一的女儿和
　　　外孙女。

金娜　哦！！！（搂住索菲娅的脖子）姥姥，我最心爱的人！！！谢
　　　谢！！！（搂住塔尼娅的脖子）妈妈！！！唯一的！！！谢谢，你
　　　找到了我！（扑向伊戈尔，搂住脖子）谢谢，爸爸！亲爱
　　　的！！！

伊戈尔　别碰我！您没什么可感谢我的！

金娜　当我触摸这些珠宝时，会想起你们大家的。

索菲娅　为什么要想起我？趁我还活着，我想和你住在一起！
　　　因为我有一种预感，我还剩下一两个月的时间了……

金娜　这是自然！可现在我得走了。（痉挛般地把首饰盒塞进
　　　自己的包里）我得早起，总之还有其他的事情。

索菲娅　你不在我们这里过夜，金诺奇卡？

金娜　一定！下一次。今天我已经傻了。也许，我现在就在梦里？

塔尼娅　珠宝当然是你的。但最好把它们放在我们这里。夜间
　　　带着装有珍宝的手提包走在莫斯科街头是很危险的。

金娜　大家看看我！哪个傻瓜会贪财抢我啊？！姥姥！妈妈！爸
　　　爸！大家再见！

索菲娅　（给金娜画十字）上帝，祝福并保佑我的快乐！

金娜　（急忙朝门走去）谢谢大家！谢谢一切！这一天我永远

不会忘记!

塔尼娅 （紧跟着她）别这么着急! 小心楼梯! 邻居家的小男孩总是吃了香蕉把皮扔到地上。

金娜 我不怕香蕉! 我的工作就是和香蕉打交道! 再见!

　　　　［伊戈尔走出房间。

伊戈尔 现在您至少给我解释一下吧!

塔尼娅 （塞给他大衣）您是谁啊，要我给您做出解释或者在您面前证明我的清白? 晚安!

伊戈尔 发生了这一切之后，您就这么简单地赶我走?

塔尼娅 发生了什么? 一场业余演出罢了。

伊戈尔 如果是四十年前我知道我有个女儿，日后人们会如此待她的话，我会带她走的。

塔尼娅 用衣襟包着金娜送给您妈妈?

伊戈尔 金诺奇卡就会在我家长大，大家都会爱她，关心她。我妈妈会更长寿一些。

　　　　［电话响起来。

塔尼娅 找您的!

伊戈尔 我不在。

塔尼娅 您自己说吧!

伊戈尔 （对着话筒）喂? 你怎么这么和我说话? 我女儿的年龄比你大一倍。再也别往这里打电话了! 这里住着我的岳母、女儿……不是，她不是我妻子。是的，有岳母、女儿，但她不是我妻子! 什么，我撒谎? 是的，偶然来到这里。

昨天——是偶然的。今天已经不是偶然的了！是的，说来话长。再也别打电话了！（挂上电话）改变过去不可能了。但现在可以与过去保持一致。调和借方和贷方。

塔尼娅　并得出结果。

伊戈尔　由于我们的过错和我们的不负责任，女孩子的生活被毁了。我本人准备牺牲自己来救赎过去。

塔尼娅　您这是什么意思——牺牲？

伊戈尔　字面意思啊。

塔尼娅　您别吓唬我！

伊戈尔　我认为，如果我们结婚，就再也不会有这种可怕的事情发生在我们身上。

塔尼娅　值得冒险吗？

伊戈尔　不能只考虑自己！反正某个时候也得建立家庭。您、您妈妈、我们的女儿和我——我们大家分开要糟糕得多。

塔尼娅　您确信？

伊戈尔　我开始，开始想起您来了！别生气啊！无论如何，四十年已经过去了！

塔尼娅　我和您生活中的初次相遇就在昨天！我从未去过沃尔库塔！我也没有生过孩子！金娜——就是拐角处蔬菜店的售货员。我甚至不知道她的电话号码，不知道她姓什么。

伊戈尔　您把我当傻瓜了？姓什么您不知道，就把祖传的珠宝送出去了？！还是珠宝是假的？您这里一切都是假的？

塔尼娅　珠宝是真的，生活也是真的！只有女儿是假的。我妈妈快要去世了。我会去做任何事情，只要她走得幸福！

伊戈尔　（大叫）金娜是我的女儿不是?！

塔尼娅　别在这里喊！

伊戈尔　（低声地）是我的女儿，还是不是?

塔尼娅　当然不是!

伊戈尔　那她是我的什么人?

塔尼娅　什么也不是。她不是您的谁。我的妈妈对您来说也谁都不是。我也是。

伊戈尔　您真是怪物! 残酷冷漠的女人! 我把您从我的记忆里抹去。

塔尼娅　我不把和我关系密切的人强加于您，也不挽留您。

伊戈尔　不挽留? 您真的能明白这两天夜里我经历了什么吗!

　　　您认为，我现在走出这座房子就会把一切从脑海中删除?

塔尼娅　就算是这样，您知道，我不能让您住在这里。

　　　〔伊戈尔打了她一个耳光，离开。

　　　〔电话响起来。

塔尼娅　（对着话筒)请说! (听着)现在您听我说! 我六十岁了，有着各种由此产生的零碎故事。而且我是个老姑娘，有爱开玩笑的愚蠢习惯。伊戈尔再也不会来这里了。这里也没有什么岳母，更没有什么女儿! 这里甚至连祖传的珠宝都不会再有了! 我不是他妻子。对，不是妻子。不是妻子!!!是的，他求过婚。我拒绝了。是的。拒绝了! 拒绝了!!!因为不爱他! 您也不爱他? 结果是，谁也不爱他? 遗憾!

他值得爱。瞧，我和您聊得真好。常来电话，当然，来电话！很少有人给我打电话。（放下话筒）打了我一个耳光！（抚摸自己的脸颊，幸福地回忆起这一记耳光）他认为我是女人。作为一个女人，一个女儿，或者就只是一个十足的傻瓜，我是不幸的。天啊，做一个不幸的女人是多么令人愉快！我有多久没有这样不幸了！（在走廊里转着圈，幸福地不停说着）上帝啊，我是多么不幸啊！我是多么绝望地不幸啊！

索菲娅　（从房间里）塔尼娅！你在哪里？去哪里了？我是多么幸福！多么幸福！

　　　　［第二幕幕落。

# 第三幕

[一周后。节日的二人餐桌。桌子上摆放着玫瑰。收音机开着,播放着除夕节目。打扮一新的索菲娅坐在桌子旁。塔尼娅几乎没打扮,装饰圣诞树。

索菲娅　伊戈尔今天来电话了吗?

塔尼娅　还没有。

索菲娅　昨天来了吗?

塔尼娅　妈妈,你已经问几遍了。我已经回答几遍了。伊戈尔每天都来电话。

索菲娅　说什么了?

塔尼娅　说他爱着呢。

索菲娅　爱谁啊?

塔尼娅　爱我们。

索菲娅　再详细一些呢?

塔尼娅　担心。

索菲娅　担心什么?

塔尼娅　你的心情。你的健康。

索菲娅　你和他从来只说我的事?

塔尼娅　不只是。

索菲娅　他爱你吗？

塔尼娅　当然。

索菲娅　你爱他吗？

塔尼娅　自然。

索菲娅　这一切我都不喜欢。

塔尼娅　我认为，一切都很好。

索菲娅　金娜去哪儿了？

塔尼娅　我和你说过了——生病。

索菲娅　什么病？

塔尼娅　我和你说过了——有些伤风。

索菲娅　这不能让我满意。你怎么那么平静地对待这事。因为你没带过她。一开始任何病看起来都无关紧要，但最终什么都可能导致。对孩子就需要高度警惕。

塔尼娅　金娜——早就不是孩子了。

索菲娅　对我来说她永远是孩子。

塔尼娅　没有理由担惊受怕。轻微的感冒。

索菲娅　那么，你到底是怎么回事？你哪怕给我解释一下？

塔尼娅　我一切正常。你喜欢圣诞树吧？（熄灭了屋顶的灯，打开了一串串小灯）我觉得很美。喜欢吗，妈妈？

索菲娅　我总之什么都不喜欢！塔尼娅，你以为，我不明白，你怎么回事啊？我知道，你正因为什么事伤心呢。我全都知道，塔尼娅。你对我不诚实。我对此很生气！你为什么对我撒谎？难道我该受这个吗？

塔尼娅　你什么都猜到了，妈妈？

索菲娅　盲人都看得出。金娜不会和我们一起过新年！那又怎么样？我们不能自私！别重蹈我的覆辙，塔尼娅！金娜有自己年轻人的圈子。我们祝愿她快乐！并祝愿她生活中发生幸福的事！一切顺利。她会是你的好女儿，塔涅奇卡，当她对你更了解之后。你看着吧！

塔尼娅　（拥抱索菲娅）我爱你，妈妈！

索菲娅　那就快点儿离开我！听见没？马上离开！别再和我拌嘴了！

塔尼娅　离开？我？去哪儿？为什么？

索菲娅　去找伊戈尔！新年你应该和他一起过。

塔尼娅　我不想！

索菲娅　别撒谎！你特别想！只不过舍不得扔下我一个人。而我要求你这么做！我有权利！！！

塔尼娅　这不可能，妈妈！

索菲娅　塔涅奇卡，乖女儿，我用尽全力求你了！走吧！！！我一个人待着很好。我特别想让你和伊戈尔一起过新年。

塔尼娅　妈妈，我永远不会扔下你一个人！

索菲娅　你不想让我过好这个节日？想让我一夜都因你而痛苦和伤心？而且我想：我们坐在这里，要是伊戈尔在那里招待另一个女人呢？新年总会有意想不到的事情发生。我受不了这个，塔涅奇卡！如果他抛弃了我们……快去他那儿！只有你走了，我才能过上一个真正的幸福的节日！我会想象，你们坐在一起，跳舞，欢笑，沉默……为了幸福我只需要做一件事——就是让你走。

塔尼娅　天黑了已经！我怎么走到那里？

索菲娅　总围着妈妈转，你彻底傻了。叫出租车啊！

塔尼娅　新年夜里哪里来的出租车啊？需要预约的。

索菲娅　小事儿！才九点！你来得及坐公交车！

塔尼娅　外面漆黑一片，潮湿寒冷。

索菲娅　街上匆忙赶路的人沉浸于节日即将来临的喜悦中。人们友善而快乐。泥泞？只在脚下！而从上空飘落下轻盈的白色雪花！相信我——只要走出家门，你的心情立刻就变了。

塔尼娅　我感到发冷。我大概生病了。

索菲娅　裹得暖和一些。

塔尼娅　我哪里也不想去，妈妈！

索菲娅　那你就为我这样做吧，塔尼娅！

塔尼娅　那你一个人在这里怎么办？

索菲娅　一个人？（笑）胡说八道！所有我爱的人都将和我在一起！

塔尼娅　好。我让步。

索菲娅　快一点儿，塔涅奇卡！

　　　　［塔尼娅走出房间，穿上大衣，返回房间。

塔尼娅　我准备好了！

索菲娅　礼物呢？给伊戈尔的礼物呢？这是新年！

塔尼娅　当然，当然，我顺路买点儿什么。

索菲娅　怎么能买点儿什么？给伊戈尔买一点儿什么能行吗？

塔尼娅　别担心，妈妈！我想一下！

索菲娅　我已经想出来了！（神秘地）我注意到了。当伊戈尔第一次离开我们时，他突然发了疯似的跑近狄更斯的画像，用火热的眼神定睛看着他。这不是没有原因的！大概，伊戈尔，像我和你一样，崇拜狄更斯！把我们的十卷本送给他！

塔尼娅　那我和你没有狄更斯怎么办？

索菲娅　你的狄更斯还能离开你跑到哪儿去？和伊戈尔结婚，狄更斯又会重新回到书架上。

塔尼娅　我不能现在拖着十卷本吧！

索菲娅　它们没有那么沉！求你了，塔涅奇卡，别犯懒！这个礼物一定是奇妙的，它会给伊戈尔很多暗示。

　　　　〔塔尼娅往包里装狄更斯。

索菲娅　过来！吻你一下！（塔尼娅走近）为什么那么一副闷闷不乐的样子？笑一下！快点儿啊！这就对了！变了个人！我因你离开我去过这个新年之夜而感到幸福！（吻她）

塔尼娅　我也祝你幸福、健康、长寿。

索菲娅　我不能拖很长时间了！顶多一年。

塔尼娅　我留下陪你，妈妈。

索菲娅　我不许你这样做！转达对伊戈尔的问候！

　　　　〔塔尼娅离开自己的家。一楼单元入口处，每一家房门里传来的音响混合成不和谐的音调，回响着欢快的旋律。

125

塔尼娅把包放到门边，坐到上面，靠着墙。她们家里响起了电话铃声。塔尼娅跳起来，仔细听，着急，但没敢回去。房间里的索菲娅也听着电话铃声。

**索菲娅** （自言自语）伊戈廖科打来的电话……或者金诺奇卡……而塔涅奇卡不在家。（发出哎呀哎呀的呻吟声，使足力气，站起身来，然后——扶着墙，扶着墙，一路扶着东西，边往电话方向走边说）马上，伊戈廖科，马上……马上，金诺奇卡，我心爱的外孙女！（正好走到电话旁，电话不响了）咳，再响一次啊！再响一次！瞧，我已经走到了！再拨一次啊！这又不难！我真没用！（坐到电话旁的椅子上）

〔塔尼娅也听到电话不响了。重新坐到包上，从包里拿出书。

**塔尼娅** 162页。（打开，试图读书）这里还来过纽曼，他是那样的沉静，同时高兴得忘乎所以，还有一对孪生兄弟来过这里，他们赞叹不已，交流愉悦的眼神，致使站在主人椅子后面的老仆人呆住了，环顾桌子，感到泪水模糊了自己的双眼。（痛哭）

〔当她读着小说，泪洒书页之时，由远及近传来了越来越响的不规则的敲击声。最后，楼梯拐角的平台上出现了挂着拐杖的圣诞老人，肩上背着一个口袋。口袋里露出圣诞树。

**塔尼娅** （跳起来）别靠近！我喊人了！

圣诞老人　（金娜的声音）新年快乐！（向塔尼娅撒了一把彩纸屑）新年幸福！被从家里赶出来了，还是怎么？是由于我吗？您别怕！认不出了？是我，金娜！您的女儿！想起来了？我想到你们家来。新年！不会被赶出来的——我想。看得出，您自己却被赶出来了！还带着东西！

塔尼娅　金娜？！是你？！

金娜　怎么，您真的以为是圣诞老人了？

塔尼娅　金娜！！！太棒了！我太高兴了！您这一切设计得太巧妙了！太可笑了——还拄着拐杖！新年快乐！新年幸福！（拉着金娜）真正的圣诞老人！圣诞老人最后一次到我们家做客还是半个世纪前呢！真正的！（转着，拉着金娜）真的！

金娜　轻点儿，轻点儿！拐杖也是真的！

塔尼娅　我也有一副拐杖！（弯曲着双腿装模作样地走两下）我们是两个残疾人！（笑着，拉着金娜）

金娜　小心！哎呀，不要啊！哎呀，放手！我要倒了！！！我不能这样！拐杖是真的！我以健康发誓！（倒在塔尼娅身上）

塔尼娅　（扶住她，惊慌失措）真的拐杖？您怎么了，金娜？

金娜　上帝惩罚的。

塔尼娅　具体些说呢？

金娜　我说是上帝惩罚的。

塔尼娅　怎么——亲自现身而且惩罚了？

金娜　不是亲自。是交给那个吃香蕉之后扔皮的小男孩。上帝替你们惩罚了我。请原谅我，塔尼娅！

塔尼娅　我不明白，金娜，什么也不明白。

金娜　我当时拿走了你们的珠宝就吓傻了。瞧，我想，一辈子都有保障了！再也不会去她们——意思是你们——那里一步！她们还会变卦的！于是沿着楼梯发了疯似的逃离你们。怕你们喊我回去，夺走珠宝！而在楼下却滑了一跤。每条腿上都有一处骨折。以前，如果偷盗的话，会被砍断双手，而现在看来，上帝开始惩罚腿了。你们的珠宝我给带回来了。以前来不了，两腿向上躺了一段时间。塔尼娅，请您原谅我！我的父母，说实话，总是看不上我。苹果都不给买！而你们马上砰的一声——祖传的珠宝给心爱的金诺奇卡！任何人脑袋都会晕的！我请求您什么时候把这些珠宝借给我一天，我全身戴满了，站到我们蔬菜店里。我们所有人员肯定全傻。主任嫉妒得眼睛都得斜！

塔尼娅　太高兴了，你来了！你太聪明了！（拥抱她，吻她）我们回家！让姥姥高兴一下！上帝啊！！！什么姥姥啊？！我搞什么名堂？！我简直就是疯了！我都六十了，还搞什么名堂？

金娜　六十？连最邪恶的敌人都不会觉得您过了五十……七。我们主任五十五。尽管她撒谎，说她五十二！而她却有三个情人！不信？我以健康发誓！三个！我不是安慰您！他们所有的人我都认识。我们的装卸工格里什卡——这是一！只要一喝多，自己就乱说他是主任的情夫。然后是一个退休的老头儿开着车来接她，残疾人开的车。还有稽查员！

啊，最后这一个只在有检查时才行动。就从外貌来说，她远不如您。六十岁！您现在就该尽情狂欢！尽情狂欢！正是时候！

塔尼娅 （笑）哎呀，我遇到您多幸运呀，金娜，哎呀，您太好了！

金娜 我？！好？是您好啊！遇到您是我的幸运啊！我想向您请教一下关于人生的事呢！哎呀，好好地请教一番！简直急不可待！

塔尼娅 我们谈谈。有一夜的时间呢。怎么办呢，我们一起去承认？不然的话，我撒谎撒得脑袋都晕了。

金娜 承认？！您怎么回事？您想过节时把您妈妈送往另一个世界？怎么，对您来说，真相高于生活？您妈妈完全是个孩子！那些您付给我撒谎的钱，我还不了了——全都花光了！

塔尼娅 别担心钱！这不重要。

金娜 你们真是圣人啊！钱不重要！祖传的珠宝——给你，金诺奇卡，拿去吧！

塔尼娅 她以为您是她的外孙女。

金娜 而我爸妈也知道我是他们的女儿。我看见他们什么了？一辈子连脑袋都没被抚摸过！（痛哭）别让我失去姥姥，塔尼娅！她是我的唯一！我再也没有亲人了！只有她！！！

塔尼娅 那么就以"你"相称吧！别出错了！和妈妈也称"你"。记住了？

金娜 太轻松了。发自内心。

塔尼娅 我们要挺住！回家？

129

金娜　前进！进攻！！！

　　　　〔两人打开门，没看见走廊里的索菲娅，径直走进房间里。

塔尼娅　（隆重而豪迈地）妈妈！看，我们有多大的喜事！（突然想起来）妈妈！她哪儿去了？

金娜　也许，有事出去了？

塔尼娅　妈妈十年不能走了。

金娜　被人偷走了！现在这个时代——谁都会被偷走的！

塔尼娅　我没离开过大门啊。

金娜　她被活着请进了天堂！在她送给我祖传的珠宝之后，我对什么都不会吃惊了。

塔尼娅　（绝望地）妈妈！！！

索菲娅　（喊）塔尼娅！你在哪儿?！发生什么事了？你和谁在一起？

塔尼娅　（扑向母亲）妈妈！你怎么在这儿？你都好吧？

索菲娅　（问跟在塔尼娅身后一瘸一拐的金娜）这是谁啊？

金娜　我是来自森林的严寒老人！长着银胡子！与平时一样，健康而快乐！新年好，孩子们！！！

塔尼娅　别害怕，妈妈！这是我们的金诺奇卡！想给我们惊喜！

索菲娅　外孙女！

金娜　我是快乐的圣诞老人，我给大家带来了礼物。

索菲娅　聪明的孩子！这一切设计得太巧妙了！挂着拐杖的圣诞老人。太可笑了。从未见过这样的。这意味着什么？

金娜　这意味着双腿上都有骨折。

索菲娅　（对塔尼娅）你还和我争！轻微的伤风！不危险，不危险！你看见了吧现在，多大的麻烦事？！

塔尼娅　你得回房间，妈妈！

索菲娅　这就回！我自己会完美地到达！

塔尼娅　扶着我！

索菲娅　可以不用依靠了！但是你，塔尼娅，要保护好我。而你呢，金诺奇卡，靠边一点儿，可别让我碰伤了你。

　　　　〔金娜进到房间里，安放她带来的圣诞树，在树下摆上装在五颜六色包装纸里的礼物。与此同时，索菲娅扶着墙慢慢地向房间里挪动。

塔尼娅　小心，妈妈！

索菲娅　当然！现在，当幸福平静的生活刚刚开始的时候，无论如何也不能跌倒！

塔尼娅　妈妈，最好扶着我。

索菲娅　不用。我会习惯的。我再也不用久坐了。在这样的家庭里！会有多少要操心的事啊！

金娜　（在房间里迎接她们）我的礼物使大家开心愉快、印象深刻！

塔尼娅　坐下，坐下，妈妈！

索菲娅　我坐一会儿，然后还得去别的地方。怎么说也是新年！

金娜　给你，姥姥，相机！

索菲娅　相机？给我？！

金娜　我们将互相拍照！制作家庭影集。

索菲娅　我年轻时拍过照，现在忘记怎么拍了。

金娜　我教给你！你一切都会想起来的！还有一晚上的时间
呢！你呢，妈妈，瞧！（递给塔尼娅一件溢彩流光的大开
领连衣裙）请你穿上吧！把这些祖传的珠宝多戴上些。我
把你给的所有的钱都花在了连衣裙上。

塔尼娅　谢谢，金诺奇卡！怕是我太老了，不能穿这样的连衣裙。

索菲娅　老了——就给孩子。让她穿！

金娜　穿上，妈妈！你穿上它立刻就年轻了。

索菲娅　别争了，塔季扬娜，穿上吧！反正没人会看见你穿它。

塔尼娅　我穿。（拿起衣服走了）

金娜　我们来装饰第二棵圣诞树！节日越多越好。三个人一起
坐坐多好。（装饰完圣诞树）

索菲娅　（仔细看着相机）是的，年轻时有过很多故事的！迷
恋过这个。还给你姥爷拍过照呢。

金娜　（漫不经心地）哪一个姥爷？

索菲娅　你姥爷呗！还能哪一个？我们家有很多他的照片。可
怜的人，没有活到今天！没看到你！这项技术几乎没有发
生什么变化。世界总之变化很慢。那样的感受，那样的快
乐，和一百年前、两百年前、一千年前一样。活了一辈子，
我是这样认为的。（朝金娜咔嚓照一下，被闪光灯惊得叫
了一声）哎呀！

金娜　别怕，姥姥！这是闪光灯。你干吗给我拍了一张带胡子

的照片?

> [塔尼娅走进来,穿着新连衣裙、漂亮的高跟鞋,戴着珠宝。

金娜　上帝啊,看她!天鹅公主!铜山女主人[1]!孔雀石锦盒[2]!

索菲娅　而伊戈尔来吗?

塔尼娅　会打电话来的。

金娜　妈妈,你就这样来蔬菜店找我!我就随便和我们主任这么一说:"这是我妈妈!跑来买胡萝卜。准备给我做红菜汤!"

塔尼娅　(严肃地说)我一定去。谢谢。

索菲娅　(比量着准备拍照)再往左边站一点儿,塔尼娅,站在圣诞树之间!让两棵圣诞树都能照上。我们给亲戚们寄去!金娜,靠近妈妈一点儿!给塔尼娅一个人照没意思。

金娜　只是要把胡子摘下来。

索菲娅　带胡子的要照,不带胡子的也要照!笑,塔尼娅,笑啊!不然你的眼睛就那么干瞪着,好像你发生了什么不同寻常的事。请原谅!(咔嚓照一下)照好了!而现在,塔尼娅,快点儿走吧!不然新年马上就到了!

金娜　姥姥,你为什么赶妈妈走呢?去哪儿?

索菲娅　去你爸爸那儿!去伊戈尔那儿。我和你,金诺奇卡,

---

1　俄罗斯的神话形象,宝石的守护神。
2　俄罗斯的一个童话故事,锦盒里装满了珠宝。

我们两个人会尽情欢乐。一切都是多么顺利啊!

塔尼娅　我去哪儿都来不及了!新年马上就到了!

索菲娅　那就更别拖延时间了!跑步离开!快跑!快跑!

金娜　去追男人——这是最糟糕不过的事了,姥姥!你追他,他却躲着你!最好躲着他。那时他反过来追你!他们的反射就是这样的!他们没有错。可能,他们自己也不开心。

索菲娅　大人说话时,你别插嘴!去他那儿吧,塔尼娅,去吧!别担心我们。

塔尼娅　好的,妈妈!

索菲娅　别忘了狄更斯!

　　　　〔塔尼娅拿起包向走廊走去。电话铃响了。

塔尼娅　(抓起话筒,高兴地,满怀希望地)喂!是我!!!(失望地)您好,小刺猬!谢谢!也祝您新年快乐!转达问候?难道伊戈尔不在您那里?不在,转达不了问候。不在,他自然不在这里。不,不会来这里。确信!所以,如果他去您那里,请向他转达我们的祝贺。不,他肯定不能来我这里。是的,我确信。再见!

索菲娅　塔尼娅!你还没走啊?!

塔尼娅　(返回房间)还没呢,妈妈!(满怀希望地)怎么,你想和我一起过新年?

索菲娅　无论如何也不行!我着急啊,你现在还不走。快走吧!

金娜　这是个错误,姥姥!致命的错误!!!

索菲娅　别掺合!

134

金娜　我不能对我妈妈的命运无动于衷。

塔尼娅　别争了！最好尽情享乐！（吻母亲）祝你健康，妈妈！
　　　幸福！长命百岁！

索菲娅　什么长命？剩下一两年了，不会再多。

塔尼娅　（吻金娜）谢谢你能来！祝你幸福！

金娜　（把塔尼娅送到门口）别走得太远！就站在那里！

索菲娅　礼物，礼物别忘了！

　　　　〔塔尼娅走到楼梯间，坐在那里。

金娜　那好吧，姥姥，应该告别旧的一年！

索菲娅　我们要尽兴狂欢！今天要喝个够！来，给我量出几滴
　　　伏特加酒……二十滴！直接倒到果汁饮料里。

　　　　〔金娜给自己和索菲娅准备酒水。

索菲娅　（不安地）你是不是给自己倒得太多了，外孙女？

金娜　您别担心——酒水够了！我自己还随身带了好多！

索菲娅　你很能喝？

金娜　一般来说，我本人是不喝酒的。但现在得喝！为旧的一
　　　年！它真该死！去他的！乌拉！！！万岁！

　　　　〔干了。

金娜　我马上把伏特加拿走！免得您担心！（带着酒和杯子来
　　　到楼梯间）你在这里怎么样，妈妈？

塔尼娅　谢谢。十分不错。有点儿孤单。但思想上我和你们在
　　　一起。

金娜　我们来告别旧的一年！拿着！（给她杯子）

塔尼娅　哎呀，我们怎么，要像酒鬼一样，在楼梯间里喝？

金娜　但是得喝吧！在楼梯间里喝总比一点儿不喝好！这是显而易见的！

塔尼娅　没有下酒菜？

金娜　不能一下子都齐全了！主要的是——喝！下酒菜我会慢慢拿来。为旧的一年干杯！它真该死！需要谈谈……妈妈！万岁！不要小口喝！这样醉得快，而我们要喝一夜呢。你就会戴满钻石醉倒在楼梯间。我们再干一杯！不然我不知道，下一次什么时候能有机会溜出来。

塔尼娅　哎呀，我已经喝多了，金娜。

金娜　你在这里就应该喝酒。不然会冻感冒的。闭上眼睛，别看它，堵上鼻子喝！

　　　［塔尼娅闭上眼睛，不很果断地，慢慢地喝。

金娜　我怀孕了。却没有过丈夫，现在也没有，也不见得会有。我自己也四十了！怎么办呢？你别睁开眼睛，别中断——喝吧，喝吧！

　　　［身穿圣诞老人服装的伊戈尔走近，背上背着圣诞树。

塔尼娅　（喝完了，睁开眼睛）喝得还不算很多，圣诞老人已经是两个了！

金娜　同事来了。我们再给自己各倒上一杯，而你（对伊戈尔）对着瓶子喝。

塔尼娅　我沦落了。在单元门口和不认识的人，组成三人帮，就能慢慢地喝。（向金娜问伊戈尔的事）你哪怕认识他？

136

金娜　这个人吗？当然！

塔尼娅　他是谁啊？

金娜　圣诞老人。

塔尼娅　明白了！为旧的一年干杯！

　　　　〔碰杯，干了。

金娜　（对伊戈尔）请允许我扯一把枞树叶？（对塔尼娅）妈妈，

　　　闻一闻枞树！不然你会醉的！

　　　　〔房间里。

索菲娅　（从扶手椅里站起身来，朝房门挪动）金娜！金娜！！！

　　　　去哪儿了？！

金娜　叫我了！别想我！我马上带着香槟来见您！（拦住索菲

　　　娅，把她带到了桌子前）姥姥，你今天怎么跑来跑去的？

　　　自己静静地坐了十年，而现在却突然到处跑开了？

索菲娅　你去哪儿了？我担心了。

金娜　去厕所了。

索菲娅　厕所在另一面！

金娜　我到外面的茅厕去了！在村里习惯了。在城里住了

　　　二十五年，还是改不了习惯——简直糟糕透了。

　　　　〔楼梯间。

伊戈尔　您准备在这里迎接新年？

塔尼娅　是的。怎么了？为什么这让您感到惊讶？

伊戈尔　不，不，没什么。原则上我也喜欢这里。我可以和您

　　　一起迎接新年吗？

塔尼娅　我为什么需要两个圣诞老人？我有两个，也许别的地方就少了一个。

伊戈尔　明白了。我走。玩笑失败了。（扯下了帽子、眉毛、小胡子、大胡子，只剩下红鼻子）

塔尼娅　您怎么在这里给我表演脱衣舞？本来是圣诞老人，现在成了小丑。

伊戈尔　我是来向您道歉的。别担心，我马上就走。（摘下鼻子）

塔尼娅　千万别脱光了！本来是小丑——变成了伊戈尔！

伊戈尔　我对不起您。

塔尼娅　（笑）您说的是耳光吗？不用道歉！（大笑）在您之前谁也没打过我耳光！您的耳光——是我最美好的回忆！您为什么这么定睛看着我？您以为，我喝醉了？那又怎么样？现在是新年！您还是要责备我，是吧？

伊戈尔　我赞美！您美得惊人！我以为这永远不会发生在我身上！

塔尼娅　是吗？小刺猬转达对您的问候。顺便说一句，这位小老鼠等您呢。

伊戈尔　您暗示我该走了？

塔尼娅　类似的暗示我甚至都没有想过！只不过她让我转达对您的问候。我就转达了。

伊戈尔　我给您带来了礼物。

塔尼娅　我也有礼物给您！（用脚踢包）看。在这里。我醉得不行！如果俯身去拿礼物，就会跌倒。您自己拿吧！

伊戈尔　稍晚一些。现在请您把您的手递给我！右手。

塔尼娅　无论如何也不给！（递出手）哎呀！（抽回来）这原
　　　来是左手。现在让我们找出右手。这是右手。但是您检验
　　　一下，真的是右手吗？我可能会出错。心脏在哪儿？心脏
　　　在这儿。瞧，右手确定下来了。您要干什么？哎呀！戒指！

伊戈尔　我很紧张——万一戒指您戴着不合适或者不喜欢呢？

塔尼娅　为什么这个不合适？合适！也喜欢！

　　　　［伊戈尔俯身去吻她。

塔尼娅　哎呀，您这是怎么了？

伊戈尔　（笑）我一切都很好啊！

　　　　［听见自鸣钟的钟声。

伊戈尔　新年快乐！新年幸福！

塔尼娅　您别总是分心！

　　　　［伊戈尔几乎已经吻到了塔尼娅，突然金娜拿着香槟
　　　和杯子出现了。

金娜　新年快乐！新年幸福！不打扰了！香槟够三个人喝的了，
　　　我回姥姥那儿！哎呀！原来这是爸爸！新年快乐，爸爸！
　　　新年幸福！为什么要站在这儿呢？新年——就是家庭节
　　　日！它该在家里迎接，而不是在单元门口！

塔尼娅　真的，您为什么站在这里啊？

伊戈尔　站了一会儿，现在让我们继续吧！

塔尼娅　那让我们进家里吧！

伊戈尔　您是邀请吗？

塔尼娅　拿着包！里面有给您的礼物！

伊戈尔　太沉了！可以看一眼吗？

塔尼娅　当然了！

金娜　（往包里看了一眼）什么人啊！所有的东西都准备送人！

　　　所有的东西都准备从家里搬出来！

伊戈尔　（看）哦，上帝！这会儿还是狄更斯！

塔尼娅　我、妈妈……还有金诺奇卡送给您的。

　　　　　〔房间里。

索菲娅　（又试图站起来）金娜！金娜！你老是往哪儿跑啊？

　　　厕所在左边！

金娜　（跑近）总是奔向你，姥姥！（搂住索菲娅，让她坐到

　　　扶手椅里）不能一下子那么剧烈地活动，姥姥！要为我们

　　　保重你自己！

　　　　　〔伊戈尔重新穿上了自己的服装，以背着圣诞树和包

　　　裹的圣诞老人的形象站在索菲娅眼前。

索菲娅　三棵圣诞树和两个圣诞老人！（咔嚓照一下）亲戚们

　　　一定会惊呆了！

　　　　　〔伊戈尔安放圣诞树。金娜开始快速装饰它，也用上

　　　了祖传的珠宝。伊戈尔把狄更斯放到书架上。

索菲娅　我跟你说狄更斯了吧，塔尼娅？（不停地拍照）啊，

　　　顺便说一句，你在这儿干什么，塔尼娅？你把什么忘在这

　　　儿了？你应该在哪儿？和谁在一起？

　　　　　〔伊戈尔彻底脱掉了假发、胡子、眉毛、鼻子和帽子。

拥抱塔尼娅。

伊戈尔　新年快乐，索菲娅·伊万诺夫娜！新年幸福！

索菲娅　镜头里有三棵圣诞树，未婚夫和未婚妻！（不停地拍照）

　　　　　〔金娜脱掉服饰，站到伊戈尔和塔尼娅身边。

索菲娅　镜头里——是一家人。（咔嚓照一下）

金娜　而我怀孕了。生还是不生？这还是一个问题！

索菲娅　（相机脱手掉落）你怀孕了？我要有重外孙女了？

塔尼娅　（搂住金娜）就生下吧！我……我和你爸爸总是会帮
　　　你的！

索菲娅　我暂时还活着呢！

伊戈尔　我们有别墅。你带着孩子去。在大自然中把他养大！

索菲娅　他们的别墅——奇远无比！还没有小河。没有森林。
　　　我和你一起去！我来帮你。

金娜　我不会挤到你们吧？

伊戈尔　一点儿也不。地方很多，房子空着。

金娜　那里的商店怎么样？

伊戈尔　你们可以按规定取货！

金娜　说到底，我也是生长于乡村的。在你们的别墅里我也会
　　　适应，也会活下来的。什么也不会吓倒我的！

伊戈尔　我对此毫不怀疑。

索菲娅　（搂着金娜）我弥留之际，发生了多少事啊。

金娜　姥姥，我爱你。

索菲娅　金诺奇卡，只是你别伤心。我预感到，我和你们在一

起的时间不多了……

金娜　姥姥，亲爱的!

塔尼娅　妈妈!

伊戈尔　岳母!

索菲娅　不，不，别劝我! 该走了……该走了……还有两三
　　　　年就……我不怕死! 但有一件事让我担心——孩子应该有
　　　　父亲!

金娜　我哪怕有那么一点儿概念，知道这人会是谁就好了!

塔尼娅　世上满是单亲的母亲!

索菲娅　我不愿意听! 金诺奇卡是个美女。温柔、活泼、正派!
　　　　谁也安慰不了我，如果孩子没有父亲!

塔尼娅　金娜! 结婚你是免不了的。如果姥姥的脑子里已经灌
　　　　输进了某种……

伊戈尔　（转移话题）我提交收支报表后，带大家去别墅。我
　　　　们在那里讨论这一切。

金娜　冬天去别墅?

塔尼娅　别墅那里是夏天。

伊戈尔　而且现在我们还期待橙子大丰收。

索菲娅　吃橙子孩子会容易过敏的。我和金诺奇卡种胡萝卜、
　　　　萝卜、茴香。也许该慢慢准备了! 那里首先需要什么?

伊戈尔　狄更斯! （开始从书架上取下狄更斯，把书递给金娜、
　　　　塔尼娅、索菲娅）

塔尼娅　（笑着搂住索菲娅）当然是狄更斯，妈妈!

　　　　　[终场。

# 不正常的女人

（两幕讽刺悲喜剧）

# 剧中人

她——疲惫、普通的四十岁知识女性

他——年轻、漂亮的三十岁优雅男士

# 第一幕

[穿堂院，或更准确些说，小广场。右边是厢房的后立面。上面挂着广告牌："只在'摩羯座'！最优质的咖啡！最低的价位！只在'摩羯座'！"左边是用铁杆护栏围起来的草坪。草坪上是相同内容的广告牌。厢房的后立面和草坪之间是一条柏油路。柏油路的尽头，在转弯处是一个商亭。远处闪耀着"M"——地铁站。

[她站在草坪上，躲在广告牌后，避免被人发现。

[他从楼里出来，朝商亭走去。

[她紧张地注视着他，极度不安。

他　（冲着窗口）万宝路！特醇！（把一盒烟塞进口袋，往回走）

[她下定决心。有些绝望地突然跑过来。拦住他的去路。

她　对不起！可以耽误您一下吗？

他　（由于突如其来的意外，猛然向她转过身来，含有敌意地）怎么回事？

她　（气喘吁吁）我只是想问一下。

他　（已经不带敌意，精力充沛地，以一个大忙人的语调）请讲！

她　（首先闪现于脑海的是）我想去青年时尚之家，怎么走？

他　（现在冷淡而客气地）这样啊……青年时尚之家？就是

147

说……这是在一座独栋的楼里吧？黄色的那种，带有各种小装饰？

她　是的，好像是……

他　青年时尚之家……到第三个信号灯，左转。然后到第二个信号灯，再右转。到那条街的尽头。在十字路口处，再往左转，第二栋或第三栋楼，好像在右手边，稍微往里面一点儿……明白了吧？

她　谢谢。

他　就是说，第三个信号灯左转，第二个信号灯右转，到头，左转，在右边。好像第三栋……或者第四栋楼……到了地方您再确定吧。记住了？

她　谢谢。

他　（非常友好地）OK！

她　如果乘坐公交车的话，怎么坐？

他　（两手一摊）不知道。（抱有好感地微笑着）对不起，不知道。从不坐公交。

她　步行呢？

他　步行——我认为，就是这样的，沿着人行道走。OK？（想离开）

她　（坚决地）对不起！

他　（冷淡地）还有事？

她　我现在不去那里，既不乘车，也不步行。下一次去！

他　（边走边摊开双手）您的问题！对不起！

她　（急忙地）等一下！等一下！我想跟您说一件事，确切
　　些说——一个建议……不，准确些说——一个请求……不
　　过，可能——我们会谈妥的……也就是说——我们能成功
　　地……万一您感兴趣……

他　（冷漠地，表现出很忙的样子）请简短一些！具体一些！

她　我们可不可以到旁边谈？这里人来人往……

他　（没动地方）我没什么秘密可隐瞒同胞们的。

她　要知道，我有秘密。

他　这都是您的问题！而我，对不起，我有急事。我跑出来买烟。
　　有人等我。

她　请等一下！您不明白我的意思……却已经有了偏见！或许，
　　您会对我想要的……感兴趣……

他　（打断她）不，我对您想要什么不感兴趣！（离开）

她　（抓住他的衣袖，绝望地）不过，我想给您提供一个挣钱
　　的机会！

他　我不接受个人的商品！（抽出衣袖）对不起！

她　您没明白我的意思！我指的是帮我做一件事，您自己还可
　　以挣钱。

他　多少钱？

她　一百美元。

他　（屈辱地）明白了。

　　　　　〔她抓住他的衣袖。

他　请放开我的衣袖！

149

她　对不起，我——无意识地！

他　再见！

她　不！（重新抓住他的袖子）

他　（生气地）您怎么——精神不正常啊？！

她　您甚至还不知道——我建议您怎么挣钱！这对您来说就是
　　小事！五分钟完全不费事的熟悉工作！

他　五分钟？一百美钞？熟悉的工作？说吧！不过要简短些！
　　不要再抓我的衣袖了！

她　对不起！

他　您说吧！您需要什么样的服务？

她　这得在我家里……从这里步行五分钟……在那里也只需要
　　待五分钟……（停顿）嗯，也许……七分钟……不多于十
　　分钟……是的！您十分钟就能完事……然后五分钟走回
　　来……

他　总共——二十分钟。究竟是什么服务呢？

她　小事！是这样的……水龙头……到地方我再解释！别耽误
　　时间！

他　水龙头？您为什么就认定这是我熟悉的呢？我怎么，像钳
　　工吗？

她　不是，不像！

他　那您就找钳工帮忙吧！顺便说一句，会便宜一些。我不久
　　前叫过。十美钞！

她　不，不！钳工——是不可能的！他们都是老人或酒鬼……

我求您了!

他　好!这就是我公司。您站在这里等一下!我派我的钳工来!

她　我想让您亲自来做这件事!

他　知道吗——您很让我为难!还从来没人当街抓住我的衣袖,
　　求我立刻给他修理水龙头。我向您保证,这一定是发生误
　　会了。

她　您博得了我的信任。

他　多谢!这种事我早就不会了。我自己还得为此付费。我没
　　时间做这个。而且也没感觉到有做这一切的渴望。

她　我向您保证——所有正常的男人都会这个!

他　以前会。现在不会了。看得出,我是一个不正常的人。
　　OK?那您要等一下?给您派钳工?

她　不,我不会这样做的。我不能相信一个我不认识的人。

他　有什么不能信任的?水龙头?!那我什么也帮不了您了。对
　　不起,我还有谈判呢。您耽误了我,自己又白白浪费了时间。

她　您看,那里也不是简单的水龙头……需要的不是钳工……
　　您总是回避!听我把话说完难道很难吗?我很紧张!其实,
　　如果直说,这里和水龙头一点儿关系都没有。也不需要钳工。
　　问题是不同的。只需要您!别人根本不需要!我知道我在
　　说什么!

他　不过我不知道啊。什么问题?

她　您看,在丰富的俄语中却没有合适的词……您会讲英语吗?

他　我?讲英语?您怎么,真的不正常?

151

她　不是。甚至相反。我是医生。

他　那您为什么不能和我说俄语呢？您想让我干什么？

　　　［停顿。

他　怎么？

她　说实话……我想……让您和我……上床……

他　就这个？

她　是。一次。

他　一百美钞？

她　是。

他　一次？

她　是。我觉得，不需要第二次。

他　突然需要了呢？

她　啊，如果突然需要……如果第一次没有成功……我会第二
　　次找您！

他　那么就又一百美钞？

她　当然！我明白，这个提议对您来说非同一般……

他　非同一般？对我来说？您在侮辱我！五分钟一百美钞！诱
　　人极了！或许，辞职专做这个？！一百美钞！

她　为什么您该免费做这个呢？您完全不了解我……您何必要
　　免费做这个呢？这是我需要的，而不是您。而且我有健康
　　证明。

他　而我何必为一百美钞做这个呢？！我怎么，瞬间就会给人留
　　下这样的印象？

她　绝对没有！！！您给人留下的印象是彬彬有礼的男士！

他　这就是您选择我的原因？

她　简单地说，我真的很需要。

他　您去"宇宙"宾馆吧！

她　您把我当成什么人了？我怎么，给您留下了这种印象吗？

　　　　　［停顿。

　　　　　［他吹着口哨，打量着她。

她　（突然跪在他面前）求您了，您怎么想我都可以，但请满
　　足我的请求！

他　马上站起来！

　　　　　［她站起身来。

他　满足您的请求？挺有意思的，您是怎么想的？好。我听说过。
　　这种事常有。更年期，这个那个。您在这里等着！我建议
　　我的同事们来做。不要给超过五十美钞！

她　您没明白我的意思！我只需要您！全世界只要您！我付两
　　百美元！

他　您讨价还价？我自己给您一百美钞，只要您别再纠缠我了！
　　您最好用钱请一个好医生。您需要看医生！

她　喂，您为什么要侮辱我呢？您没理解我的意思！这对我来
　　说真的很重要！也很紧迫！而且我需要的正是您！那，我
　　的这个建议有什么特别的吗？（含着泪）有什么特别的吗？
　　天啊！

他　我不会遇到谁就和谁上床的！我已经结婚了！我有孩子。

她　我知道！我看见过她们！您有一个女儿。我很喜欢您的女儿！挺健康的孩子！完美的肤色，蓬松的头发，秀气的面孔。她长得完全像您！

他　谢谢。

她　却任性！不过，这是教育的结果。这与我无关。我准备正确地教育自己的孩子。如果这是遗传的话，也是遗传了您妻子的基因，而不是您的。您是一个稳重的人。特别稳重！而您的妻子则一副神经质的样子。是的，您女儿身上所有好的品质都源自您，所有的缺点都源自您妻子。

他　谢谢，多谢。您还知道我什么？

她　只知道与我有关的。您身体很好，爱干净……不喝酒。您有运动员的体形。主要的是——很漂亮！不好的是，您吸烟。但吸得少！不过，您是真正的漂亮！而且迷人。而且您的年龄合适。

他　您知道吗，就您的情况来说，您的要求太高了！

她　我别无他法。我认真地对待此事。并且做了充分的准备。

他　但找错了人。我不猎奇。

她　撒谎！只在最近两周内您就有过五次艳遇！一位是外国女人，您和她说英语，三位是很年轻的本国女同胞，第五位是我的同龄人！

他　和您交流很有意思！我认为，我明白了！您是想敲诈吧？

她　我只是想和您睡觉！仅此而已！我给您两百美元！

他　两百美元是和我的叭喇狗交配的价钱！

她 不过，它可能是纯种狗！两百五十！多了我没有！

他 这种事不应该节省！这样——您还是收下我的一百美钞，
然后给别人三百五十。您的机会将更多一些！我不是专家，
但不知为什么我似乎觉得是这样。

她 谢谢！我收下！请吧！请拿来您的一百美元！

他 （给她一百美元）不用谢！

她 我给您三百五十美元！我也不懂价钱！

他 还保证做了充分的准备！

她 如果换了我，我会同意的！

他 而我会讨价还价的！我的时间，工作时间，十五分钟值
一千美钞！

她 我没有那么多钱！

他 我不会让步的！

她 但这太多了！

他 就是说，您还是知道——现如今这个费用是什么样的？

她 好！我让步。您赢了！我同意！我弄到一千美元！下班时
我去公司找您！等着吧！（想离开）

他 站住！！！（抓住她胳膊）您能不能理解简单的事情？您这个
年龄该知道这个！您请求的事我做不了！

她 为什么？！

他 我不想要您！我不喜欢您这样的女人。您不吸引我。在性
的方面我不喜欢您。所以，您的想法在我这里是行不通的。

她 我也不喜欢您啊！我也完全不想要您！总之我早就不想要

任何人！但没有您我办不到！如果可以的话！如果您和我睡一下，您又会怎么样呢？反正您和谁都睡！您谁也不拒绝吧？我跟踪您一个月了！三周前，就在这个地方，您和一个年轻的金发女郎开玩笑……一个扎着辫子的那么可爱的女孩……和她聊了五分钟左右……就在当天，她下班时来找您。就在这里等您。您出来，请她进了公司。交流、诱惑——所有花费的时间加在一起是三十五分钟。您甚至没有提出送她！我听见——您站在自己的车子旁和她讨论，在您回家的路上，在哪里让她下车。第二天，她又在快下班的时间来了，带了一大束玫瑰。您亲切而热情地迎接了她。您的员工识相而又忠诚，他们很晚都没有散去，一直在玩朴烈费兰斯牌。而她一直在等。大家对她都很客气。所有的人同时离开公司……与您一起……而您甚至都没有提出送她。然后她一次一次地来。她消瘦了。她真的很痛苦。我看见她很心痛。而您却开始恼火。最终，您不得不与她解释清楚。她再也没有来过！也就在一天之后，在这同一个地方，您开始追求一个外貌极其庸俗的女子！我都替您感到难为情。她在外面一直等到所有的人都离开。您让员工走得比以往早一些。您朝她吹了一声口哨！七分钟后，您和她神采飞扬地离开公司。你们分手时很亲切，不过她再也没有出现过。而您在外国女人身上却花了三个多小时！我认为，这是崇洋媚外！

他　您为什么要跟踪我？

她 您有个年轻漂亮的妻子！您却见到谁就和谁上床！免费！
您为什么不能这样和我睡呢？！况且还有三百五十美元？！

他 我不收女人的钱！

她 为什么却勒索我呢？

他 我？勒索？！这是您纠缠我！

她 但是，那个棕红色头发的女人，前天，也纠缠您了！她简
直就是直接扑向您！您甚至连窗户都没来得及关！也根本
没有反抗！我看见了。

他 您是性狂热者！埋伏在广告牌这里，等候受害者，一俟出现，
猛扑过去！

她 我需要研究您！

他 为什么？！

她 （疲惫地）我需要和您睡觉！

他 为什么？！我不是性爱大师！我只是普通的伙伴。我可以被
替代。甚至应该被替代！

她 只能是您！

他 为什么？您跟谁打赌了？

她 您把我当成什么人了？

他 OK！我不敢说出来把您当成什么人了！您怎么——在性方
面如此焦虑？那么我不适合您。我知道自己的能力。

她 您一直在侮辱我，而且说话庸俗不堪。为什么？

他 去你的吧！（快速离开）

她 （跟着走）您家的电话是——200－21－13！妻子叫列娜！

我这就给她打电话！我知道——她在家！她不上班！不能让我整整一个月的观察就这样白费了！

他 您是一个令人讨厌的敲诈者！您让我恶心！

她 随您说什么！

他 您想要多少？

她 一次！顶多两次！但第二次只能在一个月以后！而且是不希望有的！

他 可以用钱吗？

她 不可以。

他 五百美钞！含已经给的一百美钞在内。

她 不行。

他 不算那一百美钞！

她 不行。

他 五百五十！

她 不行。

他 七百！

她 不行。

他 一千美钞！

她 不行。

他 您多大了？

她 四十……一……

他 收下钱吧！

她 不！！！

他　我不想和您!

她　一次! 我就把您忘掉!

他　忘掉? 我不能这样冒险!

她　但为什么? 为什么您竟准备付一千美元, 只为不和我上床?! 为什么? 我有那么可怕吗? 这样我可能会因您而彻底失去自信。

他　您怎么——来自月球? 难道这事是这样做的吗?

她　我观察您整整一个月了, 就是为了搞懂——这事应该怎么做! 甚至排练过: "对不起, 可以借个火吗?"

他　请! 哎呀, 见鬼! 打火机在公司了! 请进, 这只有半步远。或者, 喝咖啡吗? 我正好可以稍微休息一下。

她　但这有风险! 毕竟打火机总是在您的口袋里! 于是, 我决定最好还是问一下去哪里怎么走。这样在某种程度上还可以谈得起来。

他　这是您错了。借个火就好了!

她　但我不抽烟啊!

他　没关系的! 那样我就会正确理解您的意思了! 任何时候都不要破坏游戏规则! 而现在晚了! 我简直害怕您!

她　怕我什么呢? 我是医生! 传染病医师! 甚至与霍乱打交道! 对不起, 我在这儿和您说了那么多杂七杂八的事! 我不准备伤害您。我不需要您做任何事! 只是想让您和我睡一次觉! 啊, 也许, 两次!

他　又来了! 对不起, 我一点儿都不了解您!

她　而您想了解我什么呢？

他　什么也不想！

她　但是这样我们重又走进死胡同了！我还是稍微讲一下自己吧。不过，您听不到什么特别有意思的内容。我的生活极其单调。我生于一九五……

他　不要听！

她　那要听什么？

他　您应该从性的方面吸引我。

她　性？吸引您？但这没问题！我一点儿也不会比您偶遇的性伙伴差！我有那位外国女人的身高。我的大腿，与那位庸俗姑娘的一模一样！腰身比那位金发姑娘稍胖一点点儿！我的头发，请注意，几乎与您妻子的相同！我符合您的口味！好像，错过了什么……想不起来——究竟是什么……没法全记住！啊哈！！！胸部！！！顺便说一下，我没戴胸罩！看！何必废话呢？您看一眼！（快速解开衣扣，敞开上衣）一次，满意吗？

他　您疯了！系上上衣！（自己试图去系）

她　您给别的女人脱衣服，却强行给我穿衣服！别碰我！您凭什么当街碰我？别靠近我！我想怎么穿就怎么穿！

他　不要喊得整条街都听得见！我们到旁边来！（把她拉到草坪上）

她　您有了怕同胞们知道的秘密了？

他　我做什么，您才能不纠缠我？

她　好奇怪的一位先生！看到女人暴露的胸部惊慌失措！害怕了！准备逃跑！怎么才能勾引到您呢?！简直不现实！（猛地扑到他的身上，亲吻他的嘴唇）

　　　　［他甩开了她。她跌倒在地，躺在那里。他犹豫着，然后，没有靠近，从远处仔细察看。

他　（打着口哨）您就装吧，要装多久啊！当然，我很抱歉，但这是自卫！我走了！而您最好不要再出现了！我以后只能带保镖了！而保镖——他们可是不讲感情的小伙子。（离开，但随后又犹豫不决地返回来）唉，请原谅……我没想这样。让我们忘记这一切吧?！我走了。再见！很高兴认识。（很谨慎地向她俯下身来）喂！您都好吧？我平生还一次也没打过女人呢。这是实话！不过不能这样猛扑上来！这是一种失败的吸引男人的方式！而且一般说来，如果他没有立刻同意，那么实际上你坚持也是无用的。白白浪费时间。你越是想达到目的，他就越不想要你。这是我们的本性。（碰她一下）而且——世上有这么多男人，根本就说不上最后的选择。最好让男人见鬼去吧！那样的话，您就有机会，您哪怕伤及他的自尊……您回答呀！（摇晃她）我不能走，因为我搞不懂——您是否活着？

她　别动我！我撞到了头。脑震荡。

他　叫救护车?

她　可以。

他　OK！我跑去打电话。

161

她　就让我躺在这里？这种状态？

他　那怎么——我得抱着您？

她　哪怕搬到公司，让我躺到沙发上！

他　我甚至连您的尸体都不允许抬进我的公司！

她　我看错您了。

他　这一切都因为您一开始就没有听我的！

她　我以为您是一个有文化的人。

他　就是说，您推测，正是有文化的人，才总是准备为一百美钞与初次见面的女人上床？天气很好！躺一会儿吧，冷静一下，我去叫救护车。

她　它五个小时之后才会来。

他　作为医生您更清楚。顺便说一下，您也可以对自己进行急救！

她　您见鬼去吧！

他　很乐意！祝您顺利康复！我去叫救护车，在它来之前我的一个职员会来看护您。

她　根据您的理论，您没有自尊心！

他　您让我见鬼去是言不由衷。您缺乏实践！而且您任何时候在任何一个男人那里都不会达到自己的目的，因为您的手法很糟糕！

她　（猛地跳起来）您见鬼去吧！他妈的见鬼去吧！他奶奶的见鬼去吧！见所有的鬼去吧！见魔鬼去吧！！！

他　已经好多了！

她　我根本就不需要男人！就像不需要男人这个物种一样！我只要和您上一次床，就一辈子再也不会接近任何男人了！

他　那您选择了我是为了告别性生活？我非常荣幸！不过我担心，我不适合这一目的。存在一种风险，就是您和我交往后，您会重新审视自己对全体男人的观点，特别是对性的观点。

她　您把自己想象成谁了？！我根本就不喜欢您！您就是一个庸俗的花花公子！

他　那我们浪费时间干吗？您不喜欢我！我不喜欢您！各走各的呗！！！

她　站住！！！我不喜欢您，您却适合我！我不能再拖延了。

他　如果一切重新再来，我可受不了。那我哪里适合您呢？

她　您有很多优点。您的智力中等偏上。

他　谢谢。我发现了。

她　您很有风度，有自尊，您尊重他人，善待女人，您彬彬有礼，待人和蔼，宽容，有耐心，工作能力强，您是真正的领导者，积极向上，却不野心勃勃……

他　您要求很高。您竟对一个打算与之共度五分钟的男人要求如此多的优点。而且没有任何妥协！也许，您现在是单身？

她　是的，单身。

他　如果您从未结过婚，我也不会感到奇怪。

她　是的，我从未结过婚。

他　那这个世界上您简直就没人可嫁了！甚至一次上床，您也只同意与一个十全十美的人！

她　我不想结婚。以前想过，现在不想了。

他　或者，我还是走吧？我还有谈判。我不喜欢迟到。您在我的优点这张单子上再加上守时，然后放我走吧。啊？

她　或者，您改变主意了？请吧！我求求您啦！您再也不怕我了吧？我有压力！您以为，走近一个陌生男人求他和你上床是一件轻松的事吗？这很不容易！我可被您折磨苦了！（哭泣）您有手绢吗？

他　拿着！（替她擦脸）哎呀，好了……这不算什么大问题。您要是知道我的问题就好了！哎呀，好了，别哭了！

她　眼泪是我最后的武器！

他　放下武器吧！我们会想出办法来的！

她　请尽快想出来！

他　尽快？您愿不愿意，我介绍您认识一个人？不过要换一种表现。我会给您辅导。免费！我甚至知道把谁介绍给您。我可以向您保证。OK？

她　哦，天啊，我只需要您！！！

他　哦，天啊，又来了！不！……也许，您早就暗恋我了？

她　您说什么呢？

他　可惜！

她　有多少女人爱您啊！

他　没发现。

她　只不过，如果他是您的话，我会爱他。我会那么温柔地爱他……明白吗？

他　似乎是……您脑袋不疼了？

她　不疼了。怎么了？

他　您摔得很厉害。或许，还是叫救护车？

她　这只应该是您，只能在今天午夜之前！

他　主要的是——要安静。

她　难道您就这么难？

他　情况不同……

她　难道我就那么不招人喜欢？

他　不是，您没有那么不招人喜欢……

她　（真诚地）谢谢！

他　您哭的时候，简直就很迷人！我甚至喜欢您了。我会想起您的。

她　但我不能总是哭吧？！啊，不过，我试试看！知道吗，在我十三岁的时候，我哭了整整　个月！而且谁也拿我没办法！我自己也停不下来。我差一点没命了。（大哭）

他　冷静！这都是很久以前的事了！那您为什么对我着迷呢？！我不是超人，不会给您带来任何超级享受。这我向您保证。

她　总之，我一想到这件事就感到厌恶。

他　真有你的！知道吗，我好久没这样被人鄙视过！说实话，您想让我怎么样？

她　所有的女人都想要的！

他　不要以所有的人为托词！像您这样的，我本人还是第一次遇见！具体些，您想让我怎么样？给我直接诚实的答案，而且……

她　怎么？

他　我是一个温和之人，我觉得难以如此断然拒绝一个迷人女子的请求。生活中还从未有人如此感人地请求我做这件事。您想怎么样？

她　要一个孩子。

他　什么？

她　我想和您生一个孩子。

他　和我？生什么？哦，上帝啊！为什么？！

她　生个儿子！

他　谢谢！

她　要想生儿子，一定要在今天怀上他！这个我会计算。而如果不是今天，那么最近两年只能怀上女儿。而我只想要儿子！女儿和女人，您看见了，很难生存。

他　OK！您只是给我提供了一个捐献的副业！白痴！！！要知道我差一点儿陷进去！

她　当然，这只会是我的孩子！任何时候都不会向您提出任何索赔！

他　谢谢！安慰我了。

她　您甚至永远见不到他！

他　听我说，您为什么要这样对我，啊？您为什么认为，我就是一个彻头彻尾的畜生？我会不在乎自己的儿子？

她　好，我准备做出让步。

166

他　还是准备了？我很幸运！

她　之后再讨论。

他　我比较喜欢提前讨论。究竟要讨论什么？

她　您参与对他的抚养的程度。您可以看望他。一年一次。

他　您自己决定，您必须和我上床。您自己决定怀上我的孩子。您自己决定，这应该是个儿子。现在您又决定——我一生要看他几次。和您在一起我根本感觉不到自己是个男人！

她　好。我会让您参与对他的抚养。

他　谢谢。

她　我想，您会对他有很好的影响。如果小男孩知道他有父亲，这甚至更好。男孩子就不会有自卑心理。

他　那我就会有心理问题了！对不起，您的坦诚改变了事态。我还可以……不过，和您有个孩子我是坚决反对的！谢谢，您警告了我！这是毫无疑问的！问题彻底结束了！别浪费时间了！午夜之前您还有……（看手表）得了！我就要迟到了！确切些说，已经迟到了！

她　我跟您走！我不会放弃！您没有权利！

　　　〔他猛地转向她，从上衣口袋里掏出手枪对准她。她大叫起来。

他　我不是开玩笑，也不是吓唬您。我会开枪的！别靠近我！

她　（不动）不过，这太愚蠢了！您的行为太愚蠢！儿子是多大的幸福啊！每一个正常的男人都想要儿子的！

他　我已经结婚了！而且，如果我想要儿子的话……一个、两个、三个、十个……我自己的妻子会给我生的！

她　我见过您妻子！她永远不会给您生出十个！上帝保佑，哪
　　怕再生出一个！而如果又是女孩呢？

他　与您不同的是，我不反对生女孩！谢谢，谢谢，但是，如
　　果您允许的话，我和妻子来决定这件事，而无须与您商量？
　　我暂时不需要儿子。

她　但不能只活在当下！您还不知道，您这一生中还会发生什
　　么呢！谁也无法预知这一点。而如果您和您妻子离婚了呢？

他　我不像您那么反对婚姻！我重新结婚！

她　万一不会再有孩子了呢？而女儿又判给母亲了呢？而且她长
　　大后，变成了一个让您感到陌生的人呢？而且她只需要您
　　的钱财呢？当然，上帝保佑别这样！您会不会感到难过和
　　孤独呢？

他　别担心，我会挺过去的。

她　而我会教育我儿子，让他永远爱您。

他　谢谢。

她　谁知道呢——当我们年老的时候，有一天您会跪到我的面
　　前，亲吻我的双手，感谢我有儿子。（双手蒙面大哭）

　　　　［他收起手枪，走近，拉起她的手亲吻。

他　请原谅我！您非同寻常。您完全不是一个厚颜无耻之人。
　　公司里的荷兰人已经等了我二十分钟。很重要的一个会面。
　　我不仅没有准备好，还迟到了。本来我的机会就不大，现
　　在根本就等于零。我很感动。我真心可怜您。而且开始喜

欢您。但我确实爱莫能助。请放我走吧。我累了。

　　〔停顿。

他　看见了吧，我也有自己的问题。问题尽管不像您的那样全面，
　　但仍然……请放我走吧！我累了。现在还急需说服荷兰人
　　为我提供一批咖啡销售。我目前没有预付款，他们不会冒
　　任何风险。虽然他们了解我的信誉，而且推荐信是完美而
　　可靠的……但要想成功几乎是不可能的！我不可能错过这
　　样有利可图的合同。而我现在没有钱。如果我错过了这个
　　合同，其他的供应商可能会对我的整个支付能力产生怀疑，
　　怀疑我公司的可靠性。总之，很多事情取决于此。我应该
　　与这些荷兰人进行全新一轮的谈判。

　　〔停顿。

他　我要是能有您的本事就好了！在我看来，您甚至可以让死
　　人相信任何事！

她　可以让死人……但无法让您！

他　您只是没有足够的时间。

她　您已经开始投降了？

他　总之，有点儿——同意……但您犯了一个错——失口说出
　　了孩子的事……

她　您开始喜欢我了？

他　问题不在于此！对您——让步要比拒绝简单。您是天生的
　　经理人！或许，招聘您到我这里工作？

她　您妻子不会嫉妒吧？

他　嫉妒您？永远不会！对不起！您知道，我在冒险。我决定采取最危险的一步。就按您的愿望办吧！到我公司来！

她　乌拉！

他　我送您去卫生间……

她　是！

他　打理一下自己！

她　是！

他　我会一直在您左右……

她　是！

他　我会一直给您讲解有关咖啡的事情，关于预付款和销售之间的区别……

她　完全不必！

他　然后我派您去与荷兰人见面！

　　　　［停顿。

她　您是认真的？

他　他们怎么会驳倒您呢！他们一定会垮掉！OK？

她　不！

他　别紧张！我会在您身边。我会保护您。

她　不行。

他　归根结底，我是因您迟到的！这对我来说很重要。只有一次！

她　我做不到！我从来没有参加过那种谈判！我只会让您更糟糕！

他　我准备冒险，因为恐怕不会更糟糕了。

她　这一切我都不懂。

他　这简单！

她　我根本不知道说什么！

他　荷兰人一句俄语不懂！我可以提醒您。如果一次不行，可以组织第二次见面。我也不愿意，但还能怎么办？单独付费！半小时的工作——我付您两百美元。

她　不算已经给的一百美钞？

他　不算！那是精神损失费！不过，如果您一次就能说服他们，我付四百美元。

她　您真的认为我能行？我生活中还从未做过这种事！

他　您的首次演出我已经见识过。这真是太出色了！

她　但结果呢？……

他　您尽自己所能了！

她　好，同意。但我得有所指望……

他　四百美元？可以！并非常希望我们能成为朋友！我求您了！您同意了？

她　特别求我？

他　特别！

她　那么——前进。

他　前进！

　　　［第一幕幕落。

# 第二幕

[灯光暗淡。她的声音。他的声音。两位新出现的男人的声音。用英语交谈。根据语调感觉得出是告别时刻。各种声音混合在一起，活跃，友善，夹杂着她的笑声。

[灯亮了。公司。简洁的办公环境。写字台，转椅。转角沙发，前面是茶几。茶几上有茶杯、酒杯、一瓶打开的白兰地。个别地方摆放着纸箱。墙角——放着保险柜。

[他和她哈哈大笑，彼此拍打着对方，推来搡去，闹着，他们的举止让他们看起来就像是策划了一场巨大成功后的同谋者。而且搞不懂他们谁更兴奋一些。她完全变了样。他的上衣很适合她，而且立刻使她变得很时尚。但更适合她的是喜悦的神情。她抓住他的衣袖喊着。

她　乌拉！万岁！胜利了!!!

他　谢谢，谢谢！谢谢!!!您太聪明了！我一直在欣赏您！您真能据理力争！可怜的荷兰人！他们一定是初次见到这种女人！灵活！机智！您可真有分寸，既细心，又会卖弄风情！我没遇到哪怕能比得上您一点点的其他女人！而且如此精通英语！

她　而您的英语却不怎么样！

他　您帮我提高一下。十美钞一小时！

她　像您这样迟钝的人——二十美元！

他　我不还价！我为您疯狂！而且荷兰人也为您神魂颠倒！邀请您去荷兰！

她　也邀请您了！

他　正是！请了您！也请了我。

她　荷兰是一个有礼貌的民族，总是女士优先。

他　更何况，如果这是世上最迷人的女人！又是敏锐的心理学家！又是出色的演员！还是个会出主意的人！您真是想得太棒了！我们以热恋情侣的身份出现在荷兰人面前！人们很容易原谅热恋中的人迟到。我们根本顾不上一批批的咖啡！我们根本顾不上钱！我们只想两个人独处！恋人会博得别人的信任。具有崇高情感能力的人，不可能是骗子。人们特别愿意关心恋人。世上的真爱如此之少，所以周围的人每次都会本能地珍惜它。

她　哦，您简直就是诗人！

他　当您建议我走这一步棋时，我承认，我并没有立刻看好它。怎么装扮成恋人？我已经忘记，我有过这样的时候！但您提醒了我一个绝妙的方法。只要我每时每刻眼珠一动不动地盯着您看。您叫我留意我自己的脸，不要让它有平常的表情。我领会的意思是，要么应该微笑，要么应该看起来庄重且意味深长。

她　哦，您笑得太美妙了！您简直是满面春风。

他　基于神经紧张！我担心，我们会被当众揭穿。

她　不过，当您目不转睛忧伤地看着我的时候，您在想什么？

他　我在心里做三位数的乘法。天天使用计算器，根本不会心算了！表扬我吧！我如此认真地看着您，似乎在生活中再也不会把您忘记了。

她　可以放松一下了。现在只有我们俩了。已经不需要继续那么紧张地盯着我看了。

他　您真是漂亮极了！我就是想看您。可以吗？

她　随您的便。

他　这些有钱人仍然是一些天真之人。您有没有注意到，他们被我们的爱情感动了，为此兴奋，甚至被迷住了。您就是一个伟大的导演！

她　有您这样一位出色的演员，做一个伟大的导演并不难。

他　您发现了吗，我入戏太深，直到现在还走不出来？注意，我是怎么看您的！

她　您这一刻心里在几乘几？

他　哦，这都是些大数字！而与您打交道和闲聊都非常令人愉快。

她　莫非我等到了恭维话？！

他　这不是恭维。这是事实。

她　加倍感谢。

他　谢谢您！您真是帮了我！总之是救了我！别生我的气了！我表现得就像是一个庸俗的傻瓜。（把她拉过来亲吻）

174

[她刚开始呆住了，随后突然猛地挣脱。

她　（离开他）对不起！这大概，是我自己引起的。不过，现在这有些意外……对不起……

他　（走近且自信地拥抱她）我无法抗拒。我的天，您的头发好闻极了！而且您当着荷兰人的面是如此温柔地、扬扬得意地看着我！于是，我就像一个白痴一样沉入幻想：您的温柔里哪怕有点滴的诚意也好。我于是想起了您恳求我的一切……现在已经改变了自己的看法。

她　让我们忘掉吧！您不同意，我屈服了。错过了时机。

他　我不想忘掉！我是个傻瓜！您的胸部很美，您是对的……（解她的上衣）

她　您这是怎么了？

他　有什么不对劲儿的吗？

她　全都不对劲儿。

他　您让我昏了头。

她　我也头晕……但我认为是白兰地起了作用。总之，我们有些晕了。

他　（轻声地）我脱掉您的衣服？……这将是最美好的回忆。

她　知道吗，我没了心情。

他　无须在意这个！不是任性的时候！要怀上儿子，我们只有三个小时了。您帮了我，我要帮您。以德报德。我会很努力的。

她　谢谢。不行。我们喝了酒——可能会给孩子造成不良的后果。

175

他　酒精还没有走到血液里呢。我们每人总共才喝了二十五克！您根本想象不出——我在……之前喝了多少……而我的女儿——您自己看见了——很健康。如果我那时没喝酒，她也就不会来到这个世界上了！如果事情只在于此……您不再讨厌我了吧？

她　我累了。多么不平凡的一天！您把所有的谈判都推给了我！您只递了一杯咖啡！然后瞪着眼睛瞅着我！

他　这就对了，您必须换一种体验！我们为什么老是这样吵来吵去的？让我们最终和好吧！

她　您不尊重我？

他　你不正常！我想要你！我不放你走！我的天，你的头发特别香！而且，顺便问一下——你叫什么名字？

她　马林娜·安德烈耶夫娜。

他　马林诺奇卡，马林莎……名字适合……马林娜……大海……海市蜃楼……我叫你马林娜。[1]

她　请问您叫什么名字？

他　阿列克谢。

她　父称呢？

他　尼古拉耶维奇。（拥抱她，企图亲吻）

她　阿列克谢·尼古拉耶维奇，您干什么？别这样。我求您了。我不爱您。

---

1　马林诺奇卡和马林莎均为马林娜的爱称。马林娜在俄语中有"海景画"之意。

他 马林娜……我不会用任何人的爱情来替换你温柔的不爱！你的双眼让荷兰人失去了理智。难道你一直都是装出来的？

她 当然！

他 我早就不相信女人了。但现在不知为什么仍很失望。我感到难过又忧伤。上帝知道为什么。而你仍然是地球上最迷人的女人！

她 您又说这种话了。别碰我，阿列克谢·尼古拉耶维奇！

他 谁先开始纠缠的？！我已经乱了。我觉得，好像不是我首先提出来的？

她 别担心，我还会找到别人的。

他 你在胡说什么？！你找谁？已经深夜了！

她 世上除了您之外，还有年轻、健康和漂亮的男人吧？

他 我好像在嫉妒。不过，你激起了我多少已经遗忘的感觉！请不要破坏这一切！我们会感觉很好的！ OK ？

她 我比您大。

他 我不像你要求那么高。而且这对一夜情又有什么意义呢？

她 放开我！

他 怎么回事？你怎么了？我做错了什么？我说错了什么？我哪里惹你生气了吗？

她 我只不过该回家了。我还有事。

他 你夜里在家里接诊？

她 有时——能想象得出吧！我们楼有十六个单元。大家都来找我！甚至牙痛也来！得了！我说了——放开我！我怎么，

177

还要呼救吗？

他　走吧！

她　但是……您抱着我呢……

他　我不是抱着您。我是拥着您。不过，您不善于分辨。（放开她）
　　您自由了。快走吧！

　　　　〔电话铃响。她抓起电话筒。

她　喂！您打错了。这是墓地。这里没有这个人。（挂上电话）

他　您可真会开玩笑。祝贺！

她　确实应该叫您回家了。而且电话是您妻子打来的。

他　您为什么要接电话呢？

她　条件反射。别紧张，她大概马上还会打过来。

　　　　〔电话铃响。

他　（拿起电话筒）你好！我一个人。跟荷兰人多待了一会儿。
　　一切正常。是，同意了。谢谢。是，我这就走。我已经到
　　门口了。你也是。（放下电话筒）

她　我太累了。

他　我送您回家。

她　谢谢。我走回去。

他　还是允许我送您回去吧？准备好了？走吧！

她　给一支烟吧！

他　不给。您不吸烟。

她　我这就开始吸。

他　不建议。会上瘾的。

178

她　对您来说有什么区别——上瘾不上瘾？反正您再也不会见到我！

他　我只不过还不习惯这一想法。请吧。（递给她一支烟）请。（打着打火机）

　　　　［她吸烟。他等着。

他　也许，还是来杯咖啡吧？

她　谢谢。不麻烦了。我耽误您了吧？

他　有点儿。

　　　　［停顿。

他　可以和您谈一谈吗？

她　您说。

他　我确实很喜欢您。我感觉很遗憾就这样和您分手，失去您。别忘了——邀请我们一起去荷兰的事！我怎么向荷兰人交待？他们正是对您感兴趣，马林娜·安德烈邪夫娜。我能想出什么主意？给他们讲我们关系破裂、您背叛或者您死亡的故事？

她　您愿意怎么讲就怎么讲。

他　我愿意请您和我一起工作。您做医生工资是多少？

她　不多。

他　刚开始，我给您三倍工资。这还不是上限。

她　可怜的俄罗斯！如果大家都开始讨价还价，那么谁还会教学、治病、从事教育？

他　您也可以作为医生在我们这里实习！您会感觉很好。我也会感觉方便。

她　这里有多少人工作？

他　固定人员不足二十人。临时工有五十人。

她　在单独的一家公司里，一个医生为五十个人服务。而对整个俄罗斯的其余部分来说——一个医生为一万人服务。

他　我没有关心整个俄罗斯的野心。我活了这么大，没见过一个能承担起此事的人。至于说到我个人，我为慈善事业做了足够多的贡献。

她　对您来说足够多，还是对慈善事业来说足够多？

他　关于这个我们还有时间可以谈。而现在我想回到我的建议上来。

她　请吧。

他　我确实想和您一起工作。您是一位优雅、聪明、有学识的女人！您有个性。您是一位好同志，一点即透。您能干，尽管有些天真。您有瞬间的领悟力。您对每件事都有自己的看法。您精力充沛、积极向上。您勇敢而坚决。实际上，您就是一个真正的领导者。

她　那么多优点！从您的刻画中我都认不出我自己来了！您不担心竞争？

他　不担心。毕竟我和您相得益彰。您是一个冒险家，我很谨慎。您觉察主要的，而我关注细节。您有学识，有思想，而我有经验。您是一个情绪化的人，而我始终如一。总之，我越来越喜欢您。

她　好。我考虑一下。

他　考虑一下吧。这是我的名片。我等您的回复。现在送您去哪儿？

她　您请我考虑一下。您坐着等一下。我现在考虑。

　　　　［停顿。

他　煮咖啡？

她　您很单调。别不作声！说吧！说什么都可以。作为背景。

他　我不可能知道别人不听我说的话还说。

她　我会继续谈话的。我和您一样，完全可以说一件事，而思考另一件事。

他　又一个优点！您为什么从未结过婚？我没伤害到您吧？您如果长相难看，我也就不问了。

她　我想为爱情而结婚。

他　您有过无望的爱情？女人常有的。她们不知怎么就深陷其中，然后荒废了时间。

她　我有过一场破灭的爱情。

　　　　［停顿。

她　我讲给您听。要知道女人酷爱谈论爱情！

他　也许下一次再讲？

她　听我讲，求您了。

他　当然，当然……

她　我当时十三岁。父母给我和祖母在芬兰湾的拉赫塔租了一间别墅。就在那里我遇到了他。他十八岁。当时他在度过

181

当兵前的最后一个夏天。天啊，他是那么漂亮！不只是漂亮——而是完美！黑头发，皮肤晒得黝黑，身穿一件和他的蓝眼睛同样颜色的蓝衬衫！他的脸上总是一副温柔、礼貌和专注的神情。而且他关注不为他人所知的某种东西。或许，关注的是那种他本身具有的东西。我无论此前还是此后都没有遇到过哪怕有一点点像他的男人。他是真正的男人。知道他在这个世上仿佛使我多年免遭世界上所有邪恶的侵袭。他没有不友好的行为。他似乎像教授一般彬彬有礼，令人尊敬，行为举止令人惊讶地得体。那种坦诚天真的笑。白色整齐的牙齿。我对他一见钟情。我爱上了他，深沉、炽烈、狂热而又羞怯。只有一个看了很多书、喜欢幻想的小女孩才会这样去爱。这种情形持续了不到一周，我们还没来得及对彼此说出什么特别的话，便突然与爱情不期而遇。我们来不及彼此熟悉，便坠入了爱河。

[停顿。

他　谢谢，谢谢您给我讲了这个。接着呢？

她　在他来之前，我在别墅区就有玩伴，他们是邻居家的男孩子及他们的女朋友，共有几对儿。我在某种程度上跟他们混在一起，尽管也没和他们中的某个人谈情说爱，没有固定的对象。游泳、骑轻便摩托车、尽兴地打牌、打乒乓球……不过，我很少有时间和他们在一起。我拼命地读书，想事情，常常为什么事而忧伤……我很珍惜我的孤独。然而这些小伙子还是不喜欢我身边有某个外人不时闪现。他们呵斥他，刺激他。他不但不怕他们，甚至好像根本就忽视他们的存在。这大概更激怒了他们。

　　［停顿。

他　接下来呢？谢谢，谢谢，我听着呢……

她　一天早晨，我醒来，预感发生了不幸。我起床后，开始在房子周围走来走去，仿佛在寻找这个不幸。烈日灼人。甲虫嗡嗡飞着。大丽花盛开着。一切显得宁静而又寻常。我渐渐平静下来，去街上的水龙头那里打水。在那里我听到了女邻居们的谈话。夜里，一个讨人喜欢的小伙子被打伤致残，那个小伙子和妹妹、母亲住在海湾边的别墅里。我的不幸自己找上了我！我扔下水桶，向对面院子走去。嚄，太阳晒得多厉害啊，仿佛在古代犹地亚。在院子中央，我的伙伴们摆好了瓶子，正在用双筒猎枪朝它们射击。还有一杆双筒猎枪放在桌子上。我拿起了它，瞄准了一个外号叫松树的小伙子，他的名字我记不住。他家房子周围长着松树，他因而得此外号。我认真地瞄了很长时间。害怕打不中。一片寂静！听得见牛棚里牛奶被挤到奶桶里的声音。他妈妈当时正在挤牛奶。我开了枪。枪重重地反冲到我的肩膀上。松树一下子全身摔倒在地。我又瞄上旋工瓦西卡，瞬间还感到奇怪——他为什么那么苍白？似乎刚才还晒得像黑人一样！突然他的女朋友，我不记得她叫什么，像被刀割一般尖叫起来，并冲过去用自己的身体挡住了他。他甚至都没有推开她，甚至下蹲一些藏在她背后。她妨碍

183

了我。我不想向她开枪。突然间，不知从哪里冒出来松树的母亲！而且她哭喊起来："杀人了！杀了我儿子！"我扔下了枪，转身离去。不记得——我是怎么出现在他家海湾边的别墅里。两位哭成泪人的女人——母亲和妹妹，正在收拾东西。哎哟，她们是那样仇恨地看着我！不记得——我是如何以及何时回到家的。警察已经在等着我了。不过我没有打死松树，只是伤了他肩膀的软组织。我本来应该去教养院！但如果那样，那些孩子也会被抓进去！我父母也会想办法的！松树的母亲想了想，撤回了申诉。我被送回了列宁格勒。我好像得了一场热病。当我再次走出家门时，发黄的枯叶已经烧尽了。多么悲凉啊！

　　　　［停顿。

他　谢谢，谢谢……

她　现在您抱着我吧！

他　什么，什么？……

她　您特别像那个我爱了很久却再也没有见过的男孩子。

他　谢谢，谢谢……我羡慕您。我从来没有过那样的爱情。我总之不很相信爱情。

她　我选择了您，是因为想让我的儿子长得像他。

他　谢谢。但不会有这样的事。（看着手表）十点。

　　　　［电话铃响。响了很长时间，但是谁也没接。

她　谢谢您。

他　为什么？

她　我今天意识到——不能让整个一生听命于过去。（笑）白
　　天我在劝说您时，一直胆战心惊，害怕我会失败。如果那
　　样的话，我会羞愧得发疯。好像没有比失败更可耻的胜
　　利似的！

他　（笑）我们已经有了共同的回忆。有失败，也有胜利。

她　今天我成熟了。而且不理解早上的那个自己。我怎么能指
　　望与一个不爱的男人生下一个心爱的儿子呢？

他　您完全不喜欢我？

她　不，不喜欢。

他　伤心啊。

她　有什么办法呢？

他　可以问一下为什么吗？此前您认为我有那么多的优点。

她　我想错了。

他　令人难过！不知何故，我已经习惯了我在您心目中有一席之地。

她　现在，当您需要我的时候，您是这样亲切地微笑着，这样
　　友好地看着我……可以相信，您是真的喜欢我。

他　我是真的喜欢您。您缺乏自信。您没有理由怀疑自己的魅力。

她　听起来质朴、坦率、真诚。

他　我说的就是我想的。

她　但已经不像当着荷兰人的面那么卖力气了。

他　不是每次都一样的。

她　那为什么在街上时您没有感觉到我的魅力呢？

他　那时我不了解您。

她 您不知道您会受益于我吧？只有当您有需求的时候，您才会感觉到魅力和真诚。

他 十一点了。妻子在家里着急了。得尊重别人的感情。送您去哪儿？

她 我为您工作得很好吧？

他 是的，很好。谢谢。

她 那四百美钞呢？您答应我的，如果……

他 （打断）对不起，忘了。拿着。（从口袋里掏出钱，拿起一个信封，把钱放进去，递给她）

她 （不接）您让我陷入一个尴尬的境地。您迫使我提醒您钱的事。这不像一个绅士所为。

他 对不起。您是对的。

她 您抽出一百美钞。我把它还给您。

他 就当这是我个人给您的赠品吧。

她 我不接受外人任何东西。

他 好吧。（叹了口气，从信封里抽出一张纸币）

她 您总是随身携带一两千美元？

他 您想抢劫我？

她 您随身携带的零用钱，是一个普通人生活一年的费用。

他 这是我工作赚来的钱。

她 您不是在工作，您是在做交易。

他 您说的完全正确。要知道您也不是在工作，而只是做出一副治病的样子，区里诊所常是这样的。

她　我考虑好了。我不去为您工作了。

他　（突然抱住她，嘴唇轻轻碰到她的双唇）我不想让您生气。我不明白发生了什么。为什么我们会是这种结局？如何来改变这一切呢？给我打电话！打电话！不要消失！拿着钱！这是您诚实劳动所得。（把信封放到桌子上）

她　我不要钱。收走信封，不然会丢的。

他　这里没人偷东西。我工资付得很好，所以每个人都珍惜自己的位置。（熄灯）我们可以走了。

她　但是您提议喝咖啡了！

他　下一次吧！

她　不会有下一次了！我们告别吧，我永远离开。

他　您住在附近？

她　相对较近。怎么了？

他　您在自己家里喝咖啡吧。

她　我家里不存咖啡。工资不允许。

他　（点亮台灯，从盒子里拿出一罐咖啡）"经典人"行吗？送给您作纪念。

她　我说了，我不接受初次见面之人的礼物！

　　　　［电话铃响。响了很长时间。谁也没接。

他　对不起，但是没有时间煮咖啡了。我急着走。妻子等我。她担心，不去睡。这您很难理解。您是一个自由的人。（煞有介事地等着）

　　　　［长时间的停顿。

187

她　（轻声地）请吻别吧。

他　（吻她）不要消失！我会想念您的。常来。

她　下班时？就站在那里等您向我吹口哨？然后猜测——我今天是否能取悦您？

他　（非常认真、小心翼翼地）您想让我怎么样？我不明白。我猜不出，尽管我努力在猜。您应该自己告诉我这一点。鼓起勇气说吧。您可以大胆一点。勇敢难道不比真诚更容易吗？

她　如果我自己能明白的话……

他　那我怎么能理解您呢，如果连您自己都搞不懂自己？

　　　　［停顿。

他　（认真、亲切地）这是您的幻觉。

她　（哆嗦了一下）幻觉？！是的！您是对的。

他　明天早晨您就会对这一切改变看法。一周后您就会忘记您现在的心情。我担心，您也会把我忘记的。

她　我觉得很可怕。我又重回十三岁。我又一次感觉自己处于灾难中心。而且没有生路。因为我向来知道，孤独并非无人之时，而是当你只需唯一的一个人时。我是如此小心翼翼。我是如此珍爱自己。我不容许我的心再次破碎。我不应该接近您。我观察了您一个月。我梦想过，幻想过，沉醉于您的出现，气愤过，嫉妒过，痛恨过您，备受折磨……我活过！！！每一个日子都不寻常！每一天都充满了您！为什么要欺骗自己和您呢？我疯狂、炽烈、深沉地爱着您……

188

我爱您！我对您的爱该怎么办呢？（跪到他面前）请告诉我，我该怎么办？

　　[他也跪下来，搂住她，摇晃着，仿佛摇晃着一个小孩子。

他　我无助的十三岁的小女孩！我心爱的，亲爱的！你从哪里来的？从哪里就突然闯进了我的生活？你是我意想不到的快乐。你散发着丁香花的味道。为什么？因为我爱你。我想让你幸福。我带你去一个地方，给你买公主穿的那种连衣裙和水晶鞋。你不知道你有多迷人！我非常爱你。

她　（失声痛哭）阿廖申卡[1]……

他　我因为你而感谢命运。我不值得你爱。我从未有过比你更好的人。我三十岁了，可还没有真正活过。我成就了自己。从无到有。从一个除认真负责外别无任何才能的外省男孩做起。这个男孩的父亲酗酒，痛打母亲，而母亲边哭边工作，只为把三个孩子抚养长大。我来到莫斯科。学习，工作，挣钱，然后几乎把所有挣来的钱都寄给母亲养活妹妹们。结婚有点儿突然，兴致来了就结了，现在我感觉——没有爱情。是的，我挣得很多，但我既没时间也没愿望去花钱。我生活中还没有过一次休假。我不相信我和你之间发生的事。不相信。

她　阿廖申卡……

---

1　阿列克谢的爱称。

他　你哭了……多么香甜的泪水……多么甜美……我的乖女孩，我和你去荷兰。顺便问一下，你的出国护照都正常吧？

她　（笑）我没有出国护照，也从来没有过出国护照。我去过里加[1]、索契，还去过普希金山。我知道莫斯科和列宁格勒。我妈妈经常生病，不能扔下她一个人。我想和你一起看世界。没有你，我要世界有什么用？

他　我带你看全世界。我们两个人要一起去很多地方。然后你生个女儿。或许，你还是同意生女孩吧，既然生男孩来不及了？

她　就生个女孩吧！有时候女孩子的生活也不是那么糟糕。

他　谢谢！我会始终帮助你！然后，当女儿长大了，你让我俩相认。我想让你生下我们的女儿，给她起名叫马林娜。如果你有我们的女儿，你和我分手就不会那么伤心吧？

她　是……

他　你不会过于伤心吧？我担心你。你那么温柔。你不会过于伤心吧？

她　不会。

他　你，当然，会像我一样伤心。但你不会伤心得太久吧？

她　不会。

他　我爱你。

她　是的。

---

1　在1991年拉脱维亚独立之前，其首都里加被视为苏联城市。

他　你爱我吗？

她　是的。你该回家了。有人等你，担心你。

他　妻子睡了。她躺下得早。陪女儿很累。我们的女儿确实很
任性，而妻子，真的神经质。很难让她满意。我做的一切
她都不喜欢。我说的每句话都让她生气。她经常胡闹，因
为我在办公室耽搁了。她常歇斯底里，因为她认为我很少
关注她。如果我妻子是一个像你这样的女人，我就幸福了。
你身上没有任何琐碎的、庸常的东西。你整个人都令人心
情舒畅。你是个有心之人。

她　谢谢。

他　不，她是个优秀的女主人，好妻子，好母亲。我对一切都满意。
家里干净。女儿也忙着做事。当然，妻子很难坐在家里。
她也会厌倦。我本来可以在周末带着全家人去哪里娱乐一
下……一周的时间，我想女儿，女儿也想我。可我妻子偏
要在周末逛商场。搜寻某件女款上衣或者第一百件泳衣。
我们要逛遍半个莫斯科城，无节制地花钱……结果是妻子
生气，女儿抱怨。而我反正分不清一件衣服和另一件之间
的区别，因为无论穿什么，妻子还是同一个人。恐怕，我
真的该回家了。我和你去荷兰？

她　是的。

他　我不相信。那里有海吧？我从未去过荷兰。

她　有海。

他　叫什么？

191

她　荷兰海。那里一切都是荷兰的。荷兰郁金香、荷兰奶酪……
　　非荷兰人在那里没什么可做的！

他　我们也要表现得像荷兰人。我们开始整天吃奶酪。我会送
　　你郁金香，会把你当作最珍贵的珠宝一般爱惜。你和我在
　　一起感觉很好吧？

她　是的。

他　你为什么这么安静了呢？也不再责怪我了？

　　　〔停顿。

他　一切都会好的。你相信我吗？

她　我相信你，阿廖申卡。

他　我们该走了。

她　是的。

　　　〔他们从地板上起身。他绕着办公室走了一圈，像所
　　有认真的人在离开前那样，整理着东西，检查着什么。

他　拿着美元！

她　（摇头）不。

他　（把钱扔到桌子里，锁上）给我打电话！知道什么时候吗？
　　一周后。甚至是十天之后。现在很多事。那时候邀请就该
　　到了。我亲自给你办护照。我和外交部那些女孩的关系很好。

她　谢谢。

他　（亲切地，稍带讽刺地）不客气！

她　我们该走了。

他　我好像不再喜欢你了。总是泪眼汪汪的。你要爱惜自己。

别一头扎进工作里。

她　我现在是休假。

他　休假?！羡慕啊！读书，休息，去哪里走走，别忘了我。打电话！OK？

她　OK！

他　嗯……（环视了一周）好像没什么了……咖啡拿着！

她　谢谢。

他　好咖啡！我只喝这种。

她　我今后也将只喝这一种！

他　怎么样，我们再见？

她　再见！

他　告别的时候说你爱我吧。你说这个听起来很真实。

她　（像读诗一般）我爱你……我爱你……我爱你……我爱你……我爱你……我爱你……

他　你怎么了？感觉不好？

她　我爱你……我爱你……我爱你……

他　再说点儿什么！说点儿别的！

她　我再也不知道别的了……只知道——我爱你……我爱你……

他　再说点儿什么！

她　说什么？说什么？

他　不知道。

她　我再也没什么可说的。

**他** 这就对了。（看表）好吧，真见鬼！你在这儿坐一会儿。我放上音乐。派翠西亚·凯丝。（放上派翠西亚·凯丝的磁带，歌曲《留下来陪我》）马上回来。半个小时后。坐着！（吻了她，跑出去）

**她** （关掉歌曲，开始录音）我爱您。我再也不见您了。我不会和您生儿子，生女儿。我不跟您去荷兰，因为没有荷兰这个国家。您也不会每天送我郁金香，因为世上没有郁金香。我也不会和您一起工作。您也不会带我看世界。哪怕是一小部分世界，最小的一部分世界。您再也不会对我说："马林娜，我爱你！"也不会给我买连衣裙和水晶鞋。您也不会给我办理出国护照。我也不会让您和我们成年的女儿相识。我也永远不会有女儿。我什么，什么，什么都不会有了！我不知道，您会对别的女人说什么。如果您对她们说的和对我说的一样，我仍然会感谢您！爱一个人并因此而痛苦的人不总是正确的。不爱的人也并非总是错的。我爱您，我怕直到我生命结束都无法停止爱您。我很害怕。万一我们永远不死呢？在那里，在遥远的未知之岸，我也会无望地爱着您。您什么都没有发生，错不在您。爱情是求之不得的！它是上帝赐予的。一周后，您会以另一种眼光看待一切。而我一周后仍会如此爱您。因此，趁我还有勇气，我要永远离开您。（重新打开磁带，派翠西亚·凯丝开始接着唱）

　　〔她脱下他的上衣，整齐地挂到椅背上，离开。派翠西亚·凯丝仍在唱着。

　　〔他捧着一束玫瑰返回。

他　你睡着了？看我多快啊！我选玫瑰时，似乎觉得，所有的玫瑰对你来说都不够好。（打开大灯）马林娜！（大声地）马林娜！（环视房间，明白她已经走了，放下玫瑰，陷入沉思，随后快速地查看桌子的抽屉，打开保险柜，往里看，关上录音机，漫不经心地把磁带扔到桌子上，耸肩）不正常的女人！（看见自己的上衣，拿到手里，贴近脸）不正常的女人……

　　〔电话铃响。

他　（马上抓起电话筒，大喊）是你吗？！……（疲惫地）正等电话呢，所以马上拿起话筒。你怎么不睡？没有，我什么都没有发生。你认为可能发生什么事？正常的工作状态。就这样不得不耽搁。不，你不知道我为什么耽搁了。你愿意怎么想就怎么想吧。是，我一个人在这儿。列娜，我累了。列娜，我没有心情辩解。出现了一些问题，所以我耽搁了。是，我记得我有家。明天我带我的家人去看恐龙。什么皮大衣，列娜？现在是夏天！你为什么6月急需卡拉库尔羊羔皮草？！好，好，买。孩子也得一如既往地和我们一起逛商场。列娜，你有一种病态的想象力！什么样的女人能深夜在我公司！顺便说一句，我给你买了一盒派翠西亚·凯丝的磁带。我带回来。你可以整天听！是，我也吻你。我的声音正常。我这就回家。我什么都没有发生！

　　〔终场。

# 在别人的烛光下

（两幕喜剧）

# 剧中人

阿拉

亚历山德林娜·德米特里耶夫娜（剧本中部分使用其爱称萨莎）

# 第一幕

　　[亚历山德林娜·德米特里耶夫娜家的豪宅。家里一片狼藉。地板上、沙发上和椅子上丢弃着空空的画框、被掏空的盒子、包装纸。餐具和茶具直接就放在地板上，诸如此类的混乱。特别醒目的是倒在地上的巨大的珍贵花瓶。花瓶四周散落着一堆红玫瑰。住宅的外门敞开着。

　　[卫生间外，拖把被两个大钉子钉在门上。

　　[卫生间内，阿拉坐在浴缸边沿，穿戴讲究、漂亮，脸上不知是淤青，还是化妆品的流痕。

　　[寂静。阿拉站起身来（像机器人一样走动着），倾听声音，把耳朵贴在门上。她突然绝望地大喊"阿廖沙！"并用尽力气撞击卫生间的门，在宽敞的卫生间内发疯似的来回跑动撞门，终于把拖把撞掉了。

　　[门一下子打开，阿拉因惯性跌出了走廊，摔倒在地。她瞬间跳起来，大喊着"阿廖沙！"跑出住宅，返回来，在房间里乱转，查看所有的角落，终于停下来，坐到了地板上，用脑袋撞地……哭喊着。发现电话，爬向电话，拨号，拨错了，再拨……终于拨通了。

阿拉　（对着话筒）发廊吗？这是发廊吗？塔尼娅！舍尔古诺

娃！十万火急！！！（号啕大哭）塔恩吗？是你！我是阿利卡[1]！（抽抽搭搭地哭着）马上……马上……马上我就上吊自杀或开煤气自杀。现在就死！！！我是打电话告别的。（又一阵抽泣）塔恩，我是在她家里打的电话。他来过了！不过走了……塔涅奇卡，一切都像我梦想的那样。他给我带来了玫瑰。你要是看见了那么美的玫瑰就好了！然后从房子里搬走了所有的东西。把她的东西都搬走了。塔恩，全都搬走了！把油画直接从画框里卸了下来。哎呀，画还好说。电视搬走了，还有录像机，还有一部传真电话——为此根本偿还不起的！他以为这是我家。是的，他相信了，以为这一切都是我和我妈妈的……塔恩，你怎么还不明白？有什么不明白的？他把我推进了卫生间，把门钉上，然后把所有的东西搬出了住宅。装到了自己的吉普车上，拉走了。他以为这是我家。塔恩，有什么不明白的？我这不给你讲嘛！一切都像我梦想的那样。我用昨天发的工资买了香槟、西红柿和乱七八糟一大堆东西……他给我带来了玫瑰。我们在烛光下共进晚餐。在她的烛光下……我们在别人的烛光下共进晚餐……也许，这是个不祥的征兆——在别人的烛光下？我爱他，塔尼娅，我爱他！是的！是的！！！我上吊自杀，塔尼娅。我还能怎么样，如果我爱他？是的！是的！！！找到他！给他解释一下！不！！！不能说，这房子不

---

1　阿拉的爱称。

是我的！千万不要说！求你了——不要说！塔恩，他们现在会把我关进监狱，对吧？那样的话，我根本就看不见他了！他们会关的！！！弟弟在监狱里，我也去坐牢。法官就会说——弟弟在监狱里，我们把她也关进去吧。至于弟弟不是亲弟弟，这一点不重要。母亲在孤儿院里工作时，从那里领养了他，为的是能分到住房。完了！这次全完了！以母亲的肝脏和她做人的原则，她根本受不了！她会开始替我偿还债务，总之死得更快。她本来就替弟弟还账，尽管法院不要求这样做！可为什么她做十份工作，我们还是这么穷困？她现在又去库尔斯克的弟弟那儿了。带了两袋酸奶、一公斤甜饼和一个柠檬。一个柠檬！！！你能想象得到吗——一个柠檬！想到了？我上吊自杀！还能给你讲什么呢？我在讲呢！一切都像我梦想的那样。他给我带来了玫瑰，早晨却用车拉走了东西。我是那么爱他！他是那样看着我！塔恩，当我和他在一起时，我似乎感觉，是天使用这张别人的床单把我们举到了空中……我是那么爱他！我没说……没有……我害怕。他如果明白，我的生活不能没有他，他会立刻因厌倦而抛弃我的。没有他我无法长时间呼吸。我，塔尼娅，我现在呼吸就很困难——我的空气储量快用完了。我不知道然后怎么办，没有他我怎么呼吸。我当时胃痉挛，他却把一切都搬出去了……我能怎么办？我说了几句话……他却打了我……把我推到卫生间里，然后把门给钉上了。可谁能听见呢？几乎整个楼的人都搬走

203

了。只有一个耳聋的老奶奶在台阶上喂猫。好像是市中心。科捷尔尼契斯卡娅大街，外文图书馆，只有楼房孤零零地立在整齐的空地上。周围的一切都拆除迁走了。教堂就在旁边，它将来还会继续开的，只是暂时关门立在那里。塔恩，找到他，告诉他，说我爱他。我把一生献给他。他不明白。他以为，我所有的夜晚都是这样度过的。而我却梦想有他的孩子。塔恩，我是那么爱他，和他在一起只有一夜，我却信起了上帝。我要去受洗。我会常去教堂，学会祈祷。我难道能留得住这种人吗？要是给我留下孩子就好了！他要是有个儿子在长大，像他一样出色，那该多好啊！找到他！！！能找到吗？谢谢！我不能离开这里。我要等人回来。女主人明天回来。塔恩，我感觉，我怀孕了！（号啕大哭）我怀着身孕上吊……和孩子一起死！不想进监狱！！！我在那里会想他的。塔恩！！！我等着！等着！好吧，暂时不会上吊，等你电话。等你，塔恩！（放下话筒）

　　〔她走到大镜子跟前，仔细看着自己。更确切地说，不是看外表，而似乎是挑剔地审视自己的内心。

　　〔电话铃声响起。阿拉抓起话筒。

阿拉　塔恩！（呆住了，很长时间说不出话来，然后低声地）阿廖申卡[1]！（又重新听对方说话）东西已经没了？是吗？是吗？是的，不是我的。住宅也不是我的。对不起。你不

---

1　阿廖申卡和阿廖沙都是阿列克谢的爱称。

生气吧？我和妈妈过着穷日子。妈妈只是为了挣钱才打扫这家房子。我从她那儿偷走了钥匙。女主人明天回来。好像从德国。（大叫）杀你？什么规定最后期限？你没有瞒着我吧？不是安慰我吧？多幸福啊！多幸福啊！和我在一起时你怎么不说？你是最好的。对不起，我差一点儿往坏处想你了。总之是我不好，不过和你在一起我会变好的。见面？我在等人回来。什么？什么？（开始断断续续）这里听不清！你说什么？（热烈地）谁结婚？我和你？你和我？！我们结婚？！（瞬间变成了异常幸福的女人）阿廖沙，我爱你！我在舞厅那里看见你的第一眼就爱上你了。不过我感觉，我爱你既没有开始也不会结束。我？！生气？为什么呀？难道可以生自己双手的气吗？生双脚的气？没有你就没有我。没有你，我不需要我自己！我哭又算什么？这是幸福的眼泪！我这就不哭了。你知道，遇到你之前我在爱情上特别不幸。我这是生命中第二次恋爱。我十四岁时，特别喜欢一只小猫。我那么喜欢它，阿廖沙，喜欢得不行！它也喜欢我！看不见我，它不吃不喝，在门口等我。后来与我们一起住的筒子楼里的女邻居，像往常一样，因为一件小事和妈妈吵起来……女邻居为了故意气母亲，反对养猫。而我们住在奥克鲁什纳亚。母亲就把小猫带离了奥克鲁什纳亚。我母亲，她是一个特别讲究原则的人。既然邻居反对，那么我们就没有权利养猫。她和女邻居三天两头对骂，和好，然后再对骂，再和好，也不是很让着她……

小猫我找了一天一夜。在融化了的雪堆里，在山靛丛里，嗓子都喊哑了。警察最后找到了我。我在警察局里睡着了，谁也叫不醒我。在医院里被叫醒了。睡了八天八夜——简直不想活了！阿廖沙，就让我的小猫原谅我吧，我还是更爱你！以前出于女人的自尊我没有告诉你。我爱你，阿廖沙！（听对方说）不杀你了？我爱你！还记得吗，你说人们隐瞒了我们的宇航员因疏忽大意、玩忽职守，没有乘火箭而是独自飞入太空一事？他是多么孤单啊！等我受洗之后，我会为他祈祷的！没有你，我就像那个宇航员一样。什么？手枪？在哪儿？床边？等等，我看一下。（离开，带着手枪返回）找到了！你这是干吗，乱扔手枪？它是真的？怎么，甚至能打出子弹？我小心就是了……怎么办？扔了？那么贵重的东西？它是全新的！我最好把它藏起来，然后再还给你！扔了？扔到莫斯科河里？好，好，别生气！我扔，我扔……你要手枪干吗？你拿它做什么？可以开一枪吗？好，不开。好，好，今天就扔掉。这里离亚乌扎河只有两步，现在就扔。从来没这么近距离地看过手枪。真有意思！你别那么神经质，这就扔掉。我也吻你……我吻你，吻你，吻你……你再说点儿什么吧，我会吻你的声音。（听对方说话，闭上眼睛）你的吻在我的身上还没有冷却呢……我要做什么？哦！！！天啊！！！我把一切都给忘了！女主人明天回来。立刻就会报警。而第二套钥匙在我母亲那里。母亲今天晚上从库尔斯克返回。她明天要到这里收拾房间。

母亲马上就会报案的。不，和母亲是谈不通的！她眼睛都不眨一下，就会把我送去坐牢。为什么不爱我？爱。只是更看重正义，还有法律，还有义务感，还有荣誉，还有真理……如果我能排在第一百名左右，就很好了！我的后面什么也没有了。我不想去坐牢，阿廖沙！在那里我会想你的。没有你，我会心碎的。你会来看我吗？（愉快地笑着，仿佛是嘲笑一件可爱的恋爱中的荒唐事）亲爱的，谁会让你每天都来看我呢？他们不会杀了你吧？真的？还是你在安慰我？再见。你不是故意的。我想办法吧……主要是归还钥匙，还有不让邻居注意到我出现在这个家里。我们怎么能找到彼此？什么时候见面？不，这不会很快的，阿廖申卡。我想你。一天，一小时，有什么区别呢？想你……你自己能找到吗？你真是太厉害了！……（挂上话筒，满怀幸福地转起圈来）

　　[她突然想起来，找寻自己的牛仔裤、T恤衫、凉拖鞋、口袋。脱下漂亮的裙子、上衣，走近镜子，越来越自豪和兴奋地审视自己。拿出手枪，用不同的姿势瞄准镜子里自己的影子。

　　[亚历山德林娜·德米特里耶夫娜出现在门口。

　　[一位五六十岁的不漂亮的女人，戴着眼镜。穿着尽量显得时尚和年轻。一袭黑色镂空的肥大上衣，没有显露出什么特别吸引人的地方，紧身的打底裤，一双很高的"性感"高跟鞋。头发上别着一枚巨大的、刺眼的红色蜘蛛发卡，

使人联想起介于卡门和克利奥帕特拉之间的风格。

　　〔亚历山德林娜惊呆了，一动不动。她站在自家门口，一会儿看看被抢劫一空的家里，一会儿看看阿拉。

　　〔阿拉在镜子里发现了亚历山德林娜。她瑟缩着，呆住了，然后慢慢地朝女主人转过身来。忘记了手里还拿着一把手枪，手枪直对着亚历山德林娜。

阿拉　　（超级礼貌地）您好！

　　〔亚历山德林娜放下箱子，慢慢地举起双手。

阿拉　　（突然想起来，快速地把手枪藏到背后）您怎么啦？别在意！您干吗？害怕这个？得了吧您！它是个玩具手枪。只是恶作剧。哎呀，就是互相捉弄，要么我捉弄您，要么您捉弄我。开心快活罢了。（从远处指着给她看）您自己看看吧，当然，如果您明白武器的话。

　　〔亚历山德林娜放下双手，向阿拉迈出了试探性的一步。

　　〔阿拉由于过分激动，扣动了扳机。枪响了。阿拉大叫一声，扔掉了枪。亚历山德林娜扑到地板上。寂静。谁也没动。

阿拉　　您还活着？女士，您活着吧？（惊恐地站在那里）喂，女士，我可不敢去碰您！请您自己回答——您活着吗？哦，天啊，您是不是还活着？

萨莎　　（表现出一个演说家的非凡经验）您是被雇来杀我的吧？（跪着直起身，不无激情地）是谁指使您的？谁派您来的？您在盲目无知地执行谁的意志？

阿拉 您没受伤？

萨莎 是作家杰尔查文挑唆您来杀我？

阿拉 有点儿熟悉……杰尔查文？是演员！

萨莎 别这样！是作家！罗伯特·杰尔查文。

阿拉 奄奄一息之时，祝福我们……[1] 可我以为，他死了呢。

萨莎 死去的是伟大的杰尔查文！而庸才是不死的！而且散播着非理性的、非善良的、非永恒的东西。是他派您来的！他公开威胁我！还通过匿名电话的方式。他是黑手党。他想借用您的手毁掉以我为代表的评论界。您是杰尔查文派来的！

阿拉 是的……是的！我现在明白了，他是个什么人！我立刻就喜欢上您了！我现在去他那儿，直接告诉他！

萨莎 您是粉丝？

阿拉 不是，普通的理发师。（把手枪收进塑料袋里，快速套上牛仔裤和 T 恤衫）我立刻就喜欢上您了，和以您为代表的整体！我看见，您提着箱子？

萨莎 （急忙地）那里什么也没有！

阿拉 那么我不打搅您了。很高兴认识您。对不起，打扰了。再见！

　　　　〔但在阿拉走近房门之前，亚历山德琳娜锁上了门。

---

1 普希金的诗体长篇小说《叶甫盖尼·奥涅金》中的诗句，诗中指的是俄国诗人杰尔查文（1743—1816）。

萨莎　你早就来这里了？

阿拉　刚刚来！我这就走。不想打搅您。

萨莎　门是开着的？

阿拉　敞开着！我以为——所有的住宅都在搬家。我想——进去看看……有时候家里会留下什么东西！我一看——没有，什么也没留下。

　　　〔阿拉以抱歉的目光环视了一下房间。亚历山德琳娜顺着她的目光，突然发现了什么。

萨莎　（呻吟着）上帝啊！我的画！！！

阿拉　请您原谅，但我再也不能耽误您一分钟了。

萨莎　站住！我要报警！站在这儿！你将是证人！

阿拉　我倒是愿意，但是无论如何也不行！我真的该走了。

萨莎　（不再听她说什么，朝住宅里面走去）天啊！为什么？抢劫一空！！！连电话机都卸走了！带着传真！还有黄金！还有钻石！我的钻石！我的美金！！！

　　　〔阿拉悄悄地，想用自己的钥匙开门。亚历山德琳娜发现了。她拿起椅子，偷偷走近，用椅子砸向阿拉的头部。阿拉倒下。亚历山德琳娜拾起阿拉的钥匙。取出袋子里的手枪。在家里找到了一根绳子。

萨莎　（捆住阿拉的手、脚）小偷！眼线！强盗！够你受的，杰尔查文！你现在就要给我到索洛韦茨基群岛[1]上去研究

---

1　俄罗斯北冰洋白海沿岸岛屿，曾于 20 世纪 20 年代建立了第一座苏联特别劳改营。

生活！（把被捆住手脚、正在呻吟的阿拉拖向卫生间）给自己安排了天堂般的生活！生前的纪念馆！自己雇佣的女杀手！（说得像在公开讲课一般）糟糕的作家向来是不道德的！可能存在不熟练的工人、蹩脚的裁缝、差劲儿的演员……但同时他们也可能是为社会所需要的出色人物。糟糕的作家却永远不被社会需要！其诉求与证明自己的渴望践踏了社会上一切神圣的存在！他们执着于从精神上控制人们，不惜一切代价捞取荣誉……所有这一切都与对低级趣味的日常幸福的庸俗追求有关……（用水喷洒阿拉的脸）

阿拉　（抬不起脑袋）您怎么？发疯了吗？您干吗打我脑袋？我动您了吗？您干吗把我捆起来？您疯了？

萨莎　你在哪里搞到了我的钥匙？

阿拉　扔在您家门口！

萨莎　不是扔在门口！我的房门正是用这些钥匙打开的！而且是你把它打开的！因此你想偷偷溜掉！

阿拉　我抗议！马上把我解开！！您没有权利捆绑和审问！

萨莎　这是自我防卫！你回答，哪里来的钥匙，然后我马上就给你松绑。

　　　［阿拉没有说话。

萨莎　有三副钥匙。一副在我这里。另一副在韦尼阿明那里。（沉思）

阿拉　把我解开！！！

萨莎　你诚实地回答我一次，不过要诚实，我马上就放了你。

211

我已经全明白了。实际上，整个画面就在我眼前。我只是想让你再证明一次。你证明了——我就放了你。

阿拉　证明什么？

萨莎　你认识韦尼阿明……谢尔盖耶维奇？

阿拉　（立刻）是的。

萨莎　（迅速地）他住在哪儿？

　　　　［阿拉明显答不上来。

萨莎　（退后一步，轻蔑地审视她）他把你领到这里来了。想搞风流韵事！嘿，当然，他不会把你介绍给他妈妈！你们早就？回答——我就放你走。我已经猜到了一切。你们早就好上了？

阿拉　（不具体地）不太早……

萨莎　（越来越热衷于审问）我的钥匙怎么落到了你的手里？

　　　　［阿拉难以回答。

萨莎　（对自己的敏锐感到自豪）他提前走了，把你留在这儿了？

阿拉　是的。

萨莎　赤身裸体？

阿拉　不是。他先走了，然后我脱了衣服。

萨莎　太新奇了！庄重之人！那他贪图什么呢？

阿拉　总的来说，他没贪图什么……

萨莎　这一切都是你主动的？

阿拉　是的。是我。

萨莎　关于我他说了些什么？

阿拉　关于您个人？什么也没说！

萨莎　就是说，还保留了圣洁的东西。

阿拉　这一点保留了。（停顿）瞧，现在似乎一切都完全清楚了。该给我松绑了。

萨莎　（坐到了浴缸边沿）能相信谁呢？十年的关系！

阿拉　原来这样啊！您别伤心！您知道吗，我想起来了。是我自己厚颜无耻地缠上他的。我根本不知道还有您！他也不同意。我和他之间什么也没有。什么也没发生。他当着我的面直接告诉我，他十年间一直爱着另外一个女人。现在我明白了——他指的就是您。

萨莎　（大笑）十年怎么来着？

阿拉　爱着！

萨莎　爱着什么？

阿拉　一个女人！您啊！

萨莎　他用的正是这个动词？爱？

阿拉　是的，现在的确想起来了。是这个动词。

萨莎　具体是怎么样的？你援引一下！

阿拉　什么？

萨莎　援——引——一——下！就是你重复一下他关于爱的原话！

阿拉　啊，他说，特别想念，特别想念……想念得很……很想念！

萨莎　这个我记住了。往下！

阿拉　而且，当你们在一起时，他似乎感觉，是天使用床单把你们举到了空中！

萨莎　天使哪怕有一次为他个人举起点儿什么也好！故事编得
很好，孩子！很感人！以你目前的状态，你还来安慰我，
这很感人！我的状况很糟糕！这是显而易见的！他是阳萎。
你没发现这一点？

阿拉　没有。

萨莎　总之，你什么时候碰到过阳萎吗？

阿拉　没有。

萨莎　而我碰到的全都是阳萎！各个方面！（走到镜子跟前，
仔细看自己）应该承认现实。我比索菲娅·罗兰年轻，但
看起来要糟糕得多。

阿拉　您爱他吗？

萨莎　我在这个不伦不类的慕尼黑参加了一个会议。法国人、
德国人、波兰人恭维我，笑啊，陪我喝酒！我穿着一件穿
与没穿区别不大的衬衫！竟没有一张卑鄙的脸上闪现出哪
怕一丝想要我的欲望！要知道我处于亢奋状态！我似乎感
觉，我博取了大家的欢心！而周围是接二连三的风流韵事，
昏睡……却不是和我！是的，不是和我！

阿拉　您爱他吗？

萨莎　你懂什么爱情？我一向追求爱情，但在性方面不知为什
么不顺利。首先我感觉我自己太优秀，不想降低身份去和
谁做爱。然后所有我认识的男人都变得在某种程度上异常
地纯洁。不要再提愚蠢的问题了！我和你彼此难以理解！

每个人都有自己的活法。与地狱里一样！

阿拉 是的，我不像您那么有文化。我根本不懂得爱情。但我爱一个人！请给我解开吧！我今天已经被推进过这间卫生间里了！我恨它！

萨莎 韦尼阿明表现出暴力？我开始尊重他了。唉，韦尼阿明，他带你来这里，是为了如此诗意地说明自己对天使的感受！把一切都讲出来吧！不要把我当成傻瓜！你不说出实情，我是不会给你解开的！

阿拉 讲什么呀？什么？！我不明白！

萨莎 的确，讲什么呢？！我从德国回来——门是敞开的！家里被洗劫一空！你赤身裸体！还向我开枪！然后企图溜走！你却没有什么要讲给我听？

阿拉 （抽搐起来）手枪呢？

萨莎 手枪是物证。讲吧！在哪里认识的？

阿拉 在舞厅。

萨莎 韦尼阿明和舞厅？好！

阿拉 不是，他只不过是去酒吧……经过……

萨莎 喝酒？

阿拉 确切些说，去买烟……

萨莎 就算是。接着呢？

阿拉 我走近他……

萨莎 为什么？

阿拉 想讨一支烟抽。

萨莎　这是个理由。

阿拉　嗯，聊起来了……

萨莎　关于什么？

阿拉　没什么……泛泛的……

萨莎　然后他就领你来这个住宅了？

阿拉　是的，他领来的……像个绅士……

萨莎　他戴眼镜吗？

阿拉　等一下，等一下，让我想一想……

萨莎　还是不戴？

阿拉　戴着……有时……而有时……根本不戴！

萨莎　噢，领来了……然后这里发生了什么？

阿拉　什么也没有发生！

萨莎　这一点我相信！

阿拉　给我解开！我疼啊！

萨莎　那韦尼阿明上哪儿去了？你开枪打死了他？

阿拉　您说什么呢？我甚至连蚊子都不打！我只是吓唬它们！
　　他有事走了。

萨莎　却把你留在我家，而且还提供了钥匙？

阿拉　而且还没有随手带门！突然就闯进了盗贼，把我推到卫
　　生间内，就……

萨莎　强暴了你？

阿拉　怎么会？当然没有。

萨莎　他们临走时，把你从卫生间里放出来！不过，这些人也

真够爱惜你的了！但是你的杜撰失败了！韦尼阿明不吸烟，从不戴眼镜，他没有事情做，而且对女人从不感兴趣。对男人，顺便说一下，也不感兴趣！我们陷入了僵局。撒谎撒够了吧？我们回到第一种说法！你认识杰尔查文吗？

阿拉　奄奄一息之时，祝福我们！就这些！！！关于他我再也不知道什么了！

萨莎　另一个杰尔查文！

阿拉　总之，我谁也不认识。不论是您的韦尼阿明，还是杰尔查文，还是另一个杰尔查文！快把我解开！我疼啊！我累了！我是偶然出现在这里的！我着急呢！

萨莎　不，杰尔查文从不会派女杀手来的！据说，这价格很高！而他是一个贪婪之人！总的来说，你好像明显不是他圈子里的人！我做不了侦查员。过于聪明和有想象力妨碍了这一点。（走出卫生间）警察会给你松绑的！忍一忍吧！十分钟后警察就到！（走向电话，边走边用脚踢玫瑰）玫瑰正好可以作为罪证！几乎没有人带着玫瑰抢劫！

阿拉　您好好听我说！我说实话！

萨莎　（返回来，站在卫生间门口）说吧。不过一定得是实话！

阿拉　给我解开吧！我不会跑的。我保证！

萨莎　有什么必要？你的嘴是自由的！说吧！

阿拉　如果你的手脚被捆绑着，很难说出实话！

萨莎　那就让警察来对付你吧！

阿拉　等等！我明白——您现在心情不好！偷走了您那么多东

217

西！我根本不知道，一个人会有那么多各种东西！但是警察也帮不上忙的！我们得协商一下！这些东西已经没了！我知道得很清楚。它们再也回不到您这里了！永远不会回来了。而且什么警察也找不到它们！您怎么像个小孩子一样，信任警察？他们怎么，再也没别的事可干了？

萨莎　我的东西没了？已经没了？贱货！妓女！（用脚踢阿拉）我的一生！我父亲的一生！我父亲保卫了祖国！打到柏林！所有的这些画都是从那里带回来的！都是最好的藏画！

阿拉　别再说了！我疼啊！！！您不是人！我怀孕了！！！

萨莎　（有些激动）你疼？我不疼吗？

阿拉　（大叫）我们全都还给您！！！

萨莎　（突然呆住了）你还？我们说好了！你还东西！我不报警！现在就放了你！

阿拉　（停顿了一会儿）您要明白——东西已经没了！永远地没了！不过，您算算值多少钱。我们还钱。慢慢地……一点一点地……可如果您报警的话，就什么也得不到了！我就会被关进监狱！那样您会感觉轻松些吗？会轻松些吗？

萨莎　会轻松的！你刚才说"我们"。

阿拉　我给您讲一切是怎么发生的。

萨莎　说吧！（开始吸烟）

阿拉　您曾经爱过谁吧？

萨莎　你少给我装精神病患者！

阿拉　您爱您的这个韦尼阿明吧？

萨莎　现在我是彻底相信了，你从未见过他！别拖延时间！

阿拉　我爱一个人！他帅气，冷静，体贴……他有一双那么漂亮的眼睛。他的眼睛会说话。他的后脑勺有一绺柔软的头发……我非常爱他，如果他在世上的另一端老去，我会在他去世后的下一分钟死去！不费劲儿地死去！我在您家这里原本想上吊自杀的……

萨莎　瞧，这里就缺尸体了！

阿拉　知道我害怕什么了吗？不是怕死！我是害怕，我死了，孤零零一个人，没有他的陪伴！我，一个死人，将会永远思念的！妈妈禁止我受洗。姥姥也伤心，说我没有守护天使。当我看见他时，我立刻明白了——他就是……他以为，他会伤害到我。（笑）他不明白，他不仅仅是阿廖沙，他还是我永远的守护天使！我没有来得及和他说这个！担心一他会笑话我！胆怯了。他从不认为自己有灵魂。我会提醒他的。不能让他明白得太晚！到时灵魂就无法挽救了。

萨莎　太酷了！你用自己的脑筋创作出来的？

阿拉　这一切都是事实！难道您感觉不到？

萨莎　你说吧，说吧……

阿拉　我胆怯了。怕他不会喜欢真实的我……于是……我杜撰出一个自己。把他带到您家里，穿上您的衣服，点上您的蜡烛……

萨莎　而且和他在我的床上做爱！我的韦尼阿明以为，床仅是用来在它上面张着嘴打呼噜的。我一生中哪怕有一次做爱

219

与睡觉二者兼而有之也好！一辈子过去了，而这种事情没有发生。这时你有什么感觉？

阿拉　什么感觉？

萨莎　你有什么感觉，既然你和他上床了，同时你也爱上他了？

阿拉　感觉你和他在一起而且爱着他。感觉谁也夺不走这一刻。

萨莎　（向往地）当你后来感到他很恶心时，还是会愉快地回忆起这一刻的。回忆是会保存下来的。

阿拉　我永远不会不爱他，哪怕死后。

萨莎　很想知道，这些肥皂剧是如何影响我们女性的！所有这些连续剧你都看吗？

阿拉　什么？

萨莎　噢，就是这些关于生死之恋的胡编乱造的连续剧？

阿拉　看啊。

萨莎　你觉得如何？

阿拉　很好看啊。

萨莎　应该预料得到。就是说，你把这位新委任的守护天使领到了我家？

　　　　［阿拉沉默。

萨莎　他在我的床上和你亲热了？

　　　　［阿拉沉默。

萨莎　然后他抢了我家？

阿拉　他信以为真，当这里是我家！

萨莎　这一点特别会使他的精神世界高尚起来。顺便问一句，你到底在哪里拿的钥匙？

阿拉　在妈妈那里。我妈妈到您这里打扫卫生。

萨莎　在妈妈那里！多简单啊！你妈妈来我家打扫卫生好像两年了吧？她甚至连糖罐里的糖都没有偷过！可惜，你不像她！就是说，他抢劫了我家，而你却用爱恋的目光看着他偷？！

阿拉　我求他了，苦苦哀求了！

萨莎　而他根本无视你的请求！是的，他还没明白，他面临着由妓女的情夫转为守护天使这一如此辉煌的前程！

阿拉　我爱他的本来面目。大家都错了。

萨莎　靠别人夸夸其谈很容易！靠别人可以抵达九霄云外的人道主义的巅峰。他是谁？名字？地址？我叫警察，我们去抓他！

阿拉　我不说！

萨莎　那就把你送进监狱，而且好好关着。关上八年！

阿拉　我不说！他会还给您的！只不过他落难了。他欠了别人的债！别人要杀他！他会偿还的。我们一起偿还。难道他的性命还没有您的东西值钱？！

萨莎　你也是一个出色的蛊惑家！别再装成一个女英雄了，清醒地面对现实吧！就在这里，在这个家里，几个小时前你一生中最后一次见他！他不会等你从监狱里出来！他甚至都不会去探视你！你好像怀孕了？有过这话吧？

阿拉　我预感是的。我怀孕第二天了！

萨莎 惊人的直觉！有这样的直觉还预感不到，你几乎一头扎进了狗屎堆里？！

阿拉 我不是在狗屎堆里！我感觉很幸福！

萨莎 对，是的，在狗屎堆里的是我！而你身穿结婚礼服！你想一想，坐几年牢对你来说几乎是显而易见的现实。你失去了自己的男朋友！你的儿子你也会失去！多年看不见自己的孩子，无异于失去他！你想一想，你的孩子孕育于爱情，却没有母亲陪伴长大，他会长成什么样？你不得不做选择——他？还是孩子！你选择什么？

阿拉 我什么也不说！

萨莎 对你这种人来说，孩子的眼泪又算得了什么？（向阿拉俯下身去，大喊）最终你要明白——你的守护天使是一个妓女的平庸情夫和杂种！

　　〔阿拉朝她脸上吐了一口唾沫。

萨莎 歇斯底里的女疯子！死在监牢里吧！我会为此做出一切！你读过关于那个地方的文章吧？在那里，又脏又臭的娘儿们和狱警会把你弄得精疲力竭！你，或者死去，或者变成畜生！傻瓜！！！告诉我他的事！我们就会一起得救！我们还来得及挽救些什么！！！

阿拉 您的东西已经没了！我什么也不会告诉您的！我根本不和您说话！

萨莎 你听着，我不会报复他的。让他活着！你们结婚，做爱，生孩子，给自己蓄长了翅膀，在同一分钟里死去……愿意

222

做什么就做什么吧！不过要把我的东西还给我！！！

阿拉　我什么也不说！也不告诉警察！打吧！关进监狱吧！反
　　　正我不说！！！

萨莎　圣女贞德！！！顺便说一句，伏尔泰认为她不是圣女，而是
　　　妓女！起初她也仿佛看见了天使。然后她也和化身的天使
　　　做爱。再后来，他让她遭受了攻击！历史在重演！先是宗
　　　教裁判所拷问歇斯底里的女疯子。然后她被处以火刑。她
　　　也感觉很幸福！怎么，我们也追随历史的范例！火刑我是
　　　不能在这里搞了。总之——火刑是中世纪！而我们讲民主！
　　　有熨斗就过得去！熨斗，希望没被你的天使带走？（拿来
　　　了熨斗，插上了插头）你猜猜，我要做什么？

阿拉　我怕您！

萨莎　正确！而你指望什么？指望为了你伟大的爱情，我同意
　　　余生在贫困中度过？每个人有自己的活法。我又何必生活
　　　在贫困中呢？！

阿拉　您挣很多钱！您不是评论家吗？

萨莎　孩子，甚至连写书的人都不挣钱。而我批评他们！还没
　　　人能凭此成功地挣到钱！当然，还要考虑到，不同的人有
　　　不同的需求。我习惯于住在豪华的住宅里。在餐厅里用餐。
　　　别人正式地称我的名字和父称——亚历山德林娜·德米特
　　　里耶夫娜。习惯了家里有名贵的白兰地、纯天然的果汁、
　　　上等的巧克力。我冬天吃草莓！每天都有人来给我做按摩
　　　和整理发型。我只去昂贵的医生那里看病。一年不少于两

223

次到国外度假。比如去瑞士……在自己家里招待名流。请他们吃什么也很重要！是的！他们通常都很贪婪。他们喜欢白吃白拿！他们来我这儿，这只是咱们俩之间说说，他们来我这儿就是为了大吃一顿！还要借债！我一年出售一幅画。而且凭此就可以保持这种生活方式！对我来说要抛弃这一习惯已经晚了！你知道吗，要做一个美容院的客户得花多少钱？！

阿拉　　丑陋凶狠的老女人！

萨莎　　（把熨斗拿到阿拉近前）你告诉我，到哪里去找你的男朋友！我可以想象，他长得如何漂亮、年轻！我不让他进监狱！但得逼着他把所有的东西给我还回来！我给他还债！我表现出人道主义精神，不过，要注意，我是靠自己！而我要把你送进监狱！而且你的守护天使会帮我的！你将带着你好看的小脸蛋儿，在那里编织无尽的关于伟大爱情的连续剧，而你的男朋友在这里，在我家，在我的床上和我这个丑陋凶狠的老女人做爱！我就会变得年轻！我向你保证，我不再会凶狠！我还会变得好看！为什么你该凭借我为自己买到爱情？！我付钱——别人就会和我做爱！这很正常！我原来没有想过，爱情可以用钱来买。我属于伪君子这一代人。而爱情——这可能是女人一生中最珍贵的东西！为一切珍贵之物付费，这是公正的！当然，你得有支付能力！我五十六岁，还从未尽兴地和别人做爱！我会得到你的男朋友！正是你的男朋友！而你将会进监狱！（用

熨斗去碰阿拉）

阿拉　啊——啊——啊！阿廖沙！！！（失去知觉）

萨莎　见鬼！我这是怎么了？一时糊涂！（快速地拔下电源，
　　　将熨斗拿走）姑娘！见鬼，她叫什么名字？姑娘！（用水
　　　喷阿拉）姑娘！谁也不打算拷问你！我只是吓唬你。醒一
　　　醒！（俯下身来，听心脏）不明白。好像，得拿镜子……
　　　（从小包里掏出香粉盒，打开，递到阿拉的嘴边）不明白——
　　　活着不？这可是杀人啊！刑事案件！尸体！！！我不应该受
　　　指责。这是自卫。什么见鬼的自卫？！如果她被捆绑着！我
　　　用绳子给她系得太紧了！还有熨斗的烙痕！（给阿拉解绳
　　　子）我怎么解释这一切？得做按摩！或人工呼吸。（试图
　　　做人工呼吸）我不会！得叫医生！或许，还来得及救活？
　　　给警察局打电话！勒得太深了！（急忙解开阿拉）把绳子
　　　藏起来！然后收拾一下！（跑向电话，拨号）

　　　　［阿拉小心地起身，她的协调性受损。

萨莎　急救中心吗？快……

　　　　［阿拉紧张地听着。

萨莎　急救中心吗？快……快……快……急救中心！！！这里有个
　　　姑娘感觉不好！心脏！不知道……不知道……关于她我根
　　　本什么也不知道。不是，不在街上！在我家里。

　　　　［阿拉抓起了那把椅子，悄无声息地偷偷走近亚历山
　　　德林娜。

萨莎　您看，我刚从德国回来，而我家被人抢劫了！我马上报警。

不过，这姑娘失去了知觉。显然，姑娘抢了我家，然后她感觉不好……或者被自己人给打了！她全身青紫！

　　［阿拉拿起椅子砸向亚历山德林娜的头部。亚历山德林娜倒下。

阿拉　　（对着话筒，平静地）姑娘感觉好多了！谢谢关心。你们无须担心了。（用那根绳子去捆亚历山德林娜的手脚）她是怎么给我绑成这样的？她可真够有力气的了！应该像她一样做！这样的话就真的解不开了！

　　［亚历山德林娜苏醒过来。她的手已经被捆上了，而脚还没有。

萨莎　　（愤怒地用脚踹）强盗！清洁工的女儿！我一定让你坐牢！让你给我坐个够！（试图使劲地踢阿拉）

　　［阿拉大叫着放开她。亚历山德林娜逃脱了，跑到墙边，靠墙站住。她身体转着圈，试图把手给解开。用脚踹阿拉，不让她靠近。

萨莎　　愚蠢的穷鬼！娼妓！你竟敢打我？！你再推搡试试！！！

阿拉　　（找到了手枪，对准亚历山德林娜）躺下！躺下，我说！我数到三，就朝腿上开枪！

　　［亚历山德林娜安静下来，马上躺下来。

　　［阿拉把枪放在离亚历山德林娜较远的地方，走近她。

阿拉　　别动！也别妨碍我干活！（捆住亚历山德林娜的双脚，并将其拖进卫生间）就在这里躺到明天！明天我妈妈来打扫卫生，你们再一起报警吧！而那时我们已经距离这里很远了！我们有您的钱！！！我们能做很多事！您说得对——钱很重要！我们要逃跑！我们总之要逃往国外！我们会幸福的！因为我们彼此相爱！

萨莎　你们跑不远的！你太傻了，孩子！我已经知道你男朋友很多的信息！警察在我的协助下很快就会找到他并带他走。你们到哪里也跑不掉的！小鸟儿将蹲在不同的鸟笼子里！

　　　〔阿拉平静地走开，拿着枪，返回来，瞄准亚历山德林娜。

阿拉　（特别平静、坚决地）这样的话，我不得不杀了您。

　　　〔第一幕幕落。

227

# 第二幕

[亚历山德林娜被捆绑着，在卫生间内。阿拉用手枪瞄准她。

阿拉　这样的话，我不得不杀了您。

萨莎　（停顿了一下，坚决地）是的！打死我吧！就让我的生活中至少有件大事发生吧！（停顿了一下）你这个贱货，你倒是开枪啊，快点儿用这把见鬼的手枪打啊！我不想活了，听见了吗？我五十六岁了。我还没有开始真正的生活！童年时代？有的！还有一段青年时光。就完了。完了！！！其余的时光——一下子就跌进了某个泥沼！我还没有真正生活过！你根本理解不了这种恐惧！我谁也没爱过！甚至都没好好地恋爱过。没爱过任何人。我为什么要过这样的生活？你开枪吧，看在上帝的分上！快点儿开枪，趁我还没改变主意！（用脑袋撞浴缸的边缘，号啕大哭）我没爱过任何人！我没爱过任何人！我没有爱情的回忆！多可怕！！！多么冷酷的恐惧！！！这一点从来没人会理解的。啊，上帝啊，把我的青春还给我！它去哪儿了？生活就这样完了！朝我开枪吧，开枪！

[阿拉跑去取杯子，倒上水，并试图让亚历山德林娜

喝水。

萨莎 （摇头，反抗）我还从未嫁过人。一次也没有。哪怕是
  接近也好！我没有孩子。也永远不会再有了。我甚至都没
  有一个好的情人。关于性我只是从色情作品上知道的。

阿拉 喝点儿水吧！您这是歇斯底里症。

萨莎 开枪吧，趁我还不害怕。

阿拉 我不想开枪。难道我能杀死谁吗？哪怕是您！但是我爱
  他！我替他担心！我是那么爱他！

萨莎 我从未爱过任何人！我没有回忆。

阿拉 我爱他，您明白吗？我想起和他在一起的每一瞬间。甚
  至在他欺负我的时候，我都爱他。我爱……

萨莎 我从未爱过任何人！

阿拉 这一切都是我的错！发生了这一切，都是因为我太爱
  他了。

萨莎 一辈子就这样过去了！做了什么？去了哪里？我的青春
  哪儿去了？为什么我要写书？我葬送了一生中最好的十年
  写了两本书！

阿拉 书？但这多好啊！

萨莎 书有各种各样的！我葬送了自己十年的生命，写的是垃
  圾。没有荣誉，没有金钱，没有爱情！（哈哈大笑）

阿拉 （号啕大哭）您这是歇斯底里症发作了！求您——喝点
  水吧！

萨莎 （大喊）闭嘴！我写了两本书！（低声地）谁需要它们呢？

阿拉　喝水吧！冷静一下！

萨莎　（哈哈大笑）我是作家！先生，我出版了两本书！（绝望地大哭）我要是个妓女就好了！我要是嫁给了一个酒鬼就好了！一个一无所成之人！写了两本书！（哈哈大笑）永远没人会读它！我撒谎！排字工读了！他因此挣钱！

阿拉　（含着泪）喝水吧！请喝吧！（她成功地给亚历山德林娜"灌进了"一点儿水）

萨莎　你说实话！只要实话！！！我特别丑吗？别，别回答！我现在当然是丑陋凶狠的老女人。

阿拉　对不起！

萨莎　那你想象一下……你多大？

阿拉　二十一岁。

萨莎　你想象一下我三十五年前。我也是二十一岁。想了吗？

阿拉　对不起，我不想惹您生气。

萨莎　（充满激情）集中精神！脑袋上的这些东西（晃了下头）都没有！没有什么金发女郎！没有化学烫发！没有需要染的白发！都没有！！！栗色的卷发！很蓬松！而我的身材像芦苇一般苗条！桃红色的脸蛋！还有雀斑！我把它们除去了，现在已经回不来了。还有大大的绿眼睛！！！

阿拉　眼睛还在。

萨莎　还有眉毛。没有修剪过的、宽宽的、蓬松的眉毛。你能想象出这一切吗？

阿拉　我试试。（真诚地闭上眼睛，集中精力，高兴地）想出来了！！！

萨莎　怎么样？

阿拉　您简直就是美女！

萨莎　正确！我是美女。

阿拉　这里也不可能有第二种意见！

萨莎　你清晰地想象过我了？

阿拉　美女！！！

萨莎　当时我还担心，谁也不会爱我！

阿拉　为什么？！

萨莎　不知道。如果我哪怕有一点点喜欢上了某个男人，我对他立刻就变得咄咄逼人。

阿拉　那为什么呢？！

萨莎　不知道。可能害怕他不关注我！

阿拉　这您错了。

萨莎　我身上的某种女性机制好像没有调整好。我一生只有过三个情人。

阿拉　这已经不少了。只不过您是一个正派的女人！您该这样来看这件事！

萨莎　三个情人都是微不足道的小人物！和他们每一个人睡觉，只是因为每一次我都坚信，这个小人物永远都不会抛弃我！别人谁也看不上他们的微不足道！结果是，第一个人很快就抛弃了我。第二个人被我家的女佣，一个没有户口的农村姑娘领走了。我和韦尼阿明已经十年了，每逢周四我们睡在一起。但在这整整十年间，他对我甚至连最简单的依恋都没有。

阿拉　这一点我不能理解！

萨莎　我在三十五岁那年唯一一次怀了孕。然后做了流产。（哈哈大笑）我担心自己的名誉！这你能明白吗？

阿拉　什么是名誉？

萨莎　（哈哈大笑）你甚至都不知道这个词？！名誉有了！而孩子却没了！我失去了可以给他喂奶的孩子。我失去了可以牵他小手的孩子。我感觉每天都在失去自己的孩子！我每次醒来，就会想到，我失去了自己的孩子。想到这一点，我难以入睡。昨天，今天或者明天，应该是我儿子的生日！我失去了一个二十岁的儿子！我的一生是一连串的哀悼。这将是无止境的！闭上眼睛——他就会出现在我眼前！他的面孔我很熟悉！这就像是一张张照片……一岁……两岁……三岁……二十岁……满满的一本家庭影集！而"前程"这个词你熟悉吗？

阿拉　这好像说的是演员？美国演员？

萨莎　"论文答辩""威望"——这些词你知道吗？

阿拉　这些——不太知道。

萨莎　一切一下子就贬值了！单独的每一步都是经过深思熟虑的，都是正确的，并引领我走向目标。从最开始，从我还在考大学时起，我就迈出了正确的一步。杰尔查文招收学生。我的入学考试写的就是关于他的东西。我相信这一点！

后来只写他！我的作品发表得很早。杰尔查文认为我是他最好的学生！每个周末我都是在他家度过的。我吃饭甚至有个专门的座位，谁也不会去坐它。后来我考上研究生，通过了关于杰尔查文的论文答辩。写了两本关于杰尔查文的书！突然间一切都乱了！所有的步骤都是正确的，只是全乱了！一天夜里，我突然醒悟，杰尔查文不是天才！当时我就针对他最新的一部长篇小说写了一篇抨击性的文章。这也是正确的一步！从此开始了持续三年的大讨论。这场讨论毁了杰尔查文。我在这场讨论进行到高潮时被冲到了国外。我做讲座，发表文章。我推翻了杰尔查文，重新评价他，对他进行抨击。然后突然明白——除此之外我什么也不会做。我能做的只是关于杰尔查文的。不过我已经以自己的杰尔查文让所到之处和所见之人都对我产生了厌烦！而他心脏病好了之后，又写了一本书！他又有了新的崇拜者和狂热的粉丝！仍然有人认为他是天才！

阿拉　随他去吧！而您怎么样？

萨莎　而我现在周末无处可去做客了。我把他比你把我偷得更惨。你不会再来我这里做客吧？

阿拉　会来的！我向您道歉。我将还债。还会来做客！别担心，也用不着怀疑！我会来做客的！经常来！

萨莎　谢谢。

阿拉　因为我喜欢您。

萨莎　谢谢。

阿拉　您请原谅，我那样称呼您。

萨莎　原谅了。你也原谅我吧！

阿拉　您说什么呢！我特别理解您！我自己有一次在地铁上袜子被人偷了！

萨莎　地铁上被偷了袜子？

阿拉　给弟弟买的。想给监狱里的他送去。外国产的，装在漂亮的袋子里。在地铁里却被人从包里掏走了。哎呀，您别提我有多伤心了！我简直恨透了这个小偷！简直就想杀了他！而您被偷走了一切！一切！！！您真是天使般温柔善良的性格！简直是温柔善良！！！

萨莎　我是天使般的性格？（真诚地笑着）天使般的？我？！

阿拉　您！您有着天使般的性格！

萨莎　从来没人对我这样说过！

阿拉　我说。

萨莎　天使般的……给我解开！不然我有一种圣徒的感觉。总之，够了！别愚蠢地捆来捆去！解开！！！我们彼此理解了，现在我们一起喝茶。我不知道你怎么样，我刚回来，感觉特别饿！

阿拉　啊，不知道……我给您搞得舒服些，把茶端到这里。而我妈妈明天来给您解开。我觉得，这样更好。

萨莎　那，如果我想上厕所呢？

阿拉　不得不忍一下。您请原谅。

萨莎　你倒是轻松！你的肾要比我年轻两倍！

阿拉　我不能给您解开！对不起！

萨莎　可见，我早晨就会变成残疾人。

阿拉　您发誓……您不会报警……也不会追捕阿廖沙。

萨莎　（笑着）我发誓，发誓，发誓……

阿拉　您以什么发誓？

萨莎　我以什么发誓？

阿拉　以什么？这很重要！以什么？

萨莎　我还剩下什么了？只有对妈妈和爸爸美好的记忆。

阿拉　不合适！

萨莎　好，我以自己的肾发誓。我很珍惜它们。我立刻以两个
　　　同时发誓！

阿拉　不行。

萨莎　孩子，因为确实我再也没有什么了。

阿拉　您以您不朽的灵魂来发誓吧。

萨莎　和你在一起越来越有意思了！那么，我以我不朽的灵魂
　　　来发誓。我不会给你的男朋友造成伤害！是这样吗？

阿拉　是的。

萨莎　就是说，灵魂安排妥当了？现在来解决肉体的问题！然
　　　后我们终于可以坐下来喝茶了！

阿拉　（给亚历山德林娜松绑）您怎么看我妈妈？

萨莎　大概，多少有些防备。她过于讲究原则。

阿拉　而我是她的亲生女儿！我也从不拿别人的东西！我们会
　　　把一切偿还给您的！

萨莎　这一刻我担心的完全不是这个，孩子！

阿拉　不过，您过后又会重新担心的！对我来说重要的是，您
　　　要相信这一点！您如果感到痛苦，我不会感到幸福的！

萨莎　我已经不痛苦了！最起码，不会为此感到痛苦！（揉搓
　　　双手）哎呀，手都发麻了！疼死了。如果到明天，我真就
　　　成了残疾人了。孩子，你对一切都很认真。

阿拉　（忙着解开她脚上的绳子）得放到冷水里！很疼吗？请
　　　原谅我！我不想这样做！这发生的一切就好像与我无关！
　　　即使是现在，我也似乎觉得发生在我身上的这一切都很奇
　　　怪！就仿佛是旁观自己！一切都好像是闹着玩的！只有爱
　　　是真的。您能站起来吗？试试看！

萨莎　手、脚都好像是别人的。

阿拉　这个会过去的！（拧开水）把手放在冷水下面！还是先
　　　冲脚？总之您冲个淋浴吧！

萨莎　或许，洗个淋浴也不错！因为我刚回来！这里立刻发生
　　　了那么多的事！

阿拉　当然，要冲个淋浴！您会看到——感觉马上就会变好一
　　　些！我去准备茶！

萨莎　拿上茶杯……

阿拉　您这里我都清楚——不用担心！

萨莎　（沉默了一下）是的。有意思……

　　　　［阿拉走出卫生间。亚历山德林娜脱掉衣服，拉上窗帘，
　　　打开淋浴。

[阿拉插上茶壶的电源，收拾东西。

[阿拉扶起花瓶，插上玫瑰，把脸紧贴在花上。

萨莎 （大喊）请原谅我！我刚回来！我这里根本没什么可吃的！

阿拉 （没有立刻想起她在哪里）别担心！我还剩下一些东西。

萨莎 我以为，你趁着我洗澡跑了呢。抛弃了我！

阿拉 我连想都没想到要这样做！

萨莎 你在客厅里找一找！食品柜里应该有饼干。

阿拉 看见过，不过我们没动它！

萨莎 没必要客气！很好吃！再看看酒吧！我那里从来没有空过！我们需要减压。（关上淋浴，擦干身体，穿上衣服）

阿拉 您储备了那么多的酒！

萨莎 必需品。你懂酒吗？

阿拉 不敢肯定。您喝什么？

萨莎 伏特加。

阿拉 而您建议我喝点儿什么？

萨莎 喝你平时喝的。

阿拉 平时我根本不喝酒。

萨莎 那样的话，你也喝伏特加！

阿拉 谢谢。不过，我觉得，我不喜欢伏特加。

萨莎 就喝伏特加！（走出卫生间）上帝啊，肚子里空空的！马上来点儿伏特加！！！

阿拉 （停顿一会儿）您真的不恨我吗？

萨莎　所有的东西都被偷走了！问题不在于你，孩子！这多少有些像天意！实际上，所有这一切，总的来说，从来都不是我的。更准确些说，我没感觉到这一切是我的。这不属于我的祖辈。不是赠予我的或者说由我继承的。所有这一切都是抢来的或者偷来的。童年时，我就害怕这些黑乎乎的油画，仿佛它们是通往另一个维度的窗口。我慢慢把它们卖出去。与它们分手我并不觉得遗憾。金钱更让人满足！金钱似乎已经是我的了。也许，这些画的电生物场毁了我的青春？在这些东西之间，我总是感到很忧郁。可现在这里空荡荡的，而且有新鲜感！这是我的宇宙！我的虚空！我的开始！我要开始生活在虚空中！（往杯子里倒伏特加）让我们为虚空干杯！（喝酒）

阿拉　（稍微沾了一下嘴唇，放下杯子）您吃点儿东西吧！

萨莎　顶好的伏特加！可惜了，你男朋友没把它从这里带走！让我们为男朋友干杯！为你的和我的！为不存在和不会有的男朋友干杯！（喝酒）为什么不呢？我要开始新生活！如果不是现在，更待何时？我赶走韦尼阿明！养一只狗！走上街头，把碰到的第一只流浪狗领回家。瘸腿的。生虱子的。难看的。任何一只都比韦尼阿明好！我将会爱它！它会成为我的狗。它会爱上我！我会和它去公园里散步。你喜欢狗吗？

阿拉　不喜欢。

萨莎　你不喜欢狗？让我们为此干杯！不谈狗了。我不领它了。

嗯，没有能代替韦尼阿明的！

阿拉　在我们那里的楼与楼之间，曾有一个唯一可以玩的地方——沙坑。常会有亮晶晶、细细的黄沙子洒到那里。我感到如此的幸福，当有沙子运来时！我记得——我坐下来，摆开各种小模具、小水桶、小铲子。坐在那里，幸福地深呼吸。这时你一定会遭遇不愉快的东西！有人已经在那里遛过狗了！完了！我回家了，仿佛这个世界上再也没有我的容身之地！几乎不想活了。就更别提玩了。而且，似乎感觉——常是如此，漂亮的地方就一定会遇到不愉快的事。

萨莎　就是说，你从小就不喜欢狗？总而言之，你是怎么生活的？

阿拉　总的来说，我是一个理发师。在发廊上班，剪发。

萨莎　你的工作你喜欢吧？喜欢让女人变得漂亮？

阿拉　不喜欢。挣得少！

萨莎　让我们为此干杯！（喝酒）

阿拉　瞧，我仔细打量着您，仔细看……

萨莎　你还仔细看我？！

阿拉　您知道吗，关于您我明白了什么？

萨莎　关于我你还明白什么？

阿拉　您的发型使您显老。我来给您剪一剪？有剪子吗？

萨莎　我担心，这一天发生的事太多了吧！

阿拉　您冒险试一试！无论如何不会更糟的！

萨莎　（手里拿着酒杯，久久地看着镜子里的自己）是的，索菲娅·罗兰看起来更漂亮！来吧！失去的够多了！拿着剪子！合适吗？

阿拉　没有其他的了？

萨莎　没有其他的。

阿拉　这个也凑合！梳子我自己有。

　　　　〔阿拉在镜子前放了一把椅子。

　　　　〔亚历山德林娜坐下来，没忘随手带上一杯伏特加。

　　　　〔阿拉用毛巾遮住了亚历山德林娜的双肩。站在她背后，琢磨着，比量着。

阿拉　您有一双漂亮的眼睛！得让它们露出来！把两边鬓角的头发剪去，把刘海儿剪短一点儿，打薄一些。就这样！您看，眼睛亮闪闪的吧？

萨莎　我现在的这个发型有二十多年了。

阿拉　所以该换了！您的脖子挺好看的。您知道吗，大多数女人的脖子不漂亮。

萨莎　总而言之，大多数女人都很丑！

阿拉　头顶和后脑勺要剪得参差不齐。这样会从视觉上增加发量！我们不会剪得太短。我知道一个如何做才能使头发看起来很蓬松的秘密。（剪头时）喜欢吗？

萨莎　（看着镜子里的自己）孩子，你应该参加巴黎大赛！为什么不带你去那里？

阿拉　一切都得靠后门！

萨莎　可惜！祖国本来可以以你为豪！不，我不再坚持认为，我看起来比索菲娅·罗兰差！一天之内两次压力！抢劫和

理发！我去换衣服！（离开）

　　[阿拉收拾东西。

萨莎　（在隔壁房间里唱歌）一个穿着白衬衫的年轻女孩，你在哪里，我的野菊花？

阿拉　（大喊）您真的喜欢？

萨莎　五十六岁时她突然明白了，她既善良又漂亮！而且贪婪地吞食！（跑进来，开玩笑似的吼叫着扑向食物）太棒了！你是一个优秀的理发师！你梦想成为一位理发师吗？

阿拉　哪里啊？当然不是！生活所迫。

萨莎　你没梦想成为理发师？！

阿拉　现在我已经无所谓做什么工作了！在哪里我都会尽力的！只要挣得多一些，团队里坏蛋少一些就好！

萨莎　嘿，哪怕你梦想点儿什么也好？！

阿拉　梦想爱！从我记事那时起，就梦想着爱。梦想妈妈爱我。后来，梦想老师爱我。然后就梦想他！我想象自己一会儿是公主，一会儿是女仆，一会儿是芭蕾舞演员。而且总是孤单一人。突然他出现了！而且总是同一个人！我梦见他，感觉他好像藏在过往车辆的玻璃窗后面。后来，当我在舞厅里遇到他时，立刻就认出了——就是他！

萨莎　你早就认识他？

阿拉　我不正在讲嘛。我从童年开始就梦想着他。

萨莎　我换个方式提问。他早就认识你？

阿拉　三天！

241

萨莎　（吸了一口烟）三天？从本质上来说，正常。我和韦尼阿明认识了十年，不过第一个三天过后，再也没发现他有什么新鲜的东西。让我们为你们干杯！为你们干杯，孩子！你不能再哄人了，必须真的喝下去。

　　　　〔喝酒。

萨莎　就是说，你没再梦想别的？

阿拉　为什么？我总是有梦想！

萨莎　现在梦想什么？

阿拉　梦想他！梦想和他一起去天涯海角。

萨莎　可以理解为你想离开祖国吗？

阿拉　是的。

萨莎　你不热爱祖国？

阿拉　不爱。要知道她也不爱我。她鄙视我，不把我当人看！

萨莎　你原来是个很有意思的谈话对象。

阿拉　我什么时候可能爱上她呢？小时候，在我们奥克鲁什纳亚附近的地区四处游荡，不被任何人需要时？穿过难以通行的泥泞道路时？呼吸着垃圾场上散发出的腐烂气味时？还是，当在沙坑里玩，却遭遇不愉快时？还是夏天在夏令营时？而且总是没钱！而且周围的人总是没时间，也顾不上我！我暂时没有祖国。而且在我的生活中，我还没有遇到过一个真心热爱祖国的人。您爱吗？

萨莎　我？我爱！我是一个伟大的爱国主义者。

阿拉　您爱什么呢？

242

萨莎　白桦！就这样庸俗地爱着白桦树！

阿拉　什么？

萨莎　所有的文章里都被插进白桦树。（哈哈大笑）你能区分白桦树和山杨树吗？

阿拉　当然。这很简单！我教您。

萨莎　（哈哈大笑）见鬼去吧祖国！（喝酒）这不是祖国。这是牢笼。现在尽管还可以从她飞出去！但是一些人已经习惯了，待着不动。而另一些人飞向四面八方。不是飞往自由！而是去寻找另一个牢笼。更好的！更舒适的。而像我这样的人，飞出去，不时飞来飞去，而后又重新——飞进了笼子里。（哈哈大笑）在另一个笼子里，谁也不需要我和我的杰尔查文。来，我们喝！你比我少喝那么多。我不喜欢这样！

阿拉　也许，空腹别喝那么多？

萨莎　你甚至想象不出，我能喝多少！我通常一个人喝酒！而你没那么简单！"我不爱祖国！"（哈哈大笑）

阿拉　我想有一个祖国。我生下来是为了热爱祖国。我要找到她并爱上她。就算那里长着的不是白桦树，而是棕榈树也无所谓。但在那里我会有人的感觉。在那里我不仅会劳动，还会挣钱。我会爱所有的人，大家也会爱我！在那里我会生很多孩子，给他们买所有的新东西。而不会收集女性朋友们穿旧了的东西。我会找到我的祖国！

萨莎　（喝酒）为你和祖国找到彼此干杯！而我宁愿飞来飞去。

243

我扇扇翅膀，然后回到家里。每个人都有自己的生活方式。

阿拉　您有自己的居所。您也见过世面。您有很多漂亮的衣服。您总是可以挣钱糊口。您有的一切都能让您感到自己是自由的！

萨莎　你可真是个哲学家，孩子！而且总的来说你是正确的。自由在我们内心。抑或有抑或无。我要写一本关于自己的书。真实的书。谢天谢地，我会把词组成句子，而且让每一句话之间能衔接上。这将是一本真正的书。很多人都会看出他们的命运与我的命运的相似之处。知道吗，孩子，你给了我希望！再过个三……五年，什么事都会发生的，你带着丈夫和孩子来我这里做客。我们会回忆起这漫长的一天！我们举办烛光下的晚餐。我们会多么开心地笑啊！我得到了宣泄！为我的宣泄干杯！

阿拉　宣泄？这不危险吗？

萨莎　（哈哈大笑）什么，什么，什么？

阿拉　宣泄——这不是一种危险的疾病？

萨莎　宣泄——这是排出一切卑鄙、自私成分的净化。这是精神翱翔于物质之上。（喝酒）我在翱翔！我爱你，孩子，从我的高度。但是……等等……（费劲地站起来）宣泄时也并非一切都是好的！有些头昏……

阿拉　别再喝了！

萨莎　这不是喝伏特加的结果！我喝伏特加从来没有不良反应！（去卫生间，朝洗手盆俯下身，呕吐）对不起！你不

244

想吐?

阿拉 不。我喝了半杯。您需要帮忙吗?

萨莎 不用。你已经做了你能做的一切。她不想吐。她安然无恙。只有我一个人吐。她还爱着,梦想着,不断地梦想和恋爱!我却在宣泄!它似乎离开了我的身体。这个男朋友在哪儿呢?主要的是,特别特别令人好奇的是——我的东西现在到哪儿去了呢?无论这多么荒唐,我开始想我自己的东西了!牢笼应该是舒适的。不能把牢笼和汩水池混淆了!你的男朋友呢?真的有过这个男孩子吗?

阿拉 (沮丧地)我们会将一切支付给您。谢谢您。

萨莎 什么时候?支付吧!我明天早晨就得用钱!为了活下去。或者把东西还回来!或者给钱!正派人之间只能这样!

阿拉 我明天来您这里。您休息一下吧,睡一觉,我明天来。

萨莎 我还是不明白——你的男朋友和我的东西在什么地方?

阿拉 我自己也替他担心。我想去找他。我想念他。

萨莎 我想念我的东西。我一直有一种感觉,我好像搬到了新地方。总之我好像被换成了另外某个人!这令人十分不快。你要走吗?

阿拉 我明天来。

萨莎 那为什么还要走呢?只是无意义地来去!来来回回,来来回回!坐着,别急着走!(把她推到椅子上)

阿拉 我必须得走。明天再来。

萨莎 我看,你想扔下我?

阿拉　我明天一定来。

萨莎　把我扔到伸手不见五指的黑暗之中！空无一物！！！

阿拉　我永远不会抛弃您！

萨莎　那你去哪儿？为什么要走呢？你去哪儿？

阿拉　找阿廖沙！我担心……我的……空气……快用尽了。

萨莎　（哈哈大笑了好长时间）我似乎觉得，她这一切都是真的！
　　　你相信，你能找到他？

阿拉　能找到！

萨莎　巴西电影万岁！（哈哈大笑）他不需要你！他对你的抢
　　　劫比对我的抢劫更厉害！他抢走了你的心……毕竟他的肉
　　　体现在在某个地方！毕竟他在做着什么！和某人说话！想
　　　着什么！回忆着！（哈哈大笑）但你再也见不到他了！

阿拉　您喝多了！您最好躺一下！

萨莎　他是一个卑鄙的吃软饭的人！必须找到他！心，他已经
　　　不可能还给你了！至少让他还回我的东西！这是我的全
　　　部！我的威望！我的荣誉！我的前程！这是我的生活方
　　　式！这是我自己！我要改变已经太晚了。你是勇敢的女孩
　　　子！梦想需要很大的勇气。要让自己有梦想地活着！像你
　　　这样的人会为时代和世纪增添光彩。看吧，你冒险尝试了。
　　　然后输了！鼓起勇气承认这一点吧！你不会有另一个家园，
　　　另一种爱情！消耗你现有的吧！来吧，为我们现有的干杯！
　　　不为别的，不为别的！

阿拉　我明天会来。现在我要走了。我明天会回来，并且会永

远回到您这里。而现在我应该去见他。没有他我会窒息！我不能这么久没有他！没有他，我就像被抛到岸上的鱼，可以活，但活不了多久。请原谅我，我走了。明天会回到您这儿。呼吸一口空气就回来。我已经无法想象任何事情了。我不断地想着他。我每时每刻都爱着他。

萨莎　而我可以去哪里呼吸呢？任何事都不会发生！任何！！！我不会写书！我不会养狗！我不会赶走韦尼阿明！你再也看不到你的男朋友了！

阿拉　除非我死，否则我会看到他。

萨莎　我从来没爱过任何人。我应该跟你说清楚这一点！

阿拉　可我爱。我走了。谢谢您。明天见！（拾起玫瑰，朝门口走去）

萨莎　站住！

　　　〔阿拉停下来，看着她。

萨莎　站住！（寻找，找到了手枪）

阿拉　（朝她走了一步）谢谢。完全把枪给忘了。

萨莎　站住！（用枪对准她）你无处可去！他偷走了你所有的梦想和我的东西！我应该为你的感情打动吗？这就是你留给我这一生的一切？！你有——爱情、性、回忆。而我呢——新发型？在我们消灭这个男孩子之前，你不能离开这里！

阿拉　但您以自己的灵魂发誓了！

萨莎　孩子，我们两个人当中有一个疯子，但这不是我。

阿拉　我走了。而且我会和他一起离开！而且我会感到幸福！

我爱他！他也爱我！谁也阻挡不住我的！（开门）

　　〔亚历山德林娜开枪。阿拉慢慢地转过身来，看着她。亚历山德林娜退着远离阿拉，又开了一枪。阿拉丢掉了玫瑰，艰难地向门口走去。亚历山德林娜第三次开枪。阿拉倒下，永远地不动了。

　　〔亚历山德林娜站在那里。

　　〔阿拉躺在散落的玫瑰上。

　　〔响起了电话铃声。

　　〔终场。

# 我预先支付！

（两幕喜剧）

# 剧中人

米哈伊尔·亚历山德罗维奇·拉斯皮亚托夫

波琳娜·谢尔盖耶夫娜·阿梅季斯托娃

奥林皮阿达·尼古拉耶夫娜·西多罗娃（*剧本中部分使用其爱称莉帕*）

纳图霞

# 第一幕

［一套两居室的住宅，两个房间彼此紧挨着，拉斯皮亚托夫和阿梅季斯托娃于其中生活了二十年。一目了然，这里是演员之家：照片、海报、礼品……而此时此刻屋子里到处都是鲜花；鲜花甚至放在水桶里。

［被拉开的沙发床。床单混乱地卷在一起。上面睡着两个人。米哈伊尔穿着晚礼服，扎着领结，睡在毯子上面。奥林皮阿达的脑袋从毯子下面露出来，看得出原本特别讲究的发型。

［米哈伊尔似乎感觉到冷，他在睡梦中转过身来，把奥林皮阿达盖着的毯子往自己身上拉，——试图裹上毯子。他成功地裹上了毯子，但这一动作惊醒了奥林皮阿达。她醒来后，像阵地上的战士一样，瞬间估计周围的形势。奥林皮阿达穿得，或者最好说成，脱得真漂亮，与西方很酷的色情影片中的如出一辙。这一裸露不但没有被遮掩，反而被极力强调——又是吊袜带，又是内裤，而其样式中完全不见我们传统上习惯的一切，反而有着诸多无用多余的装饰……奥林皮阿达仔细地查看米哈伊尔。

**莉帕**　（富有哲理地）看来，就连在床上吃早餐也不要奢望了。

（没有起身，从附近的小包里掏出小镜子，仔细地看自己）

五十岁！我的上帝，我的上帝！多美啊！一年一年变得越来越美。难道这就是爱情的力量？上帝，帮帮我吧！总的来说，我通常自己就行，不过你哪怕保护我一下也好！承受打击吧，莉帕！挺直背，面带嘲讽的微笑。（试图给自己夺回一点儿毯子，成功了）

米哈伊尔　（抓住毯子并因此从梦中醒来。半梦半醒中带有侵略性地喊道）波琳娜！波利娅！波列恩卡！波柳什卡！[1]

莉帕　（向他俯下身去，"施行催眠"）莉帕。莉布莎。莉波奇卡。奥林皮阿达。莉布奇卡。[2]

米哈伊尔　啊？（显然不明状况，一副酒后综合征的腔调）您也在这里？真是惊喜！早上好！

莉帕　晚上好！我们睡过了早晨。其实，也睡过了白天。因此——晚上好！记得吗，我们年轻时有过那么一首歌：晚安，意味着什么？意味着，白天有了好的开端。意味着，白天过得很好，它使快乐的日子倍增……

米哈伊尔　（大声地）波利娅！波琳卡！

莉帕　波琳娜·谢尔盖耶夫娜今天没在这里过夜。

米哈伊尔　怎么回事——没过夜？什么意思？

莉帕　您嫉妒了？

---

1　波利娅、波列恩卡、波柳什卡，以及下文的波琳卡，均为波琳娜的爱称。

2　莉布莎、莉波奇卡、莉布奇卡，以及下文的莉皮奥诺克，均为奥林皮阿达的爱称。

米哈伊尔　嫉妒？我？嫉妒谁？

莉帕　爱人啊。

米哈伊尔　谁的？

莉帕　自己的。

米哈伊尔　波琳娜？我嫉妒？为什么？从来不会！

莉帕　那为什么激动啊？

米哈伊尔　没有，没激动啊。您，就是说，在我们家过的夜？

莉帕　准确地说，过的白天。因为我是在天蒙蒙亮的时候才送
　　　您回来。而波琳娜·谢尔盖耶夫娜，如果您还记得的话，
　　　没有参加宴会就赶去女儿家了。我于是自告奋勇地把鲜花
　　　和您送回家里了。

米哈伊尔　我是您给送回来的？奇怪。谢谢！

莉帕　该对您说声——谢谢。

米哈伊尔　您别感谢。昨天首演的成功——是我和您共同的
　　　成功。

莉帕　（意味深长地）我现在不是作为一名观众感谢您，而是
　　　作为一个女人。为您赠予我一个女人的快乐而感谢。

米哈伊尔　一切都处于半梦半醒中，您说的这些，我怎么觉得
　　　莫名其妙。

莉帕　您回忆一下！

米哈伊尔　回忆什么？

莉帕　随便什么！哎呀，猜一猜，猜一猜呀！

米哈伊尔　我猜测能力很差。昨天我喝得有些多了。脑袋很沉。

莉帕　暗示一下？

米哈伊尔　您暗示一下吧！

　　　　〔莉帕穿着她性感的服装直接在床上站起身来。由于
　　感到意外，米哈伊尔也跳了起来。

米哈伊尔　（停顿之后，惊恐万状地）不！

莉帕　（扬扬得意地）是的！

米哈伊尔　您暗示什么？

莉帕　就是这个。

米哈伊尔　糟糕透了！难道我醉成那样了？

莉帕　（钻进毯子里，转过身去）谢谢。

米哈伊尔　（坐到她身旁）对不起，看在上帝的分上！我不想
　　这样，也没想过，什么也不记得了。大概，还是昨天喝得
　　太多了。莉波奇卡，我一般不纠缠女人，对您就更是了！
　　您自己想一想吧，难道在正常的状态下我会想起去纠缠您
　　吗？何必呢？为什么要破坏关系呢？您别担心，这不会再
　　发生了。

莉帕　不会再发生了？

米哈伊尔　这是酒精的作用。就是这样！我不能喝酒。简直变
　　得不像我自己了。而最主要的是——什么也记不住了。

莉帕　不记得了？

米哈伊尔　仿佛没有过一样！

莉帕　有过！而且——哎呀，太有过了！

米哈伊尔　真不成体统！我一喝多就开始耀武扬威！

莉帕　哎呀，太有过了，哎呀！

米哈伊尔　太不好意思了！请原谅我这个傻瓜吧！我们就当作什么也没有过吧！

莉帕　不可能！这事有过，有过！

米哈伊尔　不记得了，什么也不记得了。您今天有什么计划？

莉帕　啊，计划……那种计划……那种计划……好吧，不谈这个了。我们忘掉吧！

米哈伊尔　谢谢！

莉帕　别往心里去！我，您可以认为，已经忘记了。这一切似乎都是我感觉出来的，梦见的，幻想的……哎呀，这事太有过了！

米哈伊尔　我衷心地谢谢您。

莉帕　没关系。一切都被忘记了。哎呀，这太有过了！一切，一切都被忘记了。这事也会被忘记的，那个也会……啊，我甚至连这个也会忘记……一切，一切，一切……

米哈伊尔　在我们忘记这一切之前，可以提个问题吗？

莉帕　当然，当然。哎呀……

米哈伊尔　您感觉如何——我不差吧？

莉帕　您？不完全！

米哈伊尔　是吗？不能喝酒！根本就不该喝。一克也不能喝！

莉帕　只是第三次和第五次——还可以。

米哈伊尔　第三次和第五次？您开玩笑吧？您把我和别人搞混了吧！

莉帕　当然是开玩笑！实际上一切都很美好。您是一位杰出的
　　男人！无论在舞台上，还是在床上。

米哈伊尔　该起床了！已经傍晚了。（哼着小调）晚安，意味
　　着什么？我记得这首歌！您——离开这里去哪里呢？

莉帕　我离开这里——哪儿也不去。我现在打算在床上吃早餐。

米哈伊尔　在哪个床上？

莉帕　在这个床上啊！

米哈伊尔　什么意思——吃早餐？

莉帕　您诱惑了我，抛弃了我，还不给饭吃！

米哈伊尔　不，不是不给饭吃。

莉帕　那么——做早餐，给我端到床上来吧！

米哈伊尔　真的吗？

莉帕　真的。

米哈伊尔　也许，最好……

莉帕　什么？

米哈伊尔　我们去找个地方吃一顿吧？

莉帕　我想在床上吃。然后可以去什么地方。

米哈伊尔　我——马上！（跑去厨房，穿上围裙，戴上手套）
　　鸡蛋呢？我们家好像哪里有鸡蛋？

莉帕　慢慢找。别着急！我可以忍着。

米哈伊尔　找到了！波琳娜总是把鸡蛋放在不同的地方。我任
　　何时候都找不到需要的东西。煎鸡蛋您喜欢不？

莉帕　我有选择吗？

米哈伊尔　有一些。我可以——煎得嫩一些。

莉帕　如果这样的话，那就煎鸡蛋吧。三个鸡蛋！

米哈伊尔　只有两个。

莉帕　我们分着吃！

米哈伊尔　我根本没有胃口！

莉帕　吃的时候就来了！

米哈伊尔　谁来了？

莉帕　胃口啊！快点儿，快点儿！

米哈伊尔　我快一点儿，我自己也着急啊！

莉帕　我急得快疯了！夜里消耗了多少精力啊！

米哈伊尔　（咣当一声，重重的煎锅砸到自己的脚上）见鬼！

莉帕　您别这样紧张！最可怕的已经过去了。

米哈伊尔　见鬼！

莉帕　您一切都正常吧？

米哈伊尔　如果不算把最后两个鸡蛋掉到地上的话！除了鸡蛋，我和波琳娜好像基本什么都没有了。波琳娜全身心投入到角色中，完全不做家务。而且还在两个家之间来回跑。常去女儿家，那里有外孙女，波琳娜想给她多一些关心。女儿是波琳娜前夫的。我们结婚的时候，波琳娜搬到我这里住，她的女儿实际上留给了姥姥。我们，当然，不时地把她接到我们这里，不过，您自己也知道，演员过着什么样的生活。我们两人拍了很多电影，而且在剧院里也不是坐着没事。现在闲下来了，但那时候的生活热火朝天。现在呢，波琳

259

娜对女儿有一种愧疚感。她试图用对外孙女的关心来补偿这一愧疚。波琳娜简直对外孙女爱得发狂。我，她已经是不需要了。我看，她对演戏也失去了兴趣。瞧！我哪里都找不到东西。快，快点儿，我们起床，穿上衣服——然后去另一个地方！谢天谢地，现在莫斯科晚上有吃早餐的地方！

莉帕 （来到厨房）有家的人家里竟然找不到吃的！这是因为女演员只能做这样的妻子吗？怎么会没什么吃的呢？不可能！（往柜子里看）看吧——大力士燕麦片！

米哈伊尔 您怎么，开始吃这个讨厌的东西了？

莉帕 我？开始吃？英国人几个世纪以来早餐就吃这个。而且每一天！

米哈伊尔 英国人？每一天！

莉帕 我本人去过英国。他们吃。每一天——"您的燕麦片，先生！"

米哈伊尔 他们是怎么做的呢？

莉帕 您把它倒到锅里——就行了！我在床上等着。（回到床上）

米哈伊尔 我这就开始！

莉帕 我躺着期待。

米哈伊尔 这需要很长时间吗？

莉帕 五分钟。

米哈伊尔 需要搅拌吗？

莉帕 稍微搅拌一下。

米哈伊尔 我根本不喜欢这种热乎乎的东西。您还想吃？

莉帕　想！除了燕麦片，还有什么？

米哈伊尔　什么意思？

莉帕　意思是——咖啡，茶？

米哈伊尔　啊，您说的这个啊！您想喝什么，就会有什么。

莉帕　可可！

米哈伊尔　可可？

莉帕　想喝可可！

米哈伊尔　可可——她想喝！（往房间里看）躺着而且想喝可可。
　　荡妇！

莉帕　我？荡妇？自己勾引了，现在却给我起难听的外号。

米哈伊尔　勾引她了！说实话，我没料到自己竟会这样！不
　　过……嘘……我们说好了忘掉。

莉帕　哎呀，这是什么味道！哎呀，太难闻了！

米哈伊尔　难闻？您暗示什么？燕麦片！！！（不顾一切地冲向厨
　　房，空手抓起锅，号叫一声，扔下锅）啊，我真不明白英国人！

莉帕　（跑进厨房，抓起米哈伊尔的手）烫着了？可怜的手指头！
　　大概，水放少了。

米哈伊尔　怎么——还要放水吗？您甚至都没有提起过水！

莉帕　（往他手指头上吹气）疼吗？

米哈伊尔　知道吗？有一点点感觉。

莉帕　对付这种事，对我来说很容易。（用手指紧压他的太阳穴）

米哈伊尔　您为什么要压我的太阳穴呢？

莉帕　还疼吗？

米哈伊尔　巧了，不，不再疼了。您这是怎么做到的呢？您会特异功能？

莉帕　我对那种蠢事不感兴趣。

米哈伊尔　这样一来，床上早餐遭到了惨败。

莉帕　这样可不行。

米哈伊尔　家里连哪怕可以嚼一嚼的那种东西都没有。

莉帕　你们这日子是怎么过的？瞧——面包！

米哈伊尔　又干又硬！

莉帕　就别挑剔了。（切面包）

米哈伊尔　既没找到茶，也没找到咖啡和可可！

莉帕　那么——就面包和水吧！

米哈伊尔　我们怎么，是在监狱里吗？快，快点儿，赶紧离开这里，随便找个地方吃点儿吧！

莉帕　想在床上吃！端着！（把盛着面包和水的托盘交给他）我整理一下我们的床铺。

米哈伊尔　或许，您还是穿上衣服？哪怕是一点点。

莉帕　我不冷。或许，您哪怕脱下一点点？

米哈伊尔　我？为什么？

莉帕　在床上穿着晚礼服吃面包和喝水——这还凑合吧，但是围裙——这就有点儿过了！

米哈伊尔　围裙我摘下来。

莉帕　谢谢。（在床上坐好）请坐下，坐得近一些！啊，我们在这里做了什么！

米哈伊尔　（托盘掉落）见鬼！我得向您道歉多少次？

莉帕　不过，我不认为是您的过错。

米哈伊尔　穿上点儿衣服！我坚决要求。

莉帕　您紧张？就是说，开始回忆起来了？我让您激动？

米哈伊尔　您是一个奇怪的女人！

莉帕　一天，一个奇怪的女子与一位著名男演员在床上不期而
　　遇。这种可以引起人们好奇心的开场适合于任何一种体裁。

米哈伊尔　我们相遇于剧院，而不是床上。奥林皮阿达·尼古
　　拉耶夫娜！这个我永远都不会忘记！我内心永远保留着感
　　激的回忆。

莉帕　（哼着《我们的叔叔去世了》的曲调）塔姆——啪——
　　拉姆——啪——拉姆——啪——塔拉姆——啪拉姆——啪拉
　　姆……米哈伊尔·亚历山德罗维奇，我还活着！

米哈伊尔　我有两年的时间为这部剧伤心难过。可是如今一切
　　都离不开钱！我陷入了绝望和抑郁！突然您出现了！并且
　　为我们的演出提供了资金！您有权与我们分享昨天的成
　　功！您没有错，当初相信了我们并向我们的话剧投资。您
　　满意吗？

莉帕　资金是我投给您个人的。

米哈伊尔　谢谢，不过……话剧没有波琳娜是演不成的。无论
　　如何她是伟大的演员。

莉帕　我从小就尊重波琳娜·谢尔盖耶夫娜。

米哈伊尔　还有对于我们年轻的初登舞台的女演员，对于纳图

霞来说，您为她打开了通往戏剧世界的大门。昨天的大学生一觉醒来出名了。（看表）她大概已经醒了。我要给她打个电话。

莉帕　现在别打。万一她还在睡呢。让她好好睡一觉吧。成名的负荷是很沉重的，让她积蓄力量，以无愧于这一荣誉吧。

米哈伊尔　莫斯科已经很久没有看到这样的处女作了，您同意吧？

莉帕　我对处女作根本不懂。而资金毕竟是投给您个人的。

米哈伊尔　您太可爱了。谢谢！

莉帕　记得影片《飞吧，伊卡洛斯，飞吧！》？

米哈伊尔　我记不记得？我怎么能忘记自己演的第一部影片呢？过去多少年了？

莉帕　三十一年。

米哈伊尔　真的吗？（叹了口气）您是正确的。

莉帕　猜猜，我看了几遍这部影片？

米哈伊尔　怎么猜得出？我猜不出来。

莉帕　哪怕推测一下。

米哈伊尔　二十次？

莉帕　差得太多。

米哈伊尔　啊，十次。

莉帕　远着呢，远着呢……

米哈伊尔　五次？

莉帕　简直远得没边。

米哈伊尔　一百次！

莉帕　接近，近了，差不多……

米哈伊尔　我不信！

莉帕　三百六十六次。电影是1月1日上映的，那一年是闰年。

米哈伊尔　是的，获得了成功！电影节，各种奖项……我和这部影片走遍了全苏联。还外加半个世界！不过，您刚才跟我说的，是最高的奖赏。

莉帕　奖赏追上了英雄。三十一年前我就爱上了您。

米哈伊尔　是，有过各种各样的女性崇拜者，有过……写信，守候。

莉帕　直到现在还在写信和守候。

米哈伊尔　早就停止了！

莉帕　不是所有的人都停止了！

米哈伊尔　所有的人！世俗的荣誉就是这样转瞬即逝！

莉帕　我没有停止。每天都写一封信。

米哈伊尔　那为什么不把信发出去呢？

莉帕　等着天使召唤我的时刻。

米哈伊尔　什么时候召唤呢？

莉帕　马上就要召唤了！

米哈伊尔　您还是穿上点儿吧！对我来说当然没有区别。不过，我妻子随时都会回来的！

莉帕　波琳娜·谢尔盖耶夫娜任何时候都不会进来的。她在女

265

儿家。而我请求您的一只手。[1]

米哈伊尔　求什么？

莉帕　您的一只手！

米哈伊尔　（伸出一只手）我不明白，不过……好吧。

莉帕　我请求您的一只手的转义。

米哈伊尔　这该怎么理解？

莉帕　请娶我吧！

米哈伊尔　怎么？

莉帕　我请求您成为……娶我吧！

米哈伊尔　我？娶您？为什么呀？

莉帕　我希望您能娶我！我想！！！

米哈伊尔　您怎么，昨晚也喝多了？有一种感觉，您好像疯了！

莉帕　任何一个人都会疯的！三十一年爱着一个人容易吗！这
　　需要多大的耐心！

米哈伊尔　谢谢，当然。但我已经结婚了！

莉帕　这不算回答。今天——结婚，明天——就是单身，后天
　　您还会想出别的什么！您是演员！您结婚几次了？

米哈伊尔　我和您的谈话真奇怪。

莉帕　您个人暂时没说任何奇怪的话。奇怪在我想嫁给您吗？
　　您怎么，有什么心理障碍吗？有什么奇怪的呢？

米哈伊尔　奇怪的不是您想嫁给我，而是您和我说起这件事的

---

1 请求一只手，俄语中的意思是求婚。

266

方式。

莉帕　那么如果我不说，您自己难道能猜出来吗？

米哈伊尔　您说什么呢？我连想都没有想过！

莉帕　也就是说，我说出来是对的！

米哈伊尔　知道吗，穿上衣服吧！我坚决请求。坚决！

莉帕　遵命！（在内衣外面直接披上豪华的短毛皮大衣，和米哈伊尔并排坐下）穿上衣服了，还是建议您娶我！期限是一年！

米哈伊尔　说什么梦话！

莉帕　我为我们这一年共同的家庭生活付一百万美元！

　　　　〔停顿。

米哈伊尔　什么？您怎么说的？

莉帕　一百万美元！我预先支付！

米哈伊尔　不相信！一百万美元您可以给自己开个后宫！您的玩笑不幽默！

莉帕　这个数目不是开玩笑的。为了这笔钱是可以不要命的。而您对娶还是不娶仍表示怀疑。也就一年期限！而且用这个钱可以建自己的剧院！

米哈伊尔　一百万美元！甚至难以想象，这些钱看起来是什么样子！令人好奇的是，当你有一百万美元时，这是什么感觉呢？在我的眼中，您是外星球来的人。我不知道，该怎么与您说话。是的，我早就梦想有自己的剧院。不过，就像大多数俄罗斯人一样：幻想归幻想，也仅限于谈谈而已。

267

而您这是为什么呢？

莉帕　我爱您爱了三十一年。间歇性的，当然。

米哈伊尔　令人震惊！

莉帕　您甚至想象不到，我是多么厌恶去爱您了！我是如何与
　　　自己做斗争的！而且明白了：不爱的唯一方法是嫁给您。
　　　什么样的爱都不会在婚姻中存活下来。

米哈伊尔　最后一点是有争议的！我娶了波琳娜·谢尔盖耶夫
　　　娜二十年，而她仍然爱我。

莉帕　以她的外貌，她实际上是没有选择的。

米哈伊尔　您准备为不爱我付出一百万美元？而且预先支付？

莉帕　我今天就可以！

米哈伊尔　陀思妥耶夫斯基笔下的人物心理！奥斯特洛夫斯基
　　　的人物。像奥斯特洛夫斯基剧本主人公的习气！您感觉，
　　　您可以买到一切？

莉帕　是的！绝对可以买到一切。如果周密考虑这桩交易的话。

米哈伊尔　太棒了！那您是怎么具体地想象这件事的？签发支
　　　票？还是开具支票？甚至不知道，怎么说更正确。总之我
　　　离钱有些远。我的生活定型成了这样，我无法想象：我拿
　　　着您的支票去干什么，去哪里？

莉帕　您会慢慢搞清楚的。

米哈伊尔　最好把一捆捆的现金扔到我面前！不过，类似的情
　　　况下通常需要重点一遍钱数吗？

莉帕　为什么要扔现金呢？我非现金支付。

米哈伊尔　您不仅收买我，还通过银行转账的方式来获取我？

莉帕　更方便些。以卢布转存到您的存折上。

米哈伊尔　没有剩下任何神圣的东西了！这变成多少卢布了？

莉帕　根据现在的外汇牌价来计算，六十亿左右。

米哈伊尔　您想用六十亿来买一个人？艺术家？演员？

莉帕　谁也不会出更高价的！

米哈伊尔　我不是俄罗斯新贵！我不出售。对您我也没有任何感情。我……我爱的完全是另一个女人。

莉帕　昨晚之后很难相信这一点。

米哈伊尔　什么也不记得了！

莉帕　我讲一下吧。

米哈伊尔　不要。

莉帕　可是您感兴趣啊！

米哈伊尔　不。我的心情本来就非常糟糕。

莉帕　没有理由伤心！您真了不起！

米哈伊尔　什么也记不住了。什么也不想知道。

莉帕　好。我也忘记了一切。

米哈伊尔　（停顿之后）说到底，我还是很感兴趣，您可以讲一讲特别之处。

莉帕　可以讲一讲那个。但我不想讲。我一切都忘记了。

米哈伊尔　好吧。来吧——讲吧！落井下石吧！

莉帕　落井下石？我可不是残暴之人。

米哈伊尔　哎呀，别生气，我真的感兴趣。

莉帕　晚了。我一切都忘记了。

米哈伊尔　奥林皮阿达·尼古拉耶夫娜，如果我好好求您呢？

莉帕　试试看吧！

米哈伊尔　哎呀，求求您了！

莉帕　假定……您躺下！

米哈伊尔　什么意思？

莉帕　您躺下呀！您有什么损失呢？

米哈伊尔　好啊，躺下了。

莉帕　您这样做过！（突然扑向他，狂吻他）

米哈伊尔　（企图挣脱）这样做了？我？不记得了！

莉帕　还这样吼叫！

米哈伊尔　谁吼叫了？

莉帕　您吼叫了！

米哈伊尔　我？

莉帕　还做出这样疯狂的举动！

米哈伊尔　不相信！

莉帕　您喊道：“莉波奇卡，永远做我的女人吧！”

米哈伊尔　我真的不该喝酒！

莉帕　您喊过……

米哈伊尔　（突然打断）停！您说过——我吼叫了？

莉帕　一会儿大喊，一会儿吼叫。您也来吧——我一个人扮演
　　两个角色很难！

米哈伊尔　来干吗，您真是疯女人？！来干吗？

莉帕　您喊啊，喊啊！

米哈伊尔　我不知道喊什么。放开我！

莉帕　吼叫呀！我们俩到底谁是演员？您完全叫不出来了！

米哈伊尔　（吼叫，然后笑）我叫不出来！我觉得很可笑！

莉帕　可笑的是您和女人在一起甚至吼叫不出来？

　　　　〔米哈伊尔吼叫。两个人哈哈大笑。

米哈伊尔　你激起了我的兽性！喂，你要挺得住！继续战斗的
　　　力量还在！

　　　　〔波琳娜·谢尔盖耶夫娜拎着装在透明袋子里的橙子
　　　走进来，呆在门口。没人发现她。

米哈伊尔　（拉扯着莉帕，他们搂抱着满屋子里翻滚）我爱您！
　　　我还从未如此爱过！我抛弃过十二个女人。九个女人抛弃
　　　了我！但没有一个人我像爱您这样爱过！我向您求婚。答
　　　应还是不答应啊？不愿意？

莉帕　愿意！

　　　　〔突然他们直接碰到了波琳娜的脚，"刹住了闸"。

米哈伊尔　（与其说看见，不如说感觉到）波琳娜？

莉帕　（坚决地）不是波琳娜，而是莉波奇卡，莉布莎。

　　　　〔波琳娜吼叫。

米哈伊尔　（看见了她）波琳娜！

莉帕　莉布莎，莉皮奥诺克！（看见了波琳娜）波琳娜·谢尔
　　　盖耶夫娜！您好！

　　　　〔尴尬的停顿。

271

波琳娜　你们为什么不关门？好在是我走进来，如果是邻居呢？

米哈伊尔　波琳娜，安静！什么也没有过！

波琳娜　迈克尔[1]，原来你简直就是一个躁狂者！性欲狂！

米哈伊尔　什么也没有过！而有过的，我现在就给你解释！

波琳娜　而您，奥林皮阿达，却原来如此多面。又是企业家，
　　　又是赞助商，又是……

米哈伊尔　波琳娜，这不是你看见的那样。

波琳娜　请吧。你的说法是？

米哈伊尔　我们之间根本什么也没有！莉帕，您证实一下吧！

莉帕　只是别把我拉进你们的冲突中！

米哈伊尔　莉帕让我给她表演节目。

波琳娜　让你表演节目？明白。什么节目呢？你别紧张，迈克
　　　尔！我个人反正只待一分钟。我是来取榨汁机的。我现在
　　　担心的只是体温。昨天演出时，我本人想的只是体温。不
　　　过我是演员。我应该表演。这就是，奥林皮阿达，我们做
　　　演员的这种苦难！我取了榨汁机就走。你们可以从刚才那
　　　个地方继续！而我只是担心体温。榨汁机呢？它放在哪里？

米哈伊尔　（碰一下她的胳膊）什么事也没有过！

波琳娜　（尖叫）别碰我，躁狂者！我把它藏到哪里去了？你
　　　没把我们的榨汁机送给别人吧？你什么都不珍惜！

米哈伊尔　你确实在发烧！

--------

1　米哈伊尔的英语发音。

272

波琳娜　我发烧？你甚至不记得，我根本不发烧！它哪儿去了？
马上把我的榨汁机还给我！

莉帕　安静，求您了！（也去寻找榨汁机）

波琳娜　如果真只是发烧就好了！再加上药物过敏！退烧只能
靠橙子汁。明白吗，就是那种体质！只能靠果汁！而且只
能是橙汁！我只是跑过来一趟取榨汁机。再也不需要你们
的任何东西！

米哈伊尔　也许，你躺一会儿？

波琳娜　还建议我也躺下来？迈克尔，你确实是躁狂者。你就
是性的象征！榨汁机在哪儿？

莉帕　啊，上帝啊！买一个更简单！

波琳娜　（大声嚷嚷）这是您觉得容易！俄罗斯新贵！您的钱
多得不得了！而我不能把耗尽精力做演员工作挣来的钱全
都花在榨汁机上！（猛地拿起话筒，拨号）我需要打一个
电话！急需！占线！又是占线！

米哈伊尔　（对莉帕）您哪怕现在穿上衣服！

莉帕　可现在穿它干吗！晚了！

波琳娜　占线！占线！这可能是什么意思呢？这是不幸！

米哈伊尔　这只能有一个意思——有人在通话。你用自动拨号！
（按下自动拨号）等着吧！简直是一团糟！

　　　　　［扬声器播放女孩子的声音。

女孩声音　妈妈，妈妈！

波琳娜　（抓起话筒）你们怎么啦？

女孩声音　温度正在下降。

波琳娜　马上过去，马上！

女孩声音　别紧张！温度刚刚降下来，夏波奇卡就马上开始找你。她转着脑袋四处找，说："姥姥，我的姥姥呢？"

波琳娜　我这就跑步过去！拿到榨汁机就跑步去！橙子已经买了。

女孩声音　你能想象吗，马上就开始找你！好聪明的孩子呀！

波琳娜　马上就来！我心爱的外孙女！告诉她，姥姥想她，很想她，我马上就来见我的外孙女！来见我心爱的、最聪明的、最甜蜜的、最亲爱的、最温柔的外孙女！

男子声音　（插嘴说）岳母！喂！想您了！我们没坐下吃晚饭呢！我给您做了凉拌菜，就是您喜欢吃的那种——全用鲱鱼做的。而您女儿一高兴把它摔到地上了。现在凉拌菜是"油炸包子"在吃！"油炸包子"叫两声！

〔听见狗叫。

波琳娜　管住狗别让它叫！会吓着夏波奇卡！我马上！带榨汁机来。

男女声　（合声）我们吻您！吻您！吻您！乌拉！

波琳娜　（放下话筒，温柔地）烧退了……我走了！

米哈伊尔　孩子一般来说都是这样——一会儿发烧，一会儿退烧。

波琳娜　你怎么知道哪怕一点点关于孩子的事？这个该死的榨汁机又去哪里了？

莉帕　这儿，这是您的榨汁机！

波琳娜　就是它，我亲爱的！我走了！

莉帕　快点儿，快走吧！您不去他们就不吃晚饭！

米哈伊尔　我觉得，您在这里过多地发号施令了吧？而且直到现在也没穿上衣服！

波琳娜　无须穿衣服了！我反正这就走！让我看最后一眼。哎呀，哎呀！请转身！

米哈伊尔　波琳娜，什么也没有过！

波琳娜　喝了茶！你穿着晚礼服，而她——穿得很少。我是一个被丈夫欺骗了的妻子。这已经不是简单的角色，这是需专门扮演的类型角色。不过我好像觉得，您，奥林皮阿达，在企图抢夺别人的角色！

米哈伊尔　你在胡说什么？

波琳娜　（对莉帕）您以为，我这是第一次当场捉住迈克尔吗？

米哈伊尔　你什么时候碰上我和别人了吗？

波琳娜　发生过。而且不止一次！只不过我在你发现之前就急忙跑掉了。我不明白一点：奥林皮阿达怎么会出现在这里？怎么会是她呢？难道我又盲又傻？还是我把一切想得过于美好？我不可能如此失策了啊！

莉帕　您也没有失策啊。

波琳娜　您这是说什么呢？

莉帕　就是您说的那个啊。

波琳娜　我说了什么？

275

莉帕　这您更清楚。

波琳娜　您别吓唬我。我本来就语无伦次了。

米哈伊尔　什么也没有过！难道你不相信我？

波琳娜　相信你？在二十年的婚姻生活之后？别可笑了！我完全被愚弄了。

莉帕　我建议米哈伊尔娶我。

波琳娜　这太突然了。怎么？刚才我碰上的那一幕，正好是迈克尔热烈地表示同意呗？我也毫不怀疑，这二十年他的体内沉睡着类似的激情。

米哈伊尔　我说了一百次了——这是演员在练习！

波琳娜　您是如何成功地，奥林皮阿达，激起了他身上那种教学的激情？

莉帕　我建议他做我的丈夫，总共只做一年。

波琳娜　总共只做一年？这很人道啊。我会像十二月党人的妻子那样去等。您允许我来看望他吗？

米哈伊尔　波琳娜，别再说了！

波琳娜　不过您靠什么来引诱他呢？或许，您不愿意承认这一点，不过您是我的同龄人。

莉帕　不完全是。

波琳娜　丝毫不差。您坦白地告诉我您魅力的秘密在哪里吧！难道您也具有如此有杀伤力的性欲？

莉帕　和我共同生活一年，我愿意为此付给米哈伊尔·亚历山德罗维奇一百万美元。

276

波琳娜　这超级性感！而如果您破产了呢？

莉帕　您也并非完全没有商业天赋！

波琳娜　近朱者赤。

莉帕　我预先支付。

波琳娜　太能干了！一手交钱一手交货。那我刚才进来时，你们正好在验货吧？

米哈伊尔　太庸俗了，波琳娜！你太让我失望了。

波琳娜　为一百万美元在我身上找到多少缺点都可以！为一百万美元可以真诚地失望！为这样一笔钱可以抛弃像我这样还不算太老掉牙的人！别人提供给你青春，还有美色，还有激情！我读过巴尔扎克的作品！我来到了哪个国家？我在哪一个世纪？我是哪一部小说的女主角？

米哈伊尔　你最好问——我是否同意了。

波琳娜　（问莉帕）他拒绝了？

莉帕　他表示怀疑。

波琳娜　他如果没有马上把您赶出去，那么就是同意了。（沉默）我不允许！不允许在我自己家里！不允许在自己的剧院里！剧院是圣殿！尽管它受到玷污，遭到侮辱，但它是圣殿！我不允许在圣殿里发生这样的事！您就是撒旦！您想在我们的圣殿里举办舞会！您在这里进行交易？不行！滚出去！出去！让我再也不会看到您！出去！不然我就用榨汁机打烂您这张只认得钱的嘴脸！

莉帕　好！我这就走，等我烫烫鞋带[1]。而您，波琳娜·谢尔盖耶夫娜，会剩下什么呢？您没有我会怎么样呢？您在头脑发热之前想过吗？

波琳娜　哈——哈——哈！您以为，正是您的存在才激起我们大家的灵感？（朝她扔东西）给您您的鞋带！您就忘记戏剧吧！没有您我们会演得更好，更长久，更开心！

莉帕　没有我根本演不成！

波琳娜　我在舞台上三十年了，向来能演成！

莉帕　这出话剧——所有权归我。

波琳娜　荒诞！难道鸟儿的飞翔可能有谁的所有权问题吗？落日？风暴？

莉帕　我不是向鸟的飞翔，不是向落日，也不是向风暴投了资金，而是向话剧投了资金！小鸟就让它尽情地飞吧。太阳就让它一天哪怕落下三次。而话剧不会有了！

波琳娜　这跟您可恶的臭钱有什么关系？您以为，昨天的观众是对您的钱又哭又笑？我们将在广场上穿着破衣烂衫演出。

莉帕　谁妨碍您一开始就那样做呢？

米哈伊尔　波琳娜，什么也没有！我发誓，没有！只是别再吵了！

波琳娜　别碰我，吃软饭的！她有什么权利夺走我们这部剧的观众？难道一切都可以买卖了？

---

1　表示婉言拒绝别人的提议。

278

莉帕　绝对一切！

波琳娜　这是《启示录》！而她是撒旦！

米哈伊尔　撒旦是男的！

波琳娜　今天的这种生态环境下已经男女难辨了。

米哈伊尔　什么也没有，没有！别说了！奥林皮阿达·尼古拉耶夫娜，我试着给您解释一下。比方说，假如您买了毕加索的房子。

波琳娜　毕加索？她从未听说过毕加索！

莉帕　为什么？我正好不久前刚买了毕加索的一幅画。

波琳娜　您？

米哈伊尔　毕加索？

莉帕　有什么奇怪的？如果在出售毕加索的画，就说明有人需要！为什么那个人不能是我呢？

波琳娜　就是说，您认为，毕加索的画——是您个人的了？

莉帕　我还有证书。

波琳娜　如果您心血来潮，您就可以拿起这幅毕加索的画，然后把它撕了？

莉帕　撕毕加索的画？我还没有疯！

波琳娜　怎么不行，这是您个人所有啊！

莉帕　撕毕加索的画？您哪怕想一下，我为此付出多少钱？

波琳娜　您是个怪物！我们在同一个时代长大，走在同样的街道上，听着同样的歌曲，在同样的学校里读书。而我觉得，一个外星球的人都比您好理解。

莉帕　但如果我们不努力去相互理解，世界就会崩溃，我们大家都会死路一条。

波琳娜　有什么办法呢，艺术仍然需要牺牲！米哈伊尔，我牺牲了你。我要走了！二十年间我在你和剧院之间忙得焦头烂额。而把我的女儿扔给姥姥。在我为你和剧院效力的时候，女儿长大了，嫁人了，给我生了外孙女。而我还在效力，效力……而且得到了应有的结果！剧院突然之间不再爱自己的演员了。你呢，米哈伊尔，思念起伟大的爱情。你不再满足于我这里平静的港湾。在经历两次疯狂而热烈的恋爱婚姻之后，你躲避在港湾里。如今又重新向往公海。如果不是女儿，我安身何处呢？突然间，原来，女儿和外孙女，甚至连女婿都爱我！我在街上捡到一条狗，我不是把它领到这里，而是领到他们那里！狗走进房间，直接从滚烫的油锅里叼起油炸包子，饿成了那样。他们也喜欢这只狗。就叫它"油炸包子"。我似乎觉得，我也是从滚烫的油里抓起了包子。我不配他们的爱。他们就这样毫无所求地爱我。不求任何功劳。当我在他们狭小的房间里过夜时，我似乎觉得，房间里散发着爱的芬芳，散发着被淡忘了的梦想的芬芳。我透过他们的窗户看着月亮，我感到伤心，我的身体因幸福而感到疼痛。而我曾如此忠实地为剧院和你服务。两个偶像！而你把我嚼烂了吐出来。不再需要了！像我这种人的时代已经结束了！如今到处都需要钱！到哪里去搞到演出的钱？到哪里去搞到巡演的钱？钱，钱……

是我们，富有创造力的知识分子，首先在我们狭小的厨房里，然后在高高的看台上，准备了这场变革。而如今我们已经被忽视了？

莉帕　历史从不会在厨房里被书写出来，也不会在看台上发生。

波琳娜　瞧你们，俄罗斯新贵，似乎偷取许多，搜刮很多，抢劫够了……请你们拯救剧院吧！特列季亚科夫们、马蒙托夫们、莫罗佐夫们都哪里去了？[1]他们在哪儿？在哪儿呢？

莉帕　莫罗佐夫，好像是开枪自杀了。

波琳娜　是因为对一个女演员的爱情而开枪自杀了！

莉帕　帮忙帮得过度了！不，莫罗佐夫这样的例子不会吸引我！

波琳娜　而您在收买爱情！谁也不会因您而开枪自杀！

莉帕　我们还来不及自杀，别人就从侧面朝我们开枪了。

波琳娜　我要离开你，米哈伊尔！到有人爱我的地方去。到不会因一百万美元而出卖我的爱的地方！在这里我快要窒息了。榨汁机在哪里？

莉帕　正确的决定。走吧！我给您十万美元的补偿费！

波琳娜　给我？为什么？要知道我本来就是要走的？

莉帕　在交易方面我比您更清楚。

波琳娜　这太愚蠢了！为什么呀？十万美元！太有意思了！为什么呢，如果我本来就要走？

---

1　特列季亚科夫、马蒙托夫、莫罗佐夫，三人均为俄国19世纪后期的"文化艺术赞助人"。

米哈伊尔　（大声嚷嚷）别浪费我们的钱！办剧院还不够呢！
　　就让她无偿地离开吧！

莉帕　别担心，我会数钱。我只不过需要可靠的保证。

波琳娜　保证？什么保证？米哈伊尔今天或明天就会像抛弃一
　　个无用的东西一样抛弃我。我拿您的钱根本没有理由！对
　　吧，米哈伊尔？

米哈伊尔　奥林皮阿达——对于我们来说是外人。我们当着她
　　的面就不做解释了。她对此不感兴趣。

莉帕　我对什么都感兴趣。我也知道我在做什么。收下钱吧，
　　波琳娜！

波琳娜　您这是认真的？

莉帕　十万美元！

波琳娜　您怎么敢侮辱我？

莉帕　给女儿买一套住房。

波琳娜　我不会出卖自己！

莉帕　不然被淡忘了的梦想的芬芳会不知不觉地消失不见，会
　　产生愤怒、糟糕的心情，而且导致冲突不断。您剩下的最
　　后的一切也会失去。您怎么生活，如果您失去女儿？不过，
　　我也不会劝您。

波琳娜　您为了顾及面子可以再劝两句……既然如此，不用劝
　　我也收下。我觉得很不好意思，不过我收下。

米哈伊尔　好样的！在这里对我又批发又零售。这里简直是一
　　间汤姆叔叔的小屋！

波琳娜　我不是为了自己。的确，一居室的住宅太拥挤。既住着女儿，又有外孙女，还有女婿，我还领来了一只狗。我自己也打算搬到他们那里。我不想让我们之间的爱需要我们不断地努力、开拓，付出耐心。您的这几千美元够买一套住房吧？

莉帕　够买一套明亮宽敞的住房。带欧式装修。

波琳娜　十万……大概，需要交一些税钱……

莉帕　我们可以逃税！

波琳娜　您说什么呢？我遵纪守法。

莉帕　如果那样——就不带欧式装修。

波琳娜　我的女婿样样在行！我自己也会拿起刷子刷油漆！我什么都可以做！而拉斯皮亚托夫不会在最后一刻放弃娶您吧？不会逃避婚礼吧？

莉帕　他摆脱不掉我。

米哈伊尔　逃避？不、你说什么呢，波列恩卡？难道我会让你如此伤心吗？

波琳娜　我不想乌鸦嘴，不过，您，莉帕，不完全符合他的品位。他的理想人物是朱丽叶。天真，纯洁，年轻。而您简直就是麦瑟琳娜[1]！我不想让您生气，但是您太庸俗。这种华而不实的性感着装！您怎么，每天都处于这种战备状态吗？还是为了诱惑我的拉斯皮亚托夫而打扮得如此漂亮呢？您

---

1　罗马皇帝克劳狄一世的第三任妻子，以一个女色情狂的形象闻名于世。

哪怕同我商量一下也好！我仔细看一下没关系吧？太可怕了！难道一个正经女人，一位母亲，一位祖母会一直穿着这样的衣服吗？您是怎么想出来的？在哪里买的？您怎么好意思面对售货员？您的年龄和我一样！您真的认为，这种性感打扮会让您更具诱惑力而且显得更年轻？我和您到了该讲究优雅的年龄了。米哈伊尔，我问你，作为一个局外人，这个女人身上穿的这一切会让你兴奋吗？

米哈伊尔　我用最后的精力等着你赶快带着榨汁机走人！接着我便可以扑向奥林皮阿达·尼古拉耶夫娜！

波琳娜　我一生都很优雅，是一个有分寸的知识女性。啊，这一切是多么令我厌恶啊！我想做一个淫荡、庸俗、不道德的女人。就这么定了！我也买和您这件一模一样的内衣，奥林皮阿达。当然，如果在买完住房之后还剩下钱的话。我平生第一次将要有单独的住房了。我要在这单独的住房里穿上这种性感的内衣！

莉帕　（从自己包里拿出一个有着品牌包装的东西，扔给波琳娜）送给您。

波琳娜　这是什么？（打开——里面是和莉帕身上一模一样的内衣）您批发？

莉帕　只不过是买两套打折。

波琳娜　我接受了。马上就试。干吗要拖延时间呢？

米哈伊尔　就这件你要穿到自己身上？也许，我们停止滑稽草台戏？

波琳娜　我们是演员！我们的位置就在滑稽草台上。

米哈伊尔　波琳娜，我应该和你认真地谈一谈。你在干什么？

波琳娜　脱衣服。

米哈伊尔　直接在这里？

波琳娜　我暂时还在自己家里。

米哈伊尔　你彻底疯了？

波琳娜　你暂时还是我的丈夫。

米哈伊尔　这里不止我们俩。

波琳娜　那又怎么了？我们的客人几乎是全裸的。好，好，我去卫生间换。如果你已经如此讨厌看见我的话。（去卫生间）

米哈伊尔　奥林皮阿达·尼古拉耶夫娜，您最好现在就走。您自己也看见了——我们现在根本顾不上您的钱。而且总的说来，我和波琳娜对钱很不齿。有钱——我们就举办盛宴。没有——我们就吃煎鸡蛋。突然发了工资——我们就去海边度假。如果一无所有——我们就在朋友的别墅里熬日子。波琳娜如果没有出门的衣服——就向女友借。不过在我获得国家大奖时，我送给她一枚钻石戒指。我们有很多朋友——关键时刻总能找到暂时挪借的人。我们对钱无所谓，奥林皮阿达。您的期望是荒谬的。

莉帕　正如我推测的，您就是钱的奴隶。您整个一生，您的计划，您的心情——一切，一切都奴性地取决于金钱。习惯于奴隶地位不但没能削弱，反而强化了您的奴隶身份。您轻浮而懦弱地依赖于金钱。您对金钱的不齿——这无异于奴隶对主人的不齿！而与此同时，您如果有了钱，就可以创建自己的剧院。您有那么多的计划、构思、想法。而这一切注定会被湮没。而您本来是可以实现它们的。谁又知道呢，也许您的剧院比您活的时间更长，会长时间地给那些心存感激的后人带去欢乐。

米哈伊尔　如果成为永恒取决于金钱，那我宁愿放弃不朽。我爱，疯狂地爱，我生命中第一次这样爱一个人。您不可能理解我，如果您以为一百万美元可能比爱情更重要。

莉帕　金钱与爱情同样重要。应该选择那种在这唯一的生命中能够为您提供创造可能的东西。一切都不简单。爱情可能会损害您的尊严，使您成为一个无足轻重的人，毁掉您的生活并剥夺您的未来。金钱会提升您的地位，使您有可能完成您在这片土地上的使命。啊，一切是多么的不简单，米哈伊尔·亚历山德罗维奇。

米哈伊尔　您真是一个奇怪的女人。您的话让我不安。您真的就是撒旦？

波琳娜　（几乎穿得和莉帕一样出现，摆出她理解的"性感"姿势）喂，怎么样？（长久的停顿）您知道吗，奥林皮阿达，无论多奇怪，我还是喜欢您给我十万美金！我重新审视了一下自己对金钱的态度。我已经开始感觉到对它们的柔情。我爱上了它们。我的祖母是贵族。顺便说一句，不是穷苦的贵族。我大概也有遗传自她的基因。我也想有宽敞漂亮的房子。家中弥漫着安宁与喜悦。全家人齐聚一堂共进晚餐。白色浆洗过的桌布发出清脆的响声，烛光下，瓷器餐具和窄窄的高脚杯里醉人的朱砂红摇曳着耀眼的光芒。

米哈伊尔　　正是祖母的基因向你喃喃低语，告诉你家庭晚餐中应该以这种装束出现？

波琳娜　难道你不喜欢？

米哈伊尔　不喜欢？我简直是眼花缭乱。

波琳娜　现在我与男人只能这样交往。不喜欢我这种性感的样子——见鬼去吧！首先是性，然后才是纤细的内心、才华、崇高的善意、谦让、服务精神等等。不过，一开始是性。只能这样！

米哈伊尔　新思维，不，最新思维万岁！这样的你我才感兴趣！

波琳娜　直接就当着奥林皮阿达·尼古拉耶夫娜的面？我，当然已经有些解放，不过还没达到那种程度。

米哈伊尔　（固执地拉着她的手往门口拽）我们出来一会儿！

波琳娜　你为什么把我往楼道里拉？你欲望强烈到发疯了吗？

米哈伊尔　（把她推到楼道里）你站在门外想一想吧！（砰的一声关上了门）

波琳娜　（捶门）你疯了吗？我会感冒的。

米哈伊尔　（透过关着的门）你别站在原地！你跳啊！

波琳娜　有人会对我施暴的！

米哈伊尔　我觉得，你就想这样。

波琳娜　开门，坏蛋！

莉帕　（走近门）放她进来！她是著名演员。

米哈伊尔　那您就给她开门吧！

　　　　　〔莉帕打开门，米哈伊尔猛地把她也推到楼道里。门关上了。

莉帕　米哈伊尔·亚历山德罗维奇，您疯了吗？

米哈伊尔　不建议喊叫。人们会跑来看热闹的。

波琳娜　您考虑过我们是什么打扮没有？这里不是皮加勒广场[1]，而是北布托沃[2]。

米哈伊尔　你们有毛皮大衣。

波琳娜　一件两个人穿？甚至在皮加勒广场都不会有这样的事。那里的每一个裸体的妓女都会有自己的毛皮大衣。

米哈伊尔　一件毛皮大衣两个人穿，这说得过去。你们又不是专业的。

波琳娜　如果有人从楼梯间经过呢？会认出我的！

米哈伊尔　认出来了——你就给他签名！我去冲个淋浴，一小时后出门，那时候再放你们进来。

波琳娜　坏蛋！我急着去看外孙女。

米哈伊尔　我又没有把你锁在门里，正好相反。

莉帕　米哈伊尔·亚历山德罗维奇，够了——开门。

米哈伊尔　您给我钱啊。五百万我就给开门。要美元！卢布我们不收。

波琳娜　开门！我取一下榨汁机，就永远地离开你。

---

1　皮加勒广场，巴黎红灯区，以有许多成人用品商店而闻名。
2　北布托沃，莫斯科生态环境最好的居民区。

288

米哈伊尔　你出去到街上吧——我把榨汁机从窗口扔给你。

莉帕　米哈伊尔·亚历山德罗维奇，我对您很失望。

米哈伊尔　那您对一个您计划以百万买到的男子有什么期望
　　呢？高尚？知性？

波琳娜　米沙[1]，够了。哎呀，原谅我吧。

米哈伊尔　如果你请求原谅……

莉帕　（打断他）啊，我是多么后悔，我今天委身于您!

波琳娜　还是有过! 你真是臭狗屎，迈克尔! 我的丈夫! 前夫!
　　已经付给你多少钱了？靠娼妇养活的男人!

莉帕　别废话了! 电梯来了!

波琳娜　不，千万别这样! 我们有个邻居是神父。他正好这时
　　从教堂回来。我们和他简单谈几句宗教话题。快，快用毛
　　皮大衣给我挡一下! 它怎么那么短？您有那么多钱可以买
　　一件更长一些，更宽松一些的。以您的身份这简直有点儿
　　不庄重! 也不实用，您自己也证实了。来了。您觉得我是
　　否该和他打招呼呢？大概，把他介绍给您认识就没有必要
　　了。而如果装作我们正在专注于谈话呢？我们背对着他谈
　　话吧。喂，跟我谈话啊!

莉帕　赤着身子能在楼道里说什么呢？

波琳娜　谈什么都行! 关于毕加索。您买了一幅毕加索的油画？
　　您觉得它怎么样？

莉帕　啊，毕加索就是毕加索。我对毕加索不感兴趣。我只是

---

1　米哈伊尔的爱称。

289

给他投资。

[纳图霞手拎一瓶香槟酒朝她们走近。

纳图霞　您好，波琳娜·谢尔盖耶夫娜！您也在这里，奥林皮
　　　　阿达·尼古拉耶夫娜！晚上好！

波琳娜　娜塔什卡[1]！孩子！是你？你甚至想象不出，你来得
　　　　多巧！

纳图霞　为什么想象不出？这是显而易见的！钥匙落在房间里
　　　　了？门砰的一声关上了？

波琳娜　是的。钥匙在房间里。在那里，在房间里。是的。

纳图霞　看得出，你们直到现在还在庆祝首演！

波琳娜　这个——是。我们在纵情庆祝！无论如何是一件大事！

纳图霞　那怎么办——我们撬门？找钳工？

波琳娜　或许，求求米哈伊尔·亚历山德罗维奇给打开？

纳图霞　米哈伊尔·亚历山德罗维奇在哪儿？

波琳娜　他在那里，在里面。

纳图霞　（按门铃）米哈伊尔·亚历山德罗维奇？您在里面吗？
　　　　我是纳图霞！

米哈伊尔　（打开门，向她伸出双手）我正好准备去你那儿。
　　　　好在你来了，不然我们就错过了。这就是我疯狂爱着的女人。
　　　　她来了！这就是她！

[第一幕幕落。

――――――――――

1　纳图霞的爱称。

290

# 第二幕

[过了半个小时。还是那个住宅，还是那些人。米哈伊尔仍旧穿着那件晚礼服，女士们已经穿得得体而整齐。波琳娜正在打电话："我这就出门！对不起，耽误了。不过马上出门。睡醒了，找姥姥？我的太阳，我亲爱的！这就出门！告诉她，姥姥很快很快就来，亲自给她榨新鲜的果汁。为此姥姥现在已经一切齐备。我这就出门！"

[波琳娜坐到桌子旁。现在所有的女人都挺直了背，规规矩矩地围坐在桌子旁。纳图霞忐忑不安，米哈伊尔躬身在开香槟酒，酒被打开了。砰的一声，一股酒从瓶子里喷出来，米哈伊尔往准备好的杯子里倒酒。这一切都在不自然的静止中进行。女人们都没有去拿酒杯。

米哈伊尔　（端着满满一杯酒挺直了身子）本来想在另一种场合说，却不得不现在说。（隆重地）波琳娜！我爱上了另一个女人。

波琳娜　你这个年龄的常见现象。

莉帕　看见了吧，波琳娜，您的直觉是有根据的。

米哈伊尔　你没有错。这是命运的眷顾。我和纳图霞是天造的一对。而和你呢，波琳娜，我们对没有爱情的生活已经习

291

惯了，甚至没有发现，我们唯一的生活在流逝，却毫无幸福可言。但要知道人是为幸福而生的，如同鸟儿为飞翔而生一样。这个道理很简单，我们却忘记了。而忘记是不应该的。我重新振作精神。渴望成功。我感觉轻松而愉快，尽管很为你心痛，波琳娜。不过，你如果听到我内心深处回响的旋律，你会原谅我的。

波琳娜　我听得清清楚楚。相当平庸的旋律。曲调肤浅。我宽敞的新房子流泪了。每天在舒适的粉红色灯罩下共进家庭晚餐的希望也化为灰烬。

莉帕　不要绝望！命运变化无常，难以预测。我亲身经历过这些。而且很多次。

米哈伊尔　您，奥林皮阿达·尼古拉耶夫娜，既聪明又具有敏锐的观察力。您一语中的：我梦想创建自己的剧院。而且我有能力创建剧院！不过这位年轻的女士，我的朱丽叶，我的奥菲利亚，对我来说高于任何梦想，成为我的整个世界！我爱她，欣赏她，我为她而活着。请原谅我的失礼，波琳娜。为多少美元我都不会放弃她的。难道背叛纯洁、天真、软弱可以想象吗？让这一神圣的信任化为泡影？摧毁年轻的生命？波琳娜，奥林皮阿达·尼古拉耶夫娜，你们二人都聪明而豁达。请你们表现出宽容的态度——为我们的幸福干杯吧！（喝了第一杯，把杯子摔到地上）

　　　　［女人们稍稍抿了一口。

波琳娜　我们的婚礼上也是这样摔的酒杯。妻子不断更换，习

惯却保留下来了。不过那时杯子没摔碎。它不是水晶的，
而是结实的厚玻璃杯。

莉帕　你们婚礼上的香槟酒大概也要好一些。这个根本不行。
掺假的。香槟酒应该只在专营店里购买。

纳图霞　说对了。顺路在售货亭里买的。

米哈伊尔　（拥吻纳图霞）美好的香槟！（给自己和她倒上）干杯，
我亲爱的！为你，我的爱！

波琳娜　（一口喝干了自己的香槟酒，摔了杯子）我简直惊呆了，
如今的年轻女人那么自然地抢走别人的丈夫！没有心理障
碍！当着妻子的面！

莉帕　那您，波琳娜，打算怎么做呢？您的行动呢？揪头发，
往对手的脸上泼硫酸？

波琳娜　我的情感不会激烈到那个程度。我无论是生活中还是
舞台上从不会把角色演得过火。

米哈伊尔　我们是知识分了，奥林皮阿达·尼古拉耶夫娜。该
走了，纳图霞。别了，我们永远地走了。（递给她大衣）
　　　　[停顿。

纳图霞　（有几次试图说话，做出不确定的未完成的手势。看
得出，她很难开口。凝视着米哈伊尔的脸，哀怨而胆怯）
米哈伊尔·亚历山德罗维奇，我今天来不是为了把您从这
里领走。

莉帕　听好了，波琳娜！不然就错过了转变命运的机会。来不
及介入了！

纳图霞 （极其抱歉地）正好相反，我来是为了告别。我来是为了离开。

波琳娜 这是决定命运的时刻！迈克尔，说实话，我和你幸福的毁灭可丝毫没有关系。

纳图霞 我要和您分手，米哈伊尔·亚历山德罗维奇！（哭起来）

波琳娜 奥林皮阿达，我可怜她。母亲的本能突然爆发得多么不合时宜。

莉帕 建议您抑制本能。我感觉，有人会安慰纳图霞。

纳图霞 （像个小学生）请原谅我，米哈伊尔·亚历山德罗维奇！请原谅我的一切！

米哈伊尔 我什么也听不懂。我的小傻瓜，我怎么伤害你了？

纳图霞 难道您能伤害别人吗？您是那么温柔，那么完美的人！您现在穿着晚礼服是那么优雅，那么有魅力……（号啕痛哭）

米哈伊尔 纳图谢卡[1]，我的天使，我的孩子，我可笑的小女孩，冷静点儿。发生了什么？（搂住她，用手给她擦眼泪）

纳图霞 （绝望地抽泣着）我是那么爱您。我也很爱波琳娜·谢尔盖耶夫娜！

波琳娜 在这种情形下不一定非要爱我。

纳图霞 您是伟大的演员，波琳娜·谢尔盖耶夫娜。我从不撒谎。

波琳娜 你也是不错的演员，纳图霞！我在你这个年龄离这种成就还远着呢。

---

1 纳图霞的爱称。

294

莉帕　我们的青春是另一种风格！

纳图霞　还有您,奥林皮阿达·尼古拉耶夫娜,也不要生我的气！
　　　我走了。

莉帕　该走了！你又不能住在这里！这是我和波琳娜给你的
　　　一千美元！（从小包里取出,递给纳图霞）

纳图霞　（没有接）给我？

莉帕　就让它给你哪怕只是丝毫的安慰。钱对女人来说——是
　　　特效药。重要的是不要过量。

纳图霞　为什么呢？

莉帕　只因为你就是你。

纳图霞　谢谢。（接下来）谢谢！（不好意思地笑了）太棒了！
　　　我甚至知道我现在要买什么了。那种宽松的意大利夏季无
　　　袖女衫。纯皮的。我不久前还试过,不过反正也没钱。

米哈伊尔　停！发生了什么事,纳图霞？

纳图霞　什么也没发生！

米哈伊尔　什么也没发生？撒谎！！！

纳图霞　（抱歉地）只是,原来,我爱另一个人。（重又哭起来）

米哈伊尔　怎么,原来？

纳图霞　我只是今天早晨才最终明白。而早些时候无论如何也
　　　无法搞懂,我对谁爱得更多一些——是他还是您？我很痛
　　　苦。而且,您要比他好得多！说实话！但即使这样,我最
　　　终爱的仍然是他,很遗憾。

波琳娜　瞧,又落空了！

米哈伊尔　纳图霞，你说什么呢？你们大家都疯了吗？我不明白。我们快有孩子了！你……你把我们的孩子……

纳图霞　哎呀，您说什么呢，米哈伊尔·亚历山德罗维奇！孩子是神圣的！他会有的，会的，您根本无须怀疑！我那么想要他，我一直盼着他……他，就是那个我终于理解了的人，也盼着孩子……他很高兴，会有孩子……他现在就已经很爱他了！

米哈伊尔　他有什么权利爱我的孩子？我不给！我……我扇他耳光！我杀了他！他是谁？

波琳娜　迈克尔，你没忘记我们是有知识的人吧？

米哈伊尔　别废话！他是谁，纳图霞？他有什么权利对我的孩子感到高兴？

纳图霞　有一点儿权利。您明白吗？要知道这孩子也有他的一半。

米哈伊尔　怎么——这孩子有他的一半？没有这样的，纳图霞！

纳图霞　有时候有的。

米哈伊尔　谁的孩子，你回答！（摇晃她）我不想要一半！我不需要半个孩子！我不需要你们的施舍！！！

纳图霞　（顺从地接受，不过又号啕大哭起来）我怎么能肯定是谁的？等生下来，我们再看看像谁！我特别希望他能像您！

米哈伊尔　（放开她）纳图霞，你说的太可怕了！（大喊）这不可能！我不信！我要杀了你，杀了他和我自己！

波琳娜　不许朝怀孕的女人喊叫！

纳图霞　让他喊吧！我能忍受！

莉帕　瞧——真正的豁达！

米哈伊尔　（呻吟着）谁的孩子？

纳图霞　别这样伤心，米哈伊尔·亚历山德罗维奇！总的来说有什么区别——谁的孩子？主要的是，我们三个人都想要他，而且都爱他！而您将做他的教父！

波琳娜　我女儿的教父也是米哈伊尔。

莉帕　男人喜欢重新开始。

米哈伊尔　（看着纳图霞的脸，非常震惊地）告诉我，你一直在背叛我吗？

纳图霞　没有。

米哈伊尔　这是疯人院！你有别的男人还是没有？

纳图霞　没有。只有您和他。我一直无法下定决心做选择。我刚一做出选择，就立刻来了，而且对您如实相告。只是您什么也别对他讲。他不知道还有您。他不像您那么好！他有偏见。和他在一起很不容易。米哈伊尔·亚历山德罗维奇，我是那么需要您的友谊和……爱情！我一个人怕是受不了他。您想象不出他是个多么难对付的人。还有您的友谊，波琳娜·谢尔盖耶夫娜，我也很需要！还有您，奥林皮阿达·尼古拉耶夫娜，谢谢您的一切。我现在最好还是走吧。我很伤心。

莉帕　走吧！走吧！走就对了。

297

米哈伊尔　（对莉帕）别摆布我们！纳图霞，这是个错误！这是致命的错误！你还是太年轻！你十九岁！这对我来说有些不现实。我完全不明白十九岁是怎么回事。我没有过孩子。而自己的十九岁我完全忘记了。这里有点儿不对劲儿！我们会搞明白的。请相信我的生活经验！

波琳娜　这个经验他确实有，纳图霞。

纳图霞　（痛哭）米哈伊尔·亚历山德罗维奇，您别劝了！别折磨我了！您想象不出，对我来说与您分手是多大的悲剧！我爱您，我从未这样爱过别人。

米哈伊尔　那你为什么要离开我呢？我是傻瓜。我明白了——他威胁你！我们现在就去找他！

纳图霞　不能去找他！他搞不清楚对我的感情！然后您又突然出现！我疯狂地爱您，米哈伊尔·亚历山德罗维奇！（哭）而我爱他只是略多那么一点点。总共就那么一点儿！（用手指比划着）别折磨我了，米哈伊尔·亚历山德罗维奇！这对宝宝有害。（猛地跑开）

波琳娜　我幸灾乐祸！我得意扬扬！我落井下石！我在你困难的时候离开你！我不会宽恕堕落的人！所有这一切我无不做得心满意足！啊，我在你困难的时候离开你是多大的享受啊！啊，我早就想羞辱你，并且就在你困难的时候离开你。

米哈伊尔　我的上帝！我在哪儿？谁与我同在？相信谁呢？这种纯洁、忠贞的目光。温柔的爱情低语。而她却一直有着另一个男人。

波琳娜　她是在用你做练习。不要根据我来判断所有的女人！这是轻率的。因为我是命运对你的馈赠，而你却鄙视这一馈赠！

莉帕　我敬佩演员啊！你们不仅在舞台上，在生活中也说得同样漂亮。

米哈伊尔　既然如此，波琳娜，把我卖了换个住宅吧！

波琳娜　你的语调，就仿佛我卖得便宜了。

莉帕　交易是有利可图的。实际上，波琳娜在出售她随时都可能失去的东西。尽管——说不好，说不好。命运总是爱转弯。

米哈伊尔　带我走吧，奥林皮阿达！我是您的了。和我一起生活了二十年的女人，把我卖了十万美金。另一个女人，我相信她甚于我自己，甚于亲生母亲……她看着我，甚至连瞳孔都在为爱颤抖……她看着我，就仿佛我是整个银河系中最优秀的男人。结果呢？原来，她只不过是从一张床上跳到另一张床上。

莉帕　是的，明显世风日下。

米哈伊尔　我是那么期待这个孩子。我已经快六十岁了，这本来该是我的第一个孩子。六十岁有第一个孩子意味着什么？你们女人根本无法理解这一点！

莉帕　对于女人来说，六十岁生第一个孩子——这是罕见的。不过我基本上能理解您。

米哈伊尔　无论如何你们都是女人，你们回答我：难道可以这样玩弄感情吗？她是谁？无情的恶棍？还是不知道自己在做什么的孩子?

莉帕　一个自私的人。不过,实际上,我们谁又知道自己在做什么呢?

米哈伊尔　我失去了一切。我的希望破灭了。半个小时前我还感觉自己是个刚刚开始生活的青年人。现在我却是个年迈的老人,生活对我来说已毫无意义。我的心疲惫不堪。既然如此,莉帕,我把自己已经空虚的灵魂卖给您吧。剧院则是对垂死的灵魂最好的报答。如今我只为剧院服务。我毫无保留地献身于戏剧。带我走吧!请给我一个剧院!

　　　[门铃声。大家都停在原地。

纳图霞　(打开门走了进来)你们的门没关!什么也没发生吧?

米哈伊尔　回来了?我得救了!(一把抱起她转圈)得救了!得救了!!!

波琳娜　他们的孩子生出来一定是个白痴。

米哈伊尔　我疯了!我心爱的女孩!我亲爱的!你真把我吓坏了!我确实疯了!我甚至突然感觉,我们可爱的奥林皮阿达·尼古拉耶夫娜不是别人,正是撒旦。收买我的灵魂。而还之于我的是剧院!我得救了!得救了!

纳图霞　米哈伊尔·亚历山德罗维奇,您这是怎么了?我就知道会这样。哎呀,我真替您担心!您是那么敏感!波琳娜·谢尔盖耶夫娜,您要细心地照看他!一分钟都不要离开他。对他也该这么敏感!

波琳娜　你之前就应该考虑到的。

米哈伊尔 （把纳图霞放到地上）你说什么呢，纳图霞？我和你一起离开！马上，立刻！

纳图霞 奥林皮阿达·尼古拉耶夫娜，您是与此事没有利害关系的人！请您至少别离开他！一步也别离开！无论白天还是黑夜。

莉帕 别担心，我一年都不会离开他。

纳图霞 他现在什么事都能做得出来！他……（低声地）他会……自杀！因为他会爱。您是独一无二的爱情天才，米哈伊尔·亚历山德罗维奇！

波琳娜 那你为什么要抛弃天才呢？

纳图霞 不走运！同时遇上了两个这样的人。同时他们又绝对地不同。米哈伊尔·亚历山德罗维奇是一位伟大的演员，而那个人是一个普通的银行经理。米哈伊尔·亚历山德罗维奇人生经历丰富有趣，而那个人完全没有生活经验，他离三十岁还差得远呢。米哈伊尔·亚历山德罗维奇只承认精神价值，而那个人痴迷于赚钱……您想象一下吧，我是多么难以抉择……

莉帕 在年老和年轻、富有和贫穷之间做出抉择确实不容易。那你心里怎么想的？

纳图霞 我心里——今天这个，明天那个。我筋疲力尽了。和米哈伊尔·亚历山德罗维奇半年在一起排一部话剧。这使我们有机会接近。

米哈伊尔 不！不！！！我不明白！我什么也不明白！！！眼前一片

雾气。我生病了。

纳图霞　我就害怕这个。米哈伊尔·亚历山德罗维奇，我疯狂地爱您。您讲话那么有趣，您是那么善于倾听，在舞台上总是帮助我……

米哈伊尔　为什么抛弃我？

纳图霞　对他的爱要多一点点！就多那么一点点。

莉帕　那么为什么还回来呢，朱丽叶？

纳图霞　感到不安。米哈伊尔·亚历山德罗维奇一旦做出什么傻事怎么办？我疯了一样跑来。担心晚了。

莉帕　而如今呢，你可以疯了一样跑着离开这里。

米哈伊尔　别妨碍她收买我的灵魂。

纳图霞　（哭）瞧他说些什么呀？怎么可以出卖灵魂？

莉帕　怎么可以出卖灵魂，只有那些从未有过灵魂的人才不明白。

米哈伊尔　撒旦，真的是撒旦。

纳图霞　他称您撒旦，奥林皮阿达·尼古拉耶夫娜！

莉帕　别调嘴学舌！真正的合同在奥林皮阿达·尼古拉耶夫娜·西多罗娃，以下简称"撒旦"，和模范破产剧院的演员米哈伊尔·亚历山德罗维奇·拉斯皮亚托夫，以下简称"未婚夫"，之间签署……

纳图霞　你们喝了什么？也许，你们集体中毒了？你们吃蘑菇了吗？

米哈伊尔　你为什么回来了，既然你不回来？！你觉得你好像还不够让我心碎。你回来看碎片！看吧！瞧，这就是它们！

纳图霞　（远离他）米哈伊尔·亚历山德罗维奇，这是您打碎
　　　了的酒杯……

米哈伊尔　我要像奥赛罗掐死苔丝狄蒙娜那样掐死你，像哈姆
　　　雷特淹死奥菲利亚那样淹死你……

纳图霞　米哈伊尔·亚历山德罗维奇，您冷静一下！我们还会
　　　见面的！

波琳娜　别吵了，米哈伊尔！她怀着孕呢！而且甚至可能是你
　　　的！而你呢，娜塔莎[1]，你最好走吧！

莉帕　那给你两千美金！走吧，走吧！

纳图霞　为什么您总是给我钱？我害怕您。

莉帕　你走吧，我根本顾不上你！

纳图霞　那好吧，谢谢，我拿着。尽管这很奇怪。（站在门口，
　　　尖声叫道）米哈伊尔·亚历山德罗维奇！

米哈伊尔　（精神一振，抱有最后一线希望）纳图霞！

纳图霞　保重！永别了！（猛地转身离开）

莉帕　可以继续交易吗？

米哈伊尔　我如今完全是您的了。

莉帕　这是最后的决定吗？

米哈伊尔　您自己也看见了——我再也不被任何人需要了。

莉帕　我不能受娜塔莎的心情左右。我和您需要签合同。

----

1　纳图霞的大名。

米哈伊尔　合同？（哈哈大笑）

莉帕　我随身带着。（在包里翻找）这个不是。这是供应硫黄的合同。一百万美元——一笔巨款，怎么能不签合同就送出去呢？

米哈伊尔　合同……波琳娜，你一直有一种神奇的直觉。她是撒旦。千年的终结应该以类似的现象为标志。仅因为我在剧院里演戏，我就已经是一个罪人了。这是有罪的——过着别人的生活。我的罪过是，我想抛弃你，而且和一个年龄与我孙女相当的女孩子出轨。

波琳娜　啊，多少人过着出轨的生活。如今出轨——是件人们习以为常的事情。与周围发生的一切相比，是最无可非议的事情了。现在谁会为出轨悔过呢？你别吓唬我！

米哈伊尔　她不让你害怕吗？合同不让人精神紧张吗？

波琳娜　合同——这确实挺奇怪的。

莉帕　先生们，清醒一下吧，如今俄罗斯每秒钟就要签几千份合同。怎么——都是撒旦的阴谋吗？给您合同！签字吧！

米哈伊尔　用鲜血签吗？

莉帕　用金子签！给您我的派克笔。（递给他钢笔）

米哈伊尔　签什么呢？这只不过是一张白纸！

莉帕　那么您试着读一下合同！读啊，读啊！我将创建一座剧院……

米哈伊尔　我将创建一座剧院……

莉帕　读啊，勇敢些！

米哈伊尔　我将创建一座剧院……只会愉悦和娱乐人的剧院。因为娱乐——不是小事，而是巨大的精神需求。演讲台——是给政治家的，讲台——是给学者的，讲道台——是给教堂的。而剧院是为居民准备的！观众们愿意哭愿意笑，愿意相信爱情，愿意相信每个人都会因信仰和希望而得到回报。在我剧院的舞台上，一个普通人绝不会受到侮辱、指责，他的弱点也绝不会遭到恶意的嘲笑。在我剧院的舞台上演出者也绝不会指着观众说——你看你是多么的无足轻重；你的别有用心令人生厌，你能做出最可怕的事情来，你的潜意识就是垃圾桶！我的剧院只会激起每个人善良的情感，让每个人相信自己、爱自己和欣赏自己，会激起对友情的渴望，追求容忍和理解他人！而且每一个观众在剧终之时都会带着些许遗憾地离开座椅，尽管时间不长但他会以一种全新的方式审视这个世界——仅仅生活和感受，便是多么幸福，多么美好！而你，波琳娜，将会在这样的剧院舞台上大放异彩！将展示出你卓越的天赋和美好的灵魂！我们的生活之路分开了，不过在剧院里你还是会留下来和我在一起吧？

波琳娜　不。我离开剧院。是时候了，是时候了……够了！过够了别人的生活。我自己的生活在哪儿呢？在哪儿？（从桌子上抓起照片，边说边到处扔）这一切就是我？这就是我的生活？《三只小猪》中的纳福－纳福、《狼与七只小羊》中的第七只小羊……还有这些主要角色！奇奇猴、小

305

红帽！还有巅峰角色——奥古达罗娃、麦克白夫人……而我在哪儿？我与唯一的女儿共同度过的漫漫冬日长夜在哪儿？我的海边漫步哪儿去了？我哪怕有一个夜晚为她缝制漂亮的衣裙，这样的夜晚哪里去了？也许，我也把灵魂出卖给了这个怪兽，给了剧院？换来了什么呢？荣誉？是的，我很有名。如果在公路上我车的汽油跑光了，任何一个司机都会面带微笑地与我分享他的汽油。我有名，不过……科米萨尔热夫斯卡娅或者埃莱奥诺拉·杜塞更有名。金钱？我几乎永远不知道我下一周靠什么维持生活。如果被拖欠工资，哪怕是一两天，我都会受到影响。我住在糟糕的住宅里，除了一辆旧"莫斯科人"，我没有任何不动产。人民的热爱？我已经足够领略到何谓爱，何谓善意的好奇。最终，我是一个被丈夫抛弃的孤独、丑陋的女人。精神力量？我不过是个傻瓜！精神力量我不向往。创作，对生活感到满意，使命？都是谎言，谎言和谎言！排练时我很快就变得疲惫不堪，我却掩藏起自己强烈的不满不让大家发现，我虚伪，假装充满热情。演出前我惊慌不安，演出后，三十年的舞台生涯中我对自己满意的时候也只不过三四次。现在我有外孙女了。我想自己教她读书，领她去看莫斯科，看所有的小巷，看我热爱的老房子、公园……我想和她一起去旅行……哪怕用全人类的爱来交换她的爱，我都不会同意！女儿、女婿、外孙女和捡来的杂种狗"油炸包子"，原来完全可以取代整个世界。我不想死在舞台上，不想让

我个人的真实死亡成为某一个人物的虚构生命的结局！我
想要安静！给我安静吧！我的榨汁机又到哪儿去了？

米哈伊尔　我仿佛预感到什么。从今以后，孤独就是我的命运。

不管有没有你，波琳娜，剧院都还会在的！在哪里签字？

莉帕　在这里。写得清楚一些。下面写上身份信息。

　　　　〔米哈伊尔将要签字，突然一道闪电，然后是一声霹雳。

波琳娜　这是怎么回事？

莉帕　大雷雨。

波琳娜　在 12 月？

莉帕　有时候有。少见，不过有时候有。

米哈伊尔　奇怪。和您签合同受到雷电的阻碍。

波琳娜　停，迈克尔！不要签！这是征兆，征兆……

莉帕　可笑！您有夸大狂症！像所有的演员一样。不过，演员
的夸大狂症不算弊病，而是一种可以原谅的弱点。不要可
笑又可怜！签吧，米哈伊尔·亚历山德罗维奇！

　　　　〔第二次，当米哈伊尔准备签字时，又是电闪雷鸣。

波琳娜　不要签！这是预兆！

米哈伊尔　的确令人不安。

莉帕　您这是当真？您，真的以为电闪雷鸣是为了您？

米哈伊尔　您善于说服人，奥林皮阿达。确实，这种事情很难
预测。我马上签字，就会得到剧院。那需要我交换什么呢？

莉帕　您成为我的丈夫啊。期限一年。仅仅一年。

米哈伊尔　听起来相当自然。那我应该做什么呢？吃青蛙，就

着无辜的婴儿的鲜血吃它们？夜里在墓地焚烧黑猫？作为您的丈夫，我的义务有哪些呢？

莉帕　一切。

米哈伊尔　一切我做不到。

莉帕　但是今天您做到了！

米哈伊尔　我已经和您说过了——我喝醉了，什么也不记得了。

莉帕　酒精既不能作为驾车也不能作为上床的减轻处罚的理由。我根据你们的斯坦尼斯拉夫斯基研究了身体动作方法。根据这种方法，我们来建立我们的幸福。您将给我送花。每天。早晨吻别，去上班。总是表扬我做的饭菜。总是大声赞美我的外貌。而且赞美应该由不少于三个原始短语构成。晚上我们将手拉着手沿着林荫道散步。所有这些行为一定会让您对我产生感情。

波琳娜　讲求实际！斯坦尼斯拉夫斯基的确不朽。

米哈伊尔　那么，从今以后，我注定在生活中演戏，在戏剧中生活。我接受这种命运！（准备签字）

　　　　〔连续两次闪电，响起了震耳欲聋的雷鸣。

波琳娜　（把米哈伊尔的手从纸上推开）你敢！（伸手拉着他）我们逃离这里。（拉米哈伊尔向门口跑去）

莉帕　我明白，波琳娜·谢尔盖耶夫娜，您是演员。但没达到那种级别！

波琳娜　（朝她大喊并挥动着榨汁机）别走近，不然……不然……不然我就画十字！

莉帕　波琳娜·谢尔盖耶夫娜，您为什么要这样吓唬米哈伊尔·亚历山德罗维奇呢？他脸色苍白！

波琳娜　让开！米沙，别放开我的手，因为我是领洗过的，而你没有！我们要一起挺过去！我不会抛弃你的！我很生气，但在撒旦面前我所受的委屈算不了什么！

莉帕　您干吗这样挥舞着榨汁机——会伤到人的！

波琳娜　这是撒旦。世纪末各种妖魔泛滥。米沙，闭上眼睛！我这就给她画十字，她会化为灰烬。我说——你闭上眼睛，你却放开我的手！你总是头脑不清！喂，撒旦，当心吧！（手拿榨汁机朝莉帕画十字。自己眯缝起眼睛）

　　　〔正当波琳娜眯缝着眼睛站在那里时，莉帕小心地走近她，试图夺下榨汁机。

波琳娜　（猛地把拿着榨汁机的手往回一缩，向后一跳离开莉帕，拉米哈伊尔离开）别碰榨汁机！这是给孩子的！我们不能让孩子受委屈！米沙，拿好榨汁机。我好好给她画十字。（用力对莉帕画十字）

　　　〔雷电交加。莉帕颤抖着。

波琳娜　她抖动了一下！她几乎在颤抖。喂，如果再画一下会怎么样呢？只是要全神贯注。

莉帕　波琳娜·谢尔盖耶夫娜，您怎么，真的相信，您画十字我就会变成灰烬？生活中还有比这更厉害的事情，我都没有崩溃！

波琳娜　别靠近！米沙，我们沿着墙，沿着墙，离开这里……

309

直接去隔壁房间，去神父家……他会帮助我们的！（拉着米哈伊尔并不断地画十字）神圣的上帝使者尼古拉，庇护我们，帮助我们！

莉帕　波琳娜·谢尔盖耶夫娜，您是位受过教育的女士，演员，受人民喜爱……如果现在您的崇拜者看见您呢？

波琳娜　她这是在分散我们的注意力。米哈伊尔，你也祈祷，不然你会发生不幸的。神圣的上帝使者尼古拉，救救我们！

莉帕　您把我当作谁了？我自己也领洗过！我会背诵《主祷文》呢！我甚至会波兰语的《主祷文》，还有意大利语，还有英语、法语……我的祈祷会轻而易举地盖过您的！（画十字祈祷）我们在天上的父，愿人都尊你的名为圣……

波琳娜　（喊声高过她）上帝使者尼古拉，降临吧，降临吧，救救我们，降临吧！

　　　　［门铃响。女士们突然都不作声了。大家呆住了，保持着门铃响起时的姿势。米哈伊尔一副漠然的表情。哑场。

　　　　［门打开了。门口站着纳图霞。

纳图霞　门又没有关好。再一次向大家问好！太好了，您直到现在还在这里，奥林皮阿达·尼古拉耶夫娜！（认真地，但不无惊奇和担心地审视所有人）你们在做什么？排练吗？

波琳娜　（一动不动，却以强烈的差遣语调）娜塔莎，你来得正好！去厨房！

纳图霞　（强烈的差遣语调没对她起作用）为什么？

波琳娜　快去！我会告诉你需要做什么。有步骤地。

［纳图霞去厨房。

波琳娜　你领洗过吗？

纳图霞　（想了一下）不记得了。奶奶提过一句，也许是好在我领洗过，也许是我没领洗过这不好。也许是好在我没领洗过……或者我领洗过这不好。我有些混乱。我问一问奶奶。明天给您打电话，再告诉您。而现在，说实话，我找奥林皮阿达·尼古拉耶夫娜有事。

波琳娜　离她远一点！她是撒旦。

纳图霞　是的，五十岁以后的女人有时会变成那种。

波琳娜　你看一眼隔板上！

纳图霞　看了！哎呀，那么多灰！

波琳娜　别分散注意力。看见瓶子了吧？

纳图霞　这里也只有一个瓶子。

波琳娜　拿起瓶子！

纳图霞　它里面是什么？

波琳娜　里面是我们唯一的机会！生死攸关的问题。

纳图霞　我拿着呢！

波琳娜　现在快速往这个人身上喷！（指着莉帕）别拖延！快一点儿，快！

纳图霞　奥林皮阿达·尼古拉耶夫娜，可以往您身上喷吗？

莉帕　你们想怎么样就怎么样吧！实际上，我们离宗教法庭不远。两三点巧合，一系列的不幸——便可能重新公开迫害异端。

311

[纳图霞朝她喷去。效果是显著的。莉帕大叫，舞动着双手，咳嗽，发出嘶哑的声音，在原地转圈。

**波琳娜** 起作用了！起作用了！难道我做对了？

**莉帕** 疯了吗！差一点儿灼伤了眼睛！这是什么？毒蟑螂的药吗？

**波琳娜** （拿过纳图霞手里的瓶子，闻了闻，打了一个喷嚏）哎呀。明白了。这就是说，我们用圣水浇灌了蟑螂。我还奇怪呢，它们不但没有死，反而开始繁殖得更厉害了。纳图霞，你来得很及时。把米哈伊尔领走吧！你得到总比她得到的好。

**纳图霞** 不，不。这里发生了误会。我看米哈伊尔·亚历山德罗维奇一切都很正常。他和您与奥林皮阿达·尼古拉耶夫娜在一起时，我不替他担心。谢谢你们大家。我只待一会儿。找奥林皮阿达·尼古拉耶夫娜有事。

**莉帕** 多少？

**纳图霞** 十九岁。我还在读书，戏剧学院二年级。

**莉帕** 我问你要多少。

**纳图霞** 您是怎么猜到的？

**莉帕** 你一定是为什么事回来的吧？不是为米哈伊尔——这是显然的。那就是为钱回来的。

**纳图霞** 我甚至不好意思找您。我需要的数额，我甚至说不出口。

**波琳娜** （摇晃米哈伊尔）你这是怎么了，一副呆若木鸡的样子？

米沙，米什卡[1]，醒一醒！（打他的脸）

纳图霞　我本想买一件夏季无袖女衫，但是既然我有了那么多的钱，我的要求提高了。我看上了一个特别酷的套装。不过只差……一美元。可笑，是吧？

莉帕　你会笑够的。拿着！（在包里翻找）不过这已经是借给你的了。

波琳娜　（对米哈伊尔）你醒一醒呀！（把瓶子塞到他鼻子下面）闻一闻！

　　　　〔米哈伊尔咳嗽起来，舞动着双手，推开瓶子。

波琳娜　多么强的药效。还是应该试试用它来毒杀蟑螂。

纳图霞　（接过莉帕的一美元）谢谢，奥林皮阿达·尼古拉耶夫娜！再见！我再也不回来了。

莉帕　别发誓。

纳图霞　（站在门口，忧伤地）米哈伊尔·亚历山德罗维奇！

米哈伊尔　（疲惫地）你有什么事，娜塔莎？

纳图霞　别绝望！您还会遇到自己的爱。

莉帕　买了套装，在商店里直接套上，快去找你的普通的银行经理吧。

纳图霞　您猜对了。我最近的计划正是这样。（向所有的人抛飞吻）我爱你们大家。（跑着离开）

莉帕　风暴结束了。雪落无声，祥和宁静。黄昏。特别想思考

---

1　米哈伊尔的爱称。

313

和谈论生活的意义。真奇怪。大雪，莫斯科，俄罗斯，爱情。

米哈伊尔　波琳娜，请原谅我，请原谅！请不要离开我！我将平生第一次坦诚直言。我痛苦、甜蜜、绝望地爱着娜塔莎。和她在一起我幸福得忘乎所以。她让我伤心欲绝。我似乎觉得，我们脚下不是水晶，而是我破碎的心。

莉帕　顺便说一句，应该扫一下，别划伤了谁。（拿起笤帚、簸箕，扫地）

米哈伊尔　就是现在，这一刻我也还爱着纳图霞。不过，我开始醒悟，我爱你要多那么一点点。

莉帕　您想一下住房吧，波琳娜！想一下粉红色灯罩下的家庭晚餐！现在正该回忆一下，您是如何讨厌剧院，如何想在真爱的陪伴下过完自己的一生。在现实中，而不是在布景中。回忆一下这一切吧，波琳娜！

米哈伊尔　别这样做，波琳娜！你不善于过平凡的日子。如果全身心沉浸于现实生活，你就会明白，它对我们来说平淡无奇。现实中太缺少激情、荒唐和冲动。而且现实中的体验，印象太不深刻，枯燥乏味而又漫长。装束是多么无聊！摆设是多么单调！人们之间的交往是多么凡俗！现实对于那些天生就是演员的人过于沉重。如果我们不从舞台上汲取力量，那么简直难于战胜现实。不要离开剧院，波琳娜！不要扔下我！

波琳娜　剧院里有什么秘密？魅力何在？三十年置身其中，我没能破解这个谜底！某个不聪明、并非最具美德而且是被人虚构出来的泼辣女人，她的意愿和行为比我亲外孙女的牙牙学语更让我激动不安。这实际上就荒谬绝伦！而你却试图去理解这个女人。你跟她有什么关系？你却日日夜夜想着她。她仿佛住进了你的心里，并一点一滴地榨干了你。而你却开始视她为神明，为她的各种行为进行辩解。你为她献出自己的面孔，自己的音调，自己的手势，牺牲了你最美好的一切。你准备翻遍童年的回忆，你勇敢地沉入自己潜意识的深渊里，你就像那个必须获取最重要秘密的间谍一样，跟随在身边所有人的后面，偷窥并偷听……这所有的一切只是为了理解某个荒诞的句子！对任何一个亲人你都没有过如此认真和容忍。只是关于她，关于这个女人，你想知道一切。为了什么呢？为了让那些来到剧院的人，那些你不熟悉的陌生人，在片刻之间相信这个被虚构出来的女人的生活、感受和思考？相信现在观众面前的不是你，而是她在活动、奋斗、死亡、重生、欢笑和哭泣。想让大家像你一样爱她。一切的问题都在于，只要有人渴望深刻地体验另一个人的世界，无论是英雄或者恶棍，无论凡夫俗子或是孤家寡人的世界，只要有人能引起很多、很多其他的人对这一虚构人物的关注，那么我们就会有希望让大家努力互相理解，从而互相谅解。剧院是对人的最后审判。而演员——是人的守卫者。并非为说得漂亮而把剧院吹捧为圣殿。在剧院里人们并非工作，而是为它祈祷，为它服务。应邀前去的人很多，才能出众的人却很少。宗教和戏剧是永恒的，因为如果没有它们，人便如禽兽。"背负起自己的十字架并信仰它。"安东·巴甫洛维奇·契诃夫如是说。哪怕有一次感觉到自己卓越的人，他都将活在剧院里并死在剧院里！

莉帕　我本来想从两个女人手中抢去，夺走，买下一个男人。这个我有能力做到。但剧院如同一只可怕的残遗的鸟，在你们的上空张开巨大强悍的翅膀。也许是想啄食你们，也许是想保护你们。也许是二者兼有。而我不知道如何战胜这只鸟。（收拾自己的东西，穿上毛皮大衣）

**波琳娜**　您要走？

莉帕　我输了。

**波琳娜**　我们对您招待不周。这不很公道。您为我们提供资金排戏。一切都那么成功，那么顺利地完成了，这出戏似乎是我们演员生涯的巅峰之作。成功是完美的，无可争辩的。不过，您为我们出钱，并非渴望征服戏剧的巅峰。您是想接近米哈伊尔。您自己在某种程度上达到了目标。这是一种慷慨的姿态——为与自己理想的男人度过一夜而送给人们一个节日。

莉帕　什么也没有！没有过任何事情！根本就没有！

米哈伊尔　没有是什么意思？而第三次和第五次呢？

莉帕　什么也没有！您只是困惑不解地看着我，嘟嘟囔囔地说："你不是波琳娜！你是别的女人！"我白白在宴会上把您灌醉了。喝醉后，您却爆发了某种对妻子忠贞的劲头。

米哈伊尔　（对波琳娜）你却不相信我！我跟你说了一百次——
　　什么也没有！谁说得对？

波琳娜　我为此原谅你的一切！您知道吗，莉帕，我嫉妒您嫉
　　妒得快要发疯了。

莉帕　只嫉妒我？

波琳娜　我明白您的暗示。纳图霞——这是年轻、美丽、诱惑。
　　很多漂亮女孩子中的一个。她是可以被替代的。嫉妒青春
　　有什么用？这不是爱情，只不过是罪过。不要为自己的罪
　　过付出痛苦的代价才好！而您是竞争对手。难道像您这样
　　坚强、聪明、理智的女人能成为这样的梦想家？

莉帕　梦想家？不过您猜对了……物以类聚，人以群分，对吧？
　　梦想家……那时他长着翅膀。而且他在一座奇怪的、超凡
　　脱俗的外地小城上空翱翔。

米哈伊尔　《飞吧，伊卡洛斯，飞吧！》是在塔林拍的。啊，青春！
　　爱国主义和爱沙尼亚人的口音，时尚的咖啡馆，模糊的小
　　巷……当时我是那么希望哪怕相信点什么，而且希望不同
　　寻常地爱上一场……啊，青春！啊，怀念青春！

莉帕　渐渐地我打听到您在哪个剧院里演戏，住在哪里。守候
　　您的人群之中也有像我这样的人。而只有一次您瞥见了我。
　　我们的目光相遇，一缕火花闪过……仅此而已。我向自己
　　发誓，总有一天，哪怕是晚年，我也一定要成为您的妻子。
　　我给自己规定了生命的意义。我认为，能让您爱上我，我
　　应该成为某个人。我成了女英雄并被关进了监狱。地下出

版物写了许多关于我的事迹，但是三年的监狱生活让我明白了，我一步也没有接近您。出狱之后，我打算成为最著名的演员并投身于业余艺术活动。我努力学习唱歌，走台，无痛摔倒和击剑。但我始终无法克服对每天夜晚以同样的语调和手势说着同样的蠢话的厌倦。然后我想到要嫁给百万富翁。在那个年代，我们国家很难找到百万富翁。但我找到了。仪表堂堂的院士，婚后搞清楚了，他是一个地下商人。而且身患癌症，已病入膏肓。本应准备在政府音乐会上与您不期而遇，而我却做了一年的护理工。孀居之后，我没有发财，他的同伙不允许这样的事发生。但是，在他生病期间，我完成他交给我的生产上的事务，并学会了很多东西。不过，我还是一步也没有接近您。当时我忽然萌生变成外国人的想法。于是我匆匆忙忙嫁给了一个长相吓人的黑人，并和他一起去了非洲。原来我是他第十七位妻子。啊，那是多么美好的生活。我丈夫是一位王子，真正的王子——受过教育、待人和蔼、勤奋能干。他使所有的人生活有保障。我们所有的妻子和睦相处，并巧妙地掌控他。妻子们来自各个民族。他很有品位，我在这种环境下受了良好的教育，如今我会几种语言，了解经济学、法学，能领导生产。但是，在那里，在非洲的天空下，我想念您。我向丈夫坦白了一切，他同意离婚。我回到莫斯科时，是一个三十三岁的相当富有的女人。每天晚上我都去剧院看您。我认为，我只有以精神品质才能征服您。我将全部精

318

力投注于挽救堕落者的事业上。我以特雷莎修女为榜样。我如此理智，已经无法被欺骗。人们开始创造关于我的传奇。这时国家突然开始了新时代。有一次，生活使我与一位美国流浪汉偶然相识。他来此本是为了帮助俄罗斯人重新振兴，自己却成了酒鬼。我开始庇护他。我的慈悲之心伟大到将我嫁给了他的地步。我们去美国做客，在那里真相大白，他是一个亿万富翁，拥有很多工厂、房屋和轮船。我没有生他的气。我厌倦了爱您和生活在虚空的希望中。丈夫带我看遍了世界七大奇迹，整个世界。他想让我给他生个孩子。突然间我清楚地意识到，我还是爱您。我回到了这里。我不想从丈夫那里带走任何东西，他却不这么认为。我回来了，变成了一个富有、务实、特别能干的女人。我成为处处受欢迎的人。我敢于在您的领土上征服您的心。我来到剧院，为您梦寐以求的演出提供资金，您在所有的采访中都讲到自己的这一梦想。我坐在排练场上，在茶点部和您一起喝咖啡，我越来越清楚地明白，我仍然没有机会。然后我决定放纵自己，直接引诱您！我等待时机，在宴会上把您灌醉，溜上您的床……又没有成功。我仅剩的最后希望就是收买您。对您的爱给予了我整个世界，使我身份醒目，教会我热爱生活并尊重和珍视我自己。我历尽辛酸，饱经世故。为了您，我当过女英雄、演员、百万富翁的妻子、王子的妻子、女护士、赞助商和妓女。我一切都预先支付了，却没有得到床上的一顿早餐。

波琳娜　不知这是否能安慰您，米哈伊尔一次也没有把早餐送到我的床上。您为什么需要米哈伊尔？他的实际存在会为您的爱情史增添什么呢？试想一下，如果年轻时您成了他的妻子，会过上多么单调的生活，会满腹委屈和失望。米哈伊尔喝酒，喜欢女人，是一个自大狂，而且不愿意承担任何责任。您得出去工作，围着家庭转，会过着贫穷的卑微生活。如果您有了孩子，他未必会长得健康。家里总是有一群群演员，喝酒，喧哗，吹嘘计划。您会觉得他当时的伙伴无趣、可怜。年轻的演员和在舞台上历练了一生的演员——完全是两种不同类型的人。前一种人荒唐、狭隘、嫉妒、傲慢、自以为是。后一种人睿智、宽容、大度、善良、不拘小节。剧院对演员本人来说首先是一位天才的教育家。而你们最终会彼此咒骂着分手。您很幸运，奥林皮阿达。爱情如同指路明星一样照亮了您的整个一生。也许这就是最幸福的爱情？

米哈伊尔　我没有那么坏。但波琳娜所说的大部分实情我还是承认的。我连想都没有想过，您是这样了不起的人！多么丰富的生活！我多羡慕您啊！

波琳娜　我饿了。（电话响了）女儿！现在确实得走了。我和米哈伊尔。还给你们带来一位我们的女客人。别担心。我们顺路买点儿东西。醒了？高兴吗？替我吻她。告诉她——姥姥马上到，给她榨果汁。你们自己已经榨了？用纱布榨的？（不好意思）啊，好的……吻你们。（放下话筒）

莉帕　难道我以各种方式如此漫长地在整个大地上所寻找的这
　　　一切，你们会在小小的舞台空间里获取？你们的同仁莎士
　　　比亚说得好："剧院——就是整个世界。"

米哈伊尔　莎士比亚用的是另一种表达方式："整个世界——
　　　就是剧院。"

莉帕　难道有什么不同吗？

　　　〔门开了，纳图霞带着一瓶香槟走进来。

纳图霞　门又没有上锁。不知为什么我坚信它没锁，甚至没有
　　　按门铃就进来了。太好了，你们都还在。你们觉得我的新
　　　套装怎么样？（放下香槟，脱去大衣，站在房间的中央，
　　　转着身子，向大家展示自己的新衣服）

　　　〔停顿。

莉帕　你为什么穿着这套衣服来让我们高兴，而不是去让你普
　　　通的银行经理高兴呢？香槟是怎么回事？难道喝酒的时刻
　　　没有过去，清醒的时候没有到来吗？

纳图霞　这是个错误，米哈伊尔·亚历山德罗维奇。我只爱您
　　　一个人。您感到幸福吗？

莉帕　（对米哈伊尔）在纳图霞现在要给您套上的链条里明显
　　　缺了几环。香槟还是从那个被验证过了的售货亭里买的？
　　　或者这一次我们大家都可能极其不幸？

波琳娜　这太无情了，娜塔莎。要是普通的银行经理自杀了呢？
　　　你在银行那里哪怕请谁帮忙照看他一下也好。

纳图霞　请你们相信，他不需要这个。他和米哈伊尔·亚历山

321

德罗维奇没有任何共同之处。

波琳娜　关于这一点你已经给我们讲过了。

纳图霞　他是个卑鄙又小气的笨蛋。我对他感到失望。

莉帕　除了情绪，明显也发生了事实。接近事实，纳图霞！

纳图霞　我穿着这套用三千美元买来的套装去找他，全身洋溢
　　　　着令人难以置信的美，充满了爱意、温柔和忧伤，却发现
　　　　他大发雷霆。他朝我跺脚，见到什么摔什么，把所有砸碎
　　　　的东西扔向我。他的眼镜立刻飞起来打碎了。他朝我扔东西，
　　　　什么也看不见。他随手就能打中我！

波琳娜　相亲相爱的人吵嘴，一会儿就会和好的。

纳图霞　如果……（哭起来）你们甚至想象不出，他是个怎样
　　　　的恶棍！你们知道他做了什么吗？！他竟然对我进行监视！
　　　　他们对您和我进行了整整一周的盯梢，米哈伊尔·亚历山
　　　　德罗维奇！他雇了一整个侦探团队！我们之间最隐秘的一
　　　　切都被录下来了。当我走进去时，他刚刚看完。您，米哈
　　　　伊尔·亚历山德罗维奇，无论如何也做不出这种事来！

波琳娜　这种娱乐迈克尔首先是消费不起。

米哈伊尔　你现在想让我做什么呢，亲爱的孩子？

纳图霞　我只爱您一个人。而且我怀着您的孩子。我确信这一点。
　　　　几乎。我无情和轻浮过。对不起！我再也不会了。现在我
　　　　感到幸福。因为我明白，您现在有多幸福！也许您不敢相
　　　　信自己的眼睛了吧？我们来畅饮香槟庆祝我的回归吧，然
　　　　后我们离开！（把香槟递给米哈伊尔，自己摆酒杯）

莉帕　生活复杂、混乱，充满了意外。其中包含了多少爱，有
　　　形的和无形的。承受打击吧，波琳娜！挺直背，面带嘲讽
　　　的微笑！

波琳娜　榨汁机呢？哪里去了？把它还回来，把我的榨汁机还
　　　给我！

米哈伊尔　（忙着启瓶塞，突然僵住了）波琳娜，我要死了！
　　　救救我！

　　　〔瓶塞砰的一声飞出去。

　　　〔终场。

323

# 译后记

这本选集中的五部剧本的中译版最早刊登于国内戏剧杂志。从 2015 年下半年《比萨斜塔》剧本中译版的发表开始，这异域的种子迅速地落地生根发芽了。

2015 年 12 月，中国国家话剧院举行的剧本朗读会以《比萨斜塔》开场。朗读会情形至今历历在目。当天的朗读者赵芮（女主角正是由她首演）朗读剧本时泪如雨下，数次哽咽，台下的观众也跟着黯然神伤，我也陪着落泪。朋友听说了，问我：这不是一出闹剧吗，怎么听着感觉像悲剧？悲剧当然不是，但闹剧也非尽然。关于闹剧这一体裁定位，后来我专门与剧作家本人交流过，她以自己对体裁不很在行为托词，不以为意。她当然有她的道理。剧中的幽默、讽刺、荒唐，均为地道的闹剧成分，而抒情呢？二十多年共同婚姻生活中的委屈、疲惫、迷茫、失望呢？也许正是《比萨斜塔》中对婚姻双方矛盾心理酣畅淋漓的再现，使其成为我翻译的第一部当代俄罗斯剧本。谁知道呢？也许正如朗读会结束时中央戏剧学院的同行们所说，俄罗斯剧作家特别会漂亮地"抖包袱"？

作为国家话剧院"2016 秋冬演出季"首部新创小剧场话剧，中文版《比萨斜塔》于 2016 年 10 月首演，广受好评。第一季首演时，我看了三场，每次都情不自禁地流泪。2017年7月，莫斯科大学俄罗斯戏剧研究专家莫尼索娃教授来南开大学讲学时，正值中文版《比萨斜塔》在国家话剧院上演，我陪她观看了演出，印证了戏剧不分国界不分语言的说法。她看懂了全剧的每一处细节，跟着微笑，跟着忧伤。回国后，莫尼索娃撰写了两篇剧评，分别在中国和俄罗斯发表。文章不仅对剧作家的巧妙构思和细腻幽默不吝笔墨，同时也对国家话剧院创作团体的表演水平给予了高度评价。后来，2017年11月，中文版《她弥留之际》登上北京人民艺术剧院的舞台。2019年10月，重庆市话剧院将《比萨斜塔》再次搬上舞台。如今，这几部剧不仅成为剧院的保留剧目，而且经常参加全国戏剧艺术节及戏剧巡演，它们在国内很多高校的舞台上也频频亮相。

这两部剧在中国引起如此共鸣，出乎意料也在意料之中：谁说社会文化更迭、价值观念变迁中的主导心理应该是怀疑、悲观和虚无？普图什金娜的剧本给出了否定的回答。茫然、惶惑、困顿虽说难免，但生活中更多的是柳暗花明，绝处逢生，是踏雪寻梅的奇美，是静待春归的纯真。普图什金娜似乎为大家找到了克服噩梦和幻灭的有效处方，那份曾经被邪恶和绝望放逐了的善，那份唯一能够缓解内心寒冷的爱。

五部剧本几乎均创作于苏联解体后整个俄罗斯国家向新体制过渡的时期。剧本中俄罗斯社会转型期的历史境遇显而易见：狼狈不堪的生活、无奈从事的非专业工作、戏剧性的女人命运、日渐退化的男性气质、"生活在别处"的向往。再加上爱情褪色、中年危机，剧作勾勒出国家巨变之下俄罗斯人的心理诉求与精神愿景。故事基于虚构和想象，却从未远离现实，远离人类生存的真相，可笑、荒诞、悲凉的同时浸透着希望和憧憬，蕴含着作家强烈的此在关怀。始终在场的爱情神话、"不正常"的女性形象、亲切温暖的幽默，成就了普图什金娜的精神乌托邦奇迹剧。

剧本中，爱情故事光怪陆离：求之不得的爱，失而复得的爱，荒唐至极的爱，阴差阳错的爱，勇于放手的爱，迟暮的爱……这些爱情故事竟无半点雷同，人物的性格、职业、身份、文化程度毫不相似。读着剧本，恍如隔世，真的就似作家本人所言，她不愿意抄袭生活，读者因此会碰见"熟悉的陌生人"，会巧遇不合时宜的滑稽的善良。而卡夫卡的著名论断"善在某种意义上是绝望的表现"在这里是否存在呢？也不排除。在这些"爱情与命运的游戏"里，任何元素都可能缺失，唯有爱是不变的神话。

普图什金娜笔下屈指可数的剧中人，个个生活态度积极，执着于做幸福人的梦想。无论生活如何不幸，命运如何乖舛，他们始终坚信自己的那只青鸟一定会飞来。营造和谐旋律的主角永远是"不正常"的女人，她们的爱情公式是"爱拼才会赢"。她们虽艰难活着，却绝不苟且，特立独行，执着于爱情，期待奇迹。她们对男人尽显宽容，尽管"我心中在哭泣"，却甘愿使其坐享渔翁之利。她们可以为男人编造善意的谎言，对去留迟疑之人晓之以理，对背叛视而不见，可以不计前嫌接受回归，可以为爱践踏法律，甚至为爱赴汤蹈火。关于女性故事的剧本，正如作家的一部剧名，无疑是为所有"受害者"竖起的一座"纪念碑"。[1]

普图什金娜的剧本远离历史，不问政治，无关宗教，只为爱情。然而其剧本并没有因善与爱的维度而变得简单。剧中人的性格和爱情的本质虽然只通过对话呈现，作家却深邃地传达出人性的复杂和矛盾，尤其折射出善与爱在文化冲突激烈的时代的两难境遇，这一点无疑拓展了后苏联时期俄罗斯文学的精神边界。剧本中的善与爱，虽混杂着隐约的滑稽和依稀的迟疑，信心和希望却从不曾减损。

普图什金娜喜欢不同的面孔，醉心各异的声音，迷恋奇妙的戏剧氛围，钟爱另类的女性形象。剧作家对爱情故事和苏联岁月着魔般的凝视，其穿透记忆与历史迷雾的尝试，试图以旧式文学形态寻求适合今天戏剧发展路径的义无反顾，使其以挑战姿态圆满收场。她于戏剧中构建的无所顾忌的爱情故事，说明当代俄罗斯人已不再关注虚妄的口号，不再追求过于极端的道德标准，而是关注身边生活，关注情感世界，活在当下成为生活的主旋律。

本选集得以面世，要感谢的人很多。尤其感谢编辑们的辛勤付出。

王丽丹

2022 年 2 月于南开大学西南村

---

[1] 此处提及的剧作即普图什金娜的《受害者纪念碑》。